枫叶飘飘

姚静静 著

江西高校出版社
JIANGXI UNIVERSITIES AND COLLEGES PRESS

图书在版编目（CIP）数据

枫叶飘飘 / 姚静静著. —南昌：江西高校出版社，2020.1（2022.2 重印）

ISBN 978-7-5493-9385-5

Ⅰ.①枫… Ⅱ.①姚… Ⅲ.①新闻-作品集-中国-当代 Ⅳ.①I253

中国版本图书馆 CIP 数据核字（2020）第 003798 号

出版发行	江西高校出版社
社　　址	江西省南昌市洪都北大道 96 号
总编室电话	（0791）88504319
销售电话	（0791）88522516
网　　址	www.juacp.com
印　　刷	天津画中画印刷有限公司
销　　售	全国新华书店
开　　本	880mm×1230mm　1/32
印　　张	11
字　　数	300 千字
版　　次	2020 年 1 月第 1 版
	2022 年 2 月第 2 次印刷
书　　号	ISBN 978-7-5493-9385-5
定　　价	58.00 元

赣版权登字-07-2020-16

序

前段时间，姚静来家看望我，说想把多年来写的文章出个集子，并委婉地提出希望我作序。我当时只是含糊答应，心里想，等书稿出来看看再说，其实心里并未当回事。过了不久，她又来看我，当她把那厚厚一摞书稿摆在我书房案头时，我不禁感慨：当年那个腼腆又有点倔强的小丫头真正成长起来了。

多年前，姚静应聘到《老人春秋》杂志社做文字编辑，当时我兼任该社总编。虽然我之前对她的文字功底比较了解，知道她还是小学生的时候就在全国作文比赛中获奖，初中时又在不少杂志上发表过散文和诗歌，大学期间担任了学生会宣传部部长，参与院刊的编撰工作。但我对一个初出茅庐的“学生兵”还是不太放心，何况她以前并未做过老年宣传工作。我便先安排她在熟悉这项工作的同时，协助社里的老编辑参与编辑《养生保健》和《法律咨询》栏目。那段时间，姚静进医院采访医生、联系律师事务所找律师，很快进入了角色，并建立了固定的作者群。老编辑评价她，这个小姑娘有灵性、有基础，勤奋执着，是个好苗子。

随着时间的推移和磨炼，姚静在编校、选题、组稿方面进步不少，杂志社正式把《生活五味子》栏目交给她负责。一分耕耘就会有一分收获，她曾代表《老人春秋》杂志社参加河南省委老干部局老干部工作政策业务知识竞赛，获得一等奖；撰写的《离退休干部在新农村建设中的作用》被评为“做好新形势下的老干部工作”征文三等奖；还多次参加河南省期刊编校大赛，也取得了不错的成绩。她编辑的文章中，《科学巨子——张衡》被评为第21届全国老年期刊优秀作品一等奖；《父亲的爱情纽扣》《糖尿病系统知识专家答疑》均获得2006年度优秀编辑二等奖；《新华网的“信阳方阵”》荣获全国老年期刊2017年度优秀作品一等奖。2018年采写的《发挥堡垒作用　引领时代新风——记河南省汝阳县人民法院第五党支部》一文，在杂志刊出后，因为符合当前的宣传形势，当月就被央广网河南分网转载。特别是所编散文《叫一声“爸”》，在中国期刊协会老年期刊分会2015年度优秀作品奖评选中获得一等奖，该文章后被《中国校园文学》《初中生阅读世界》《雪花》《少年文艺》《少年读者文摘》《散文选刊》《时文精选》转载，并录入《2015年中国校园文学精选》一书。杭州、福建、河北、湖南、江西、江苏等地将此文选作考试阅读题。看着一本本烫金的证书，作为姚静曾经的领导，我深感欣慰。

我曾在杂志社工作过几年时间，认为由于期刊本身时效性相对宽松的特点，一个好的文字编辑，该具备的主要素质是可以沙里淘金，能慧眼识珠。每天能够从大量的来稿中，筛选出那些思想性、知识性、实用性、趣味性强，读者喜欢，能给人启迪的“金”“珠”作品，这需要有较高的文字鉴赏水平。但要写一篇能让编辑见了眼前一亮、读者认可的文章，则要求作者有较高的文字驾驭能力。二者相较之下，个人认为，后者的要求更高些。姚静这些年在各级报刊上发表了几百篇文章，对一个非新闻专业科班出身的人来说，其付出的努力和心血可想而知。

诚然，由于本身工作的局限，姚静的文章主要集中在老年工作领域，视野不够宽，文笔还显稚嫩，思想深度也还不够。但我相信，只要她能够痴心不改、不畏艰辛、持之以恒，一定会在这条路上走得更远。

桐花万里丹山路，雏凤清于老凤声。这是长辈对你的殷切期望。孩子，衷心祝愿你继续努力前行，不断进步！

郝正武

2019年10月18日

我爱火红的枫叶（自序）

秋天来了，金灿灿的阳光，金灿灿的大地，金灿灿的菊黄，秋天的景色美不胜收！特别是深秋时节，枫叶红了，层林尽染，漫山红透，树醉了，林醉了，山醉了，人醉了！秋风轻拂宛如笔，浓墨重彩写枫诗！

我大学毕业以后，有幸在《老人春秋》杂志当编辑，从事老干部宣传工作。工作十多年来，我采访了许许多多老干部、老党员。老人们从春天走到秋天，变的是容颜，不变的是赤诚的初心和顽强的意志，他们像一片片枫叶，无私地打造出一道道靓丽的风景。

唐代杜牧有诗云“停车坐爱枫林晚，霜叶红于二月花”，这是对枫叶的最美礼赞。而老同志就像那醉人的枫叶，红红火火，光彩照人！我采访他们时，有一种特殊的感情，从心底认为，他们都是我的亲人、我的长辈、我的偶像。新闻工作者的天职是传播正能量，歌颂真善美，为新时代砥砺前行的英雄模范人物摇旗呐喊。我在宣传这些“老来红”的时候，也在学习他们不忘初心、牢记使命的革命精神、优秀品德和进取豪情。

我已经在自己的岗位上工作了17年，17年来不敢有丝毫懈怠。在此期间，我写了近300篇文章，除了理论文章，几乎都是写老有所学、老有所乐、老有所为者。我从中筛选了在全国或省级刊物上公开发表的部分作品，汇集成册，书名叫《枫叶飘飘》，既是给自己的笔墨生涯留下真实记录，也是为了告慰那些健在和已故老人的心灵。本书共编入105篇文章，分新闻篇、通讯篇、专访篇、论文篇，共计20余万字。虽然文字显得稚嫩，但它们是我用汗水和心血从枫林中撷取的几片红叶，敬请良师益友和读者不吝赐教。

老干部、老党员是党和国家的宝贵财富，是新时期重要的政治资源。学习宣传老同志，珍惜光荣历史，引导舆论，弘扬党的光荣传统和优良作风，重视发挥老干部、老党员的作用是党的嘱托，是时代的要求，是新闻媒体的责任和担当。作为一名新闻工作者，为《老人春秋》杂志服务，为老同志放歌，我由衷地感到自豪。

我要一如既往地和同人们一起继续努力，精准把握老干部工作的宣传规律和受众特点，倾力打造受老同志欢迎和广大读者喜爱的宣传平台，聚焦老干部宣传主题，深度解读党和国家的重大决策部署，学习交流老干部工作经验，讲好老同志的故事。我将采撷更多的红叶，尽心尽力地编织“老同志、正能量、新形象”的灿烂晚霞，让老同志在革命和社会主义建设岁月中积淀的红色基因闪耀光芒、代代相传，为发展新时代中国特色社会主义伟大事业做出应有的贡献。

姚静静

2019 年 8 月 6 日

目录

CONTENTS

新闻篇

人物新闻

经验性新闻

通讯篇

专访篇

论文篇

新闻篇

人物新闻

段同仁：余热在奉献中生辉

老年人退休后，有了更多可支配的时间，大多赋闲在家带孙子、忙家务、打牌下棋、会友，长期这样生活下去，难免会感到生活单调乏味。如果及时调整心态，发挥余热，不仅可以充实生活，而且可以温暖别人。河南省济源市退休干部段同仁便是如此。

段同仁退休后，经过短短的“休眠”期，看到许多青少年由于不学法、不懂法而走上犯罪的道路，决心为青少年法制教育发挥余热。为此，他自费订阅了《少年与法》《法制世界》等法制类报刊，购买法律书籍自学，并经常到公、检、法、司等部门收集案情案例。与此同时，他根据青少年在小学、初中和高中三个阶段的心理特点，紧密联系学校实际和当前的社会形势，采取大报告小课堂、小报告大课堂的方式以案说法，以例释法，通过案例教学报告引导青少年增强法制观念，自觉学法、守法。

多年来，段同仁先后在本市及周边乡镇26所中小学校进行法制教育讲座208场次，直接受教育学生达6万多人。他主编的《青少年法制教育讲座》教材（初中使用）和《少年儿童法制教育讲座》教材（小学三年级以上使用），经公安、教育等有关部门审核批准，在2个县（市、区）12个乡镇的中小学使用；总结的“124法制教育法”在全省推广。段同仁多次被河南省表彰为“关心下一代工作先进个人”。

（刊登于《老年日报》）

李其祥：老而不休绽“新花”

河南省豫剧一团舞美设计师李其祥，从岗位上退休后潜心研究舞美设计和烙画工艺，既丰富了晚年生活，又在丝绸烙画技术上实现了新突破。

李其祥退休后，团里每次遇到重大剧目排练，都邀请他参加。李其祥不仅欣然接受，而且仍像以前一样认真负责，从舞台到后台，从化妆间到舞台的景物制作，他都细细考虑、精心设计。为促进烙画工艺发展，李其祥发挥自己的优势，刻苦钻研烙画工艺。经过多年的探索和上百次的实验，烙画技术在用材上实现了一次又一次的新突破：先由传统的木材改用宣纸，再由宣纸改用丝绢，使烙画能同中国画一样装裱成轴，登入大雅之堂。这项技术被国际友人称为“东方艺术又一朵新花”，被书画界称为“创新的民族艺术”。

几年来，李其祥先后承担完成《五更惊雷》《洪战辉》《红颜钦差》及新版《花木兰》等剧目的设计和制作，并应邀参加了省豫剧二团演出的《穆桂英》和商丘市的《李学生》《钟鸣钟庄》等剧目的舞台美术设计。在此基础上，李其祥精心完成的《圆明园四十景》《春来天地图》等丝绢烙画，被评为“河南省知名文化产品”，并荣获“河南民间文艺金鼎奖”。

（刊登于《老年日报》）

许抱忠：热心社会办学

美国作家海伦·凯勒在自传中写道：闪光的生命在于奉献，只有生命的每一刻都在奋斗，人的生命才是充实而有意义的。郑州市的许抱忠就是如此，他离休后，仍然托着自己多病的身体义务办学，为社会培养有用人才。

许抱忠被确诊为直肠癌后，医生做手术时，把病灶连同直肠一起切除，然后在腹部左侧切口做了人造肛门。从此，他大便袋不离身。有专家曾预言，他最多能活3年。

这位经过抗日战争和解放战争洗礼的老英雄康复后，继续发扬“利居群后、责在人先”的高尚精神，大力贯彻“延安精神、抗大作风”和“丹心育人、乐于奉献”的办学宗旨，在教育部门的配合下，创办了“郑州振兴业余文化补习专修学校”。起初，学校没有校舍，许抱忠把儿子结婚用的新房腾出来当办公室；没有教学经费，他把每月的退休金充当公用。经过多年的艰苦努力，共投入资金1536万元，他创建了郑州中华职业大学、河南省中华中等专业学校、郑州中华职业中华双语学校。同时，他还免费培训下岗职工、残疾人1.8万人。

一分耕耘，一分收获。许抱忠“急人所急、雪中送炭，灯亮一盏、光洒一片”的办学精神，得到了社会的广泛赞扬。他被评为“河南省社会力量办学先进个人”，并荣获国家“老有所为”精英奖和“东方之子”精英奖。

（刊登于《老年日报》）

马玉琴：暮年正气撼天地

有着47年党龄、42年法官生涯的马玉琴，退休后被河南省高级人民法院返聘到“法官举报中心”。

马玉琴虽然是返聘上岗，但仍像当年那样，用火一般炽热的情怀温暖一颗颗遭受创伤的心灵，又用剑一样的冷酷铲除邪恶势力，还社会公平正义。邓州市的一位农村女孩遭人强暴后下肢瘫痪，罪犯不仅逍遥法外，还经常去她家骚扰她，致使母女俩在村里生活不下去。马玉琴了解了母女的遭遇后，深入当地了解情况，认真调查取证，使罪犯得到了应有的惩罚。登封市城关乡的4位农民向马玉琴反映村委会违反土地承包政策、侵害村民利益时，将1000元现金塞进了她的抽屉里，被她严词拒绝。他们禁不住发出感叹，没想到退休的老法官竟这样耿直。

多年来，马玉琴始终坚持用法律维护群众的利益，先后拒收各种礼金达2万多元，被群众誉为“正气撼天地、清风播中原”的法官。

（刊登于《老年日报》）

杨有云：老有所学终成“华佗”

河南省周口市的杨有云退休后，利用自己早年在部队学的护理知识和基本技能，加上祖传的医学秘方，认真研读古典和现代医学书籍，并采取有偿方式向当地群众收集民间土方，将土方与现代高科技医疗方法相结合，研制出治疗风湿性和类风湿关节炎的新方法。

沈丘县水利局退休干部杨士中，当年因跳到零下20℃的冰水里修水库，后来终年腿痛，行走困难。杨有云给他诊断后，采取民间中草药熏蒸法治疗，终于使他逐步恢复了健康。杨有云曾先后为天津、新疆、湖北、湖南等地的群众治疗颈椎、腰椎增生等各种“疑难杂症”1000多例，很多被杨有云治愈的患者都称他是再世“华佗”。

（刊登于《老年日报》）

李金聚：创办“长征书屋”宣传长征精神

河南省社旗县粮食局退休干部李金聚，在赊店古镇创办“长征书屋”，免费为社会各界群众服务了30年，被上级单位表彰为“文化工作先进个人”“老干部先进个人”。李金聚“双喜临门”，成为全镇街头巷尾谈论的红人。

李金聚特别崇尚红军不怕千难万险的长征精神。为了能看到更多的关于长征题材的资料，他平时省吃俭用，自费订阅了《解放军报》《解放军文摘》等军事报刊。平时也特别留意有关长征的文章，看到这方面的人物、故事、图片，他就收集起来。后来人们看到长征题材的资料，就主动推荐给他，他收集的资料因此越来越多。

后来，李金聚自费办起了“长征书屋”。挂牌那天，县文化局专门派人送来了两块匾联，上面写着“爬雪山过草地吃草根啃树皮咀嚼牛皮带历尽千难万险，战湘江渡乌江跨金沙横大渡飞夺泸定桥征战二万五千里”，道出了中国工农红军当年不怕牺牲、排除万难，争取胜利的长征精神。为此，每逢星期天和节假日，李金聚放弃休息时间，深入当地的中小学校开展艰苦奋斗教育，讲述红军爬雪山、过草地，挖草根、吃树皮，用小米加步枪打败国民党反动派、赶走日本侵略者的战斗故事。来来往往的中小学生、青年官兵，在长征书屋查阅长征方面的资料文献，显示出这个仅20平方米的书屋的厚重，他们都从内心赞叹李金聚的高尚之举。

多年来，李金聚先后购买了《长征回忆录》《特殊连队》《红二方面军长征记》等200多本长征图书，收集长征的珍贵历史图片160多幅，剪辑文章1600多篇。先后深入机关、工厂和大中专院校做报告1200多场（次），直接受教育者达20多万人。他兴奋地说，如果将来条件允许的话，一定重走长征路，把展览一直办下去，让长征精神代代相传。

（刊登于《老年日报》）

陈万春：情注希望工程

河南省新密市的退休老师陈万春，情注希望工程二十多年，与时俱进拓宽资助范围，真情关心下一代的成长，被誉为退休不退志的“辛苦园丁”。

当了一辈子“教学匠”的陈万春刚退休赋闲在家，内心却始终割舍不下对孩子们的感情。平时，他还经常到上学的路上走走，看着孩子们背着书包高高兴兴上学的情景；或者到校园里看一看，听听孩子们朗朗的读书声。但是，每当他从电视、报纸、广播里，看到或听到贫困地区的孩子因家贫失学而又渴望读书的报道，心情几天也平静不下来。于是，他主动到市妇联和共青团，资助了当地 6 个乡镇的 108 名贫困中小学生。

国家出台了“两免一补”政策，从根本解决了中小学生上学难、读书难的问题后，陈万春不顾自己做了心脏搭桥手术，在家人的帮助下，托着虚弱的身体到市总工会，主动资助了赵晓楠、郭振营等 7 名考上大学而交不起学费的学生。陈万春先后出资共计 8 万余元，帮助 115 名学生圆了就学梦。

（刊登于《老年日报》）

李栓：为失足青年的成长辟新径

新密市的退休干部李栓从政法战线退休后，主动关心失足青年的成长环境，积极为他们洗心革面、重新做人开辟新径，受到社会的广泛关注。

新密市袁庄乡龙泉寺村的孤儿小袁，劳教回到村里后孤身一人、无依无靠，便抱着“混”一生的想法，整日东游西逛、偷偷摸摸，村里人是人见人烦，都躲着他走。李栓得知情况后，专门让老伴给他买了一套崭新的被褥和衣服，还多次上门给他摆事实、讲道理，使小袁认清了真善美与假恶丑，决心痛改前非。在李栓和乡亲们的帮助下，小袁办起了家禽养殖场，生活发生了翻天覆地的变化。

小袁刑满回家后，整天不出门、不说话，父母万般无奈找到了李栓。李栓苦口婆心地劝说，得知小袁有学开车、跑出租的想法，但因家庭条件有限，便憋在了心里。找到了问题的症结后，李栓当即联系驾校，并亲自送他去学习。小袁拿到驾照后，李栓还拿出自己多年积攒的养老钱，帮助他买了面包车，小袁实现了跑出租的愿望。如今，小袁每接到一手活，他说的第一句话就是，要不是李伯伯的关心，我哪有今天的幸福生活呀！

（刊登于《老年日报》）

蔡文珍：脱贫致富的带头人

河南省许昌市建安区苏桥镇的乡亲们一提起蔡文珍，都禁不住竖起大拇指。多年前，蔡文珍从县防疫站离休后，本应赋闲在家颐养天年，但为帮助乡亲们脱贫致富，他积极闯市场、找门路，带领大家走向了富裕路。

那年，蔡文珍离休后回到老家司堂村，看到乡亲们整日面朝黄土背朝天，日子过得紧巴巴，就开始寻找致富项目。经过考察和论证，他选定了蘑菇种植业，因为当地的资源和气候特点适合种蘑菇，也能发挥他的专业特长。于是，蔡文珍每天往返 30 多公里，到市区一家食用菌开发有限公司学习种植技术。学成后，他请来技术人员到村里培训种植户，在保证蘑菇生产质量的基础上，成立了“种植+养殖”食用菌协会，免费为村民提供项目咨询和技术服务。

随着生产规模的不断扩大，司堂村被确定为种植基地，村里致富无门的村民纷纷开始种植蘑菇。村民蔡中宪的父亲长年卧病在床，家中生活十分困难。蔡文珍了解情况后，送他到省食用菌培训学校学习，帮助他筹措资金建棚、引种，协助他寻求销售渠道，当年纯利润达 1.2 万元，帮助蔡中宪还清了家中的欠款。看到许多在外务工的青年返乡后创业热情高、劲头足，蔡文珍又不顾年高体弱，专程到驻马店考察养鳖项目，并选派 6 名文化程度高的青年学习养殖技术，并与当地的养殖公司签订了收购合同。在他的精心扶持下，当年全村土鳖养殖户由原来的 3 家逐渐发展到 20 多家，村民的收入成倍提高。

多年来，蔡文珍先后到山东、安徽、湖北等地考察农产品发展项目，行程达36万公里，还在当地成立了3个农产品协会，帮助6个自然村走上了专业化种植养殖的道路，无偿扶持困难群众资金近20多万元，使当地农民的纯收入从原来不足500元提高到现在的2万多元。蔡文珍被群众亲切誉为“脱贫致富的带头人”。

（刊登于《老年日报》）

钟敏芳：思想教育的好帮手

漯河市郾城区老干部钟敏芳离休时，正值我国经济、政治体制改革进入关键阶段。面对纷繁复杂的社会情况和东西方思潮的碰撞，钟敏芳决定用自己的亲身经历和人生感悟，教育青少年树立正确的世界观、人生观和价值观，进一步坚定建设有中国特色的社会主义的信心。从此，钟敏芳加入了关心下一代教育的队伍，一干就是20多年。其间，她先后整理青少年思想道德教育、时事政策教育等演讲材料90多万字，深入当地中小学校、党政机关、企事业单位和驻军做报告1200多场次，其报告以寓教于乐、轻松幽默见长，深受青少年喜爱。

为写好每一篇报告讲稿，钟敏芳走进学校，与师生交谈；走进家庭，与家长交换意见；走访少管所，与干警和失足少年座谈，了解不同阶层、不同行业对当前青少年管理教育的内容和方法。在全面掌握了受教人员的思想状况和价值取向后，她查阅了大量报刊，从中找出符合时代特征的新思想、新论断，再结合青少年的热点话题，先后写成了《把党挂心上，走好人生路》《树立正确“三观”，做“四有”新人》和《爱国主义是一个人的第一品质》等演讲稿，深入当地中小学校开展爱国主义教育、理想信念教育、青少年思想道德教育和社会主义核心价值观教育及“八荣八耻”等专题教育。正是因为她的报告针对性强，而且摆脱了以往照本宣科的报告会模式，青少年每次听了钟敏芳的报告都会感到内容新颖、观点鲜明、主题突出。钟敏芳被区中心小学、实验中学等聘请为“校外辅导员”。

为使思想教育形式多样、贴近实际、寓教于乐，钟敏芳发挥自己能歌善舞的特长，组织离退休老同志成立了宣传队，他们结合青少年的生活实际创作文艺作品，以重大节日为契机，深入学校、工厂、部队慰问演出。这些节目或是关于理想信念的建立，或是关于抵制网络低俗文化，或是关于感恩之心的培养，在轻松愉悦的氛围中以潜移默化的方式教育青少年，为他们的健康成长筑起了坚固的思想防线。“钟奶奶的报告有意思!”也成了青少年口中常说的一句话。

（刊登于《中国老年报》）

邢轸：创制数学符号第一人

在河南召开的全省十大教育新闻人物表彰大会领奖台上，荥阳市的退休教师邢轸格外引人注目。当主持人问及是什么精神使他对数学符号的研究几年不间断时，邢老淡然地说："十年树木，百年树人。作为一名教育工作者，如果不为后人留下点什么，我感觉心里空落落的。"就是这句普通的话语，道出了老人一生的追求。

邢轸原是河南省荥阳市三中的数学教师。20 世纪 80 年代初，他刚涉足数学领域时，看到德国数学家魏德美发明了加号" + "和减号" − "，英国数学家欧德莱发明了乘号" × "，瑞士人哈纳 17 世纪时创制了除号" ÷ "，却没有中国人创制的符号。后来，他参加中招考试数学阅卷时，对一道圆弧题产生了很大的质疑：圆弧本是双重度量单位，可标准答案只有一个，并且也没注明是长度还是角度，他产生了疑问，而且萌生出创制表达更加合适、更加清楚明了的数学符号的想法。

后来，邢轸结合自己的教学实践和当时国际数学符号的应用法则，经过大量的调查研究、对比分析，借鉴象形和谐音的文字创制方式，提出了圆弧的新表达方法。他的学术论文《关于圆弧记法的建议》在《数学教师》杂志上发表后，引起了教育界的高度重视，当年他两次应邀参加了全国中学数学理论研讨会。

在有关专家的指导下，邢轸全面考查了当时的苏联和日本等数学教育先进国家的中学教材之后，结合我国颁布的数学符号标准和中小学数学教材实用情况，向国家教委递交了论文《弧的符号浅说》，系统阐明了圆弧作为双重度量应具有特定符号标志的重要性，提出了表述完整、简单明了的新数学符号。经国内数学界专家的全面论证，他提出的数学符号得到了教育部门的充分肯定，并在世界范围内得到认可。

很快，我国专门下发了《中小学数学符号标准》，推广邢轸研制的圆弧的度数和长度符号，这使他更加坚定了创制数学符号的决心。此后，邢轸在三尺讲台上默默耕耘的同时，结合自己的教学体会，潜心研究数学符号标准化和创制推广工作，先后创制了二面角和 n 面角符号、平面符号、矩形和梯形符号、菱形和正方形符号等 9 种数学符号，这些符号在初、高中教科书中得到了全面应用。

多年来，邢轸共 24 次参加全国数学界理论研讨会，是我国“量和单位标准化分委会”委员，是当前《量和单位国家标准实施指南》的编写成员，成为我国名副其实的创制数学符号第一人。

（刊登于《老年日报》）

经验性新闻

搭建文化舞台　共建和谐家园

——记郑州市金水区东风路文北社区离退休干部党支部

郑州市金水区东风路文北社区离退休干部党支部，发挥辖区大中专院校多、科研机构多和知识分子多的优势，积极搭建文化舞台，为社区建设注入了生机和活力。

文北社区位于郑州市城郊接合部，辖区有省地质勘探院和省工业学校、郑州广播电视学校等 7 个单位，在校大中专学生上万名，是典型的文化性、学习性社区。为加深老同志间的思想感情，支部从加强党组织建设入手，打破以单位为主的区域化党员管理模式，根据居住情况将 256 名党员划成 4 个小组。开展了“敲开老干部门、温暖老干部心”活动，支部委员带领党员到高龄、空巢老人家中走访，帮助解决他们生活中遇到的实际困难。国家一级演员、豫剧表演艺术家高玉秋因琐事烦心，常独自闷在家中，老党员赵综庭以戏会友，经常上门谈心疏导，终于解开了高玉秋的心结。

为活跃社区文化生活，支部发挥老艺术家的指导作用，成立了木兰剑队、合唱队、舞蹈队等群众性文化组织，强身健体、寓教于乐、愉悦身心。演出队退休干部刘书纯针对各种不法分子采取多种手段诈骗老人的社会现状，将重点案例编成情景剧在社区演出，增强了老年人的防范意识。支部还积极为有才艺的老同志搭台唱戏，先后联合省电视台、《大河报》等媒体举办老年歌舞大赛、厨艺大赛和具有家庭特色的老年运动会等活动，增强文化的亲和力，促进了家庭和气、邻里和睦、社区和谐，受到居民广泛的好评。

针对当前“好人该不该做”的社会争论，支部组织“五老”开展了“做好四种人教育活动”，聘请老公安、老教师等举办英模事迹报告会，引导人们怎样做好人、怎样做能人、怎样做善人、怎样做完人，在社会上引起强烈反响。广大“五老”人员还与社区里的大学生联合开展了走进社区、走近老人、走进军营活动，先后举办了“爱社区摄影展”“雷锋日记展”，推动了社区的精神文明建设，并营造出健康和谐、文明向上的文化氛围。

（刊登于《中国老年报》）

创先争优做表率

——记郑州市二七区市政局离退休党支部

近年来，郑州市二七区市政局离退休干部党支部以创先争优活动为契机，以加强理论学习和思想政治建设为重点，在参与市政建设、美化市容、整洁市貌中当尖兵、做表率，在全社会树立了一面永葆先进性的旗帜。

该支部全体党员将“离岗不离责，退休不褪色，永葆先进性”作为思想和行动指南，不断加强自身建设，组织开展自我教育、自我服务、自我管理活动。根据老同志的思想实际和身体情况，支部制定切实可行的学习计划，采取理论授课、录像辅导、专题教育、座谈讨论等灵活多样的方式方法，开展形式多样的思想政治教育，引导党员做到“六要六不要”，即要坚持坚定的政治立场，不要偏听偏信、随大流；要保持饱满的革命斗志，不要放弃个人的理想信念；要坚持胸怀大局，不要目光短浅；要坚持与时俱进，不要因循守旧；要坚持公道正派，不要阳奉阴违；要保持高风亮节，不要晚节不保。支部带领党员广泛开展群众性谈心活动，相互交流思想，彼此排忧解难，唱响《团结就是力量》的和谐赞歌，增强了党支部的亲和力。

支部党员围绕加强市容市政建设，自发成立老干部市容督察队、市貌检查队、路政抢修队等，在辖区街道社区的菜市场、商场、学校和道路两旁，检查公共环境卫生和公共建设情况，协助有关部门做好公共设施的日常维护工作。在国家质量管理体系标准认证中，支部书记王华才代表全体党员积极请战，主动受领任务，组织高级工程师和老技术人员深入公共服务场所实地考察、现场指导，认真修缮、加强整改，顺利通过国家考核验收，支部被全体干部职工誉为“市政建设的坚强后盾”。

（刊登于《中国老年报》）

坚持学习　永葆本色

——记郑州市中原区人大离退休干部党支部

郑州市中原区人大离退休干部党支部在基层党组织建设中，积极开展适合老同志的思想政治教育活动，使广大党员永葆为党的事业奋斗终生的革命本色。

该支部针对老干部的现实思想，从加强理论学习做起，引导党员适应新生活，坚定理想信念，做出新的贡献。结合每个阶段的学习内容，在思想政治教育中做到“两好两保证三提倡”，即学习资料购买发放好、学习计划制订落实好，保证有充足的学习时间、保证人人写好学习心得体会，大力提倡学习上互帮互助、大力提倡多写学习体会和理论研究文章、大力提倡学习的多样化，让广大老同志不仅学政治，而且根据老年人的身体状况学养生、学保健。

为保证学习效果，党支部专门聘请专家学者、报社记者和医务人员进行辅导，先后举办了科学发展观理论专题讲座、老年人常见病多见病预防讲座，进行了写作知识培训，不仅武装了老同志的思想，提高了养生保健意识，而且从中体验到学习乐趣，支部形成了浓厚的学习氛围，先后涌现一批写作能手、养生“土专家”，促进了党的思想理论的传播和老同志的身体保健。

老党员们充分运用在学习中获得的知识和力量，自觉奉献社会。党支部与区关工委联合成立了理论知识宣讲团、思想道德教育报告团，定期组织党员深入中小学校开展传统文化教育，传授法律常识和党的最新理论知识。离休干部、区关工委副主任杨丽臣、冯浪萍，多年如一日，为青少年的健康成长精心耕耘。党支部与区老促会联合成立了经济发展信息指导小组、帮扶小组，老干部们经常深入街道、社区，就经济社会发展情况开展专题调研。老党员王蔚生在支部的帮助下，创办了中原区青少年家教咨询服务中心和特殊青少年教育帮扶中心，为青少年健康成长营造了良好的社会氛围，成为青少年的良师益友；毛玉发充分发挥自身优势，积极为区里发展经济上项目、跑资金。老党员们在不同“岗位”上发挥余热，以实际行动彰显了共产党员全心全意为人民服务的革命本色。

（刊登于《中国老年报》）

打造老党员的幸福家园

——记郑州市惠济区同乐社区离退休党支部

郑州市惠济区同乐社区内老年人口多、流动人口多、散居人口多、公共单位少，社区老党员大多是从外地外单位转来的。针对这一实际，同乐社区离退休党支部积极协助街道大力加强社区党建工作和规范化社区建设工作，使社区成为老党员的幸福家园。

同乐离退休党支部专门制定了《党员学习制度》《党员活动制度》《走访慰问联系制度》，在党员中努力开展争创学习星、团结星、帮带星、关爱星、奉献星的“五星”活动和带好一个家庭、带好一个邻居、带好一个楼栋，争当优秀党员、争当五好家庭为主要内容的“三带两争”活动。广大老同志充分发挥主观能动性，以区域化党建和“四就近”工作为平台，积极筹措资金，在社区建立了老干部服务中心、文体活动中心和卫生服务站。支部坚持周有计划、月有活动、季度有比赛、年底有演出，组织老同志在活动中相识相知。

为加强居民间的思想交流，支部坚持为老干部过集体生日和开展“邻居节”活动，鼓励行动不便和独居的老人走出家门，参与集体活动。支部还组织成立了社区志愿者亲情队、医疗服务亲情队，采取分片包块、“一对一”结对帮扶的办法，为老干部提供人文关怀和亲情服务。社区老干部付荣来因房产与子女发生矛盾，无人照料，帮扶对子张文华不顾年老体弱，一边照顾付老的日常生活，一边多次上门做其儿女的思想工作，终于将问题圆满解决。

根据老同志的意愿，支部协调市老干部大学在社区建立了教学点，定期选派老师进行电脑、书法、花卉栽培等培训；专门成立了社区关心下一代活动小组，定期组织老教师、老英雄、老模范到辖区小学做报告，对单亲家庭学生进行心理健康教育，对特困家庭实施爱心助学。社区还开办了“四点半课堂”，协助家长照看孩子、辅导功课，真正成为老少同乐、老少同学的家园。

（刊登于《中国老年报》）

加强民族团结　共建和谐街道

——记郑州市管城回族区北下街街道离退休干部党支部

郑州市管城回族区北下街街道离退休干部党支部，针对辖区少数民族多而分散、围寺而居的特点，结合新形势下少数民族工作遇到的新情况、新问题，积极创新思路、搭建平台，携手共建和谐街道。

管城回族区北下街街道地处郑州市中心城区，有回、蒙、满等多个少数民族，人口约占全区人口的30%，是郑州市回族群众居住最集中的地区。为加强民族团结，促进社会和谐，管城回族区北下街街道离退休干部党支部，组织会做群众工作的老党员成立了老干部宗教政策讲师团和夕阳红义务宣讲队、社会治安巡逻队，广泛开展民主法治和民族宗教政策、民族习俗和民族风情教育，引导广大群众尊重民族信仰、遵循公序良俗，为维护当地的民族团结做出了积极努力。

针对当前各种社会矛盾和利益冲突逐年递增的现状，党支部组织懂法律、威望高、热心公益事业、善于开展思想工作的老干部党员，先后成立了北顺城社区“少数民族社会法庭”、代书胡同社区“民族调解室”，为少数民族群众调解邻里关系、普通债务和民事纠纷，街道形成了回汉群众相互友爱、和睦相处的良好氛围。

该支部还发挥老干部党员在民族团结中的桥梁作用，深入开展“齐心永向党，民族一家亲”活动，组织辖区内的7个社区共同签署《民族团结进步友好社区协议》，建立了社区定期座谈联谊和互访制度，主动加强友好联系，解决群众分歧，争创民族和谐社区。依托街道活动场地，老党员们创办了老年文艺队、老年门球队、社区文体活动室，定期举办夕阳红趣味运动会等特色文体活动，拉近民族居民间的距离；利用星月社区的科普大学教室，定期聘请老教师、老专家开展法制、卫生和健康知识讲座，培养群众思想感情，提高团结互助意识，营造了和谐氛围。

据统计，近年来，支部在全区范围内共举办宣讲民族政策、法规报告80多场，开展巡逻活动120余次，解决少数民族群众问题

70多个，调解社会纠纷320余起。

（刊登于《中国老年报》）

发挥思想引领作用　维护社会和谐稳定

——记郑州市上街区机关离退休干部党支部

在创先争优活动中，郑州市上街区机关离退休干部党支部依托老党员明显的政治优势，创办了“老干部思想政治大讲堂”，成立了多个宣讲小组，组织老同志发挥思想引领作用，向人民群众宣讲党的政策，理顺思想情绪，进一步促进了社会的和谐稳定。

支部首先挑选政治理论基础好、思想觉悟高、表达能力强、热心公益事业的老党员，分别设立了社区讲解员、单位督导员、学校辅导员和工商宣传员等理论“八大员”，并采取自荐领学、专家讲学、电子教学、外出访学等方式进行培训，提高老同志真实、客观地看待实际问题的能力和宣讲辅导的能力。在此基础上，针对社会上的热点问题，组织党员入社区、下街道、进学校、上机关，广泛开展思想政治大讲堂，为全社会各级各类人员讲解党的大政方针政策，帮助解惑释疑。

针对当前个别地区和行业在干部任用上的不正之风，老党员们深入社区讲解党的政策。退休干部、区人大原副主任安培修，认真向群众宣传《干部任用条例》，同时结合区委区政府推行的“三票制”，逐级考察、任前公示等选拔程序，诠释了干部任用的公平、公开、公正原则，消除了群众的疑虑。围绕一些敏感问题，支部

"老干部督导小组"成员定期到辖区单位讲解党的性质、宗旨、优良传统和国家的法律法规，增强干部职工"守党纪、保稳定、促和谐"的大局意识。退休干部、原区检察院副检察长李海顺得知一位农民工在施工时不慎摔伤，而施工单位置之不理，家庭无力支付医药费后，多次到工地讲解《劳动法》和《农民工权益保障条例》。经过苦口婆心的劝导，用人单位主动缴纳了住院费，委派专人护理伤者，使问题得到了妥善处理。

针对制假买假问题，支部"诚信经营、文明经商"宣讲小组，组织党员印发宣传手册，走进街道、门店宣传工商管理条例和文明城区建设条规，引导市民和店主诚实守信、文明经营、依法纳税，以实际行动保护消费者的合法权益。今年，支部共组织党员下基层收集民情民意 28 次，开展优良传统教育 33 堂次、法制教育 12 堂次，调解民事纠纷 32 件，为维护社会的和谐稳定做出了重要贡献。

（刊登于《中国老年报》）

让鲜艳的党旗飘扬在大山深处

——记登封市唐庄乡老干部党支部

登封市唐庄乡地处中岳嵩山西北部，这里虽然土地贫瘠、资源匮乏，但乡老干部党支部充分发挥战斗堡垒作用，在积极为群众破解发展难题、把大家凝聚在一起的基础上，引导老干部党员带领群众脱贫致富，让鲜艳的党旗飘扬在大山深处。

唐庄乡地处山区，老干部居住分散，以前老干部定点医院在市区，老同志去看一次病要跑几十里的山路。为解决老同志看病远的难题，支部书记高金亮多次与乡政府和市卫生部门协调，最终把乡卫生院确定为老干部定点医疗点，结束了离退休老同志有病往市区跑的历史，避免了路途奔波之苦。

结合当前的新农村建设现状，支部成立了“和谐新农村促进委员会”，自觉担负起调解民事纠纷、卫生评比、移风易俗等群众工作。登焦高速公路修筑期间，占用了唐庄乡井湾村的大量田地。山区土地贫瘠，村民视土如金，因划价不均而感到不满，50 多户村民先后 3 次赴省、市上访。支部充分发挥老党员的政治优势和经验优势，深入农户家中宣讲国家政策，详细讲解发展大局与群众利益的关系，最终解开了村民们的思想疙瘩，使工程得以顺利开工。唐西村一青年因偷盗被判刑，出狱后，曾到多家企业应聘，但都被拒之门外。他意志消沉，产生了破罐破摔的想法。支部了解情况后，书记高金亮出面担保，他才到一家企业打工，走出了困境，重新鼓起生活的勇气。

支部组织老干部党员发挥自身优势，全力帮助群众致富奔小康。玉台村的两位老党员、退休教师自学养殖技术，办起了联合养猪场，辐射并带动村里的 5 位青年搞起了种猪养殖，使村民的年收入都达到了 5 万元以上。一位有化工专长的老党员开办了矿产服务部，带领全村走上了矿石开发的致富新路。唐东村的一位老干部协助儿子办起了砂轮厂，年收入超过 10 万元，安置农村闲置劳动力十几人，带动全乡迈向了依靠科技发展推动新农村建设的新时代。

（刊登于《中国老年报》）

用法传党情　真心维稳定

——记河南省高级人民法院老干部党支部

河南省高级人民法院老干部党支部充分发挥老党员的法律专长，组织开展法律宣传、咨询和教育活动，以实际行动参与道德法制建设，为维护社会稳定、促进公平正义做出了新贡献。

支部专门成立了公正司法促进会、法律咨询室，组织老法官发挥余热，常年为人民群众解决涉法问题。每逢重大节假日，支部在公园、街头等人群比较集中的地方开展义务法律咨询。有一次，支部在郑州市紫荆山广场开展法律咨询活动时，一位20多岁的姑娘向老法官们求助。她的父亲因涉嫌故意杀人罪被关押，她到多个部门反映被拒之门外。老党员马廷选认真查阅了相关材料，发现案件有许多疑点，于是及时向支部汇报，又与省法院领导沟通协调。他不顾年高体弱，多次到当地进行实地调查、查阅卷宗，写出了详细的调查报告。后经省高级人民法院慎重调查、取证，最终撤销原判，姑娘的父亲被无罪释放。

支部鼓励老法官退休不退志、退岗不退党，为维护社会稳定，促进社会和谐做贡献。在各级换届选举中，支部委员、老法官韦殿清带领老党员深入党政机关宣传《选举法》，引导各级党委、支部和广大党员干部严格遵守法律程序，依法选举，确实把德才兼备的优秀人才选出来。支部还组织老党员成立了网吧监督员，监督未成年人上网。在有关部门的配合下，支部很快关闭了多家违规经营网吧，拆除了百余台电脑。家长们称赞道，老干部为避免孩子们沉迷于网瘾筑起了一道“防火墙”。

近年来，在支部的带领下，老法官们先后深入16所中小学开展法制教育课200多堂，直接受教育者达4万多人；帮助纠正冤案、错案9起，劝解5名服法在逃分子投案自首，有效地维护了法律尊严，伸张了正义。

（刊登于《中国老年报》）

规范化建设促发展

——记河南省人民检察院机关离退休干部党支部

河南省人民检察院机关离退休干部党支部在创先争优活动中，发挥党员强烈的忧国忧民的政治热情和为党的事业奋斗终生的政治品质，坚持从基础入手，规范组织建设，完善工作制度，实现了“教育、管理、服务、稳定”协调发展，有力地促进了检察工作的顺利开展。

支部健全支委班子，规范学习制度，认真落实“三会一课”制度，为每位党员订阅了《中国老年报》《检察日报》等报刊，坚持每周召开一次党小组会，每月上一堂党课，每季度组织一次家访，每年寄一张贺年卡，确保党员之间经常保持沟通，使彼此之间知家庭、知思想、知困难、知动向。支部长年开展“三学”活动，即学理论，提素质、炼党性；学准则，保晚节、倡廉政；学时政，跟时代、与时俱进。

支部加强阵地建设，规范活动制度，逐步设置了老干部学习室、党员活动室，修缮了图书室、棋牌室、阅览室，新建了谈心室、健身房；采取室内与室外、平时与节日、集中与分散相结合等方式，开展适合老年人的娱乐性、趣味性、知识性、教育性活动；先后组织老党员参观延安、井冈山等革命圣地，老同志共忆峥嵘岁月，缅怀先烈遗志，重温入党誓词。去红色景点参观，使他们在加强思想教育的同时愉悦了身心。

支部充分发挥战斗堡垒作用，加强服务管理，规范工作制度，深入开展结对帮扶活动，组织老干部互相关心、互相照顾，在结对服务中交流思想、排解孤独，增进思想感情；引导老同志与在职干部结成思想对子，通过讲解检察事业的发展历程，引导年轻同志迅速融入工作；支持老同志保持检察官的良好形象，积极发挥经验优势，参与民事纠纷调解、案件调查、法治宣传、法律咨询等活动，为维护社会稳定、促进法治建设做出了重要贡献。

（刊登于《中国老年报》）

爱心帮教谱颂歌

——记河南省郑州市司法局离退休党支部

近年来，河南省郑州市司法局离退休党支部以促进青少年健康成长为己任，在认真组织老党员开展各项学习活动的基础上，结合司法系统的工作性质，注重发挥老党员的政治优势和理论优势，积极组织离退休干警扎实开展思想帮教、精神感化、物质帮扶等帮教活动，帮助失足青少年走出了阴影，立志洗心革面、重新做人，以实际行动谱写了一曲爱心帮教的夕阳颂歌。

支部定期召开座谈会，分析帮教工作的形势，听取党员对帮教工作的意见、建议，及时向局党委汇报工作情况，并努力在人员、经费等方面取得领导的支持。在相关部门的协调下，支部先后解决了市监狱局和石佛劳教所关工委没有办公场所的问题。针对老同志开展帮教活动出去跑得多的实际情况，支部及时为老同志更换老年乘车证，定期组织健康体检、发放医疗费补助等，全力做好后勤服务工作，增强党组织的凝聚力，为老干部们心往一处想、劲往一处使、全身心投入到帮教活动中打下了坚实的基础。

在老党员的共同努力下，支部成立了“郑州市司法局离退休干部宣讲团”，并根据教育内容划分为思想政治、道德风尚、传统美德、“三热爱”和法律法规等6个宣讲小组，分头开展活动。十八里河和石佛劳教所把老干部的报告刻成光盘，利用广播播出，从心灵深处触动了服刑人员和劳教学员的灵魂，许多学员自觉向狱所写了悔改书。为了增强教育效果，支部及时组织党员深入齐礼阎、白庙等劳教所，了解帮教对象的思想情况，制定了详细的《帮教进程表》，因材施教、循序渐进。支部还根据帮教工作中遇到的真情故事，组织有文艺特长的党员编排相声、小品等文艺节目，定期到监狱和劳教所慰问演出，活跃狱所的文化生活。

党支部积极开展物质帮扶活动，专门建立了帮扶基金和助学基金，对特困罪犯及其家庭实施物质帮扶，为困难干警奉献爱心。多年来，支部全体党员先后深入狱所做思想教育报告120多场次，组织慰问演出40余场次，先后帮教32名学员提前解教，为劳教人员和社会捐款捐物达4万多元。

（刊登于《中国老年报》）

塑造检察形象　打造汴检新名片

——记开封市检察院离退休干部党支部

开封市人民检察院离退休干部党支部是与在职干警联建的党支部，党支部坚持按照“支部班子好、党员管理好、组织生活好、制度落实好、作用发挥好”的五好党支部要求，不断提升离退休干部的服务质量。党支部建设与机关党建工作同步发展，党员队伍思想稳定，党员先锋模范作用发挥较好，老干部更是时刻感受到党组织的关怀和照顾。

开封市院共有离退休干部109人，党支部结合全市开展的“千年古城盼复兴，四个开封我点赞”活动载体，离退休干部政治、经验、威望等独特优势，积极探索新形势下做好老干部工作的新路子、新办法，号召老干部经常教育子女和亲友遵纪守法，以案说法，帮助协调解决邻里纠纷，积极为社会做贡献，真正让老干部紧跟时代不落伍、思想认识不掉队、发挥能量我争先。

强化党建阵地　弘扬社会新风尚　在办公用房十分紧张的情况下，开封市人民检察院斥资建成集党支部工作会议室、书画创作、棋牌娱乐、书画摄影作品展览于一体的110平方米的多功能活动室，600平方米的文体活动室，90平方米的电子图书阅览室，满足老干部的活动需求。支部以党建为引领，在离退休党员中组织开展“党建+”系列活动，紧扣中央声音，强化组织建设，丰富活动主题内容，激发投身参与热情，切实将老干部蕴藏的正能量凝聚起来、释放出来、传递出来。

“党建+学习”。按照党支部“三会一课”要求，每月5日组织老干部定期开展党日活动，用集中交党费、上党课、召开座谈会、播放党课视频等形式，组织老干部学习党建理论知识和时事政治，畅谈党和国家的发展变化。

“党建+服务”。为提高居民的生活质量，充分发动老党员参与家属院物业管理与治安巡逻防控，退休干部唐新国自2015年担任家属院小区业委会主任以来，先后开展疏通下水管道、改造供水管网、拆除私搭乱建等工作，完善和建立了一系列规章制度，彻底改变了小区以前脏、乱、差的状态。在他的影响下，许多老同志主动加入管理服务行列，为“老有所为”创造良好条件。2016年，唐新国被市委老干部局表彰为先进典型，离退休干部李善华、崔明堂、岳海玲等被社区评选为“文明家庭”“文明户”。

“党建+爱心”。党支部号召老干部每年秋、冬季向社会捐赠过冬衣物。2015年至今，家属院小区200余户居民共向社会捐赠各种衣物8000余件，体现了和谐社会互帮互助的新风尚。

“党建+关心”。将“三个一”和“三走访”变成常态，即为离退休干部订一本《老人春秋》，组织一次健康讲座，生日时送一个生日蛋糕；重大节日问候走访，重大变故慰问走访，生病住院探望走访。

建党95周年时举行佩授纪念章仪式，党组书记、检察长杨中立亲自为50年以上党龄的24名老同志佩戴纪念章，激励他们永远跟党走。

组织策划得力　激发老干新作为　结合主题活动和老干部实际，开封市院精心策划、缜密安排、措施得力，成立了正能量活动领导小组和办公室，制订切实可行的活动方案，每季度向党组汇报工作开展和完成进度情况，半年专题汇报老干部工作开展情况，加强督导检查，确保活动高效开展。突出开展适合老干部身心健康、为社会“增添正能量”的文娱活动，努力提升活动的政治性、知识性、趣味性，充分调动老干部的积极性，并主动征求离退休干部的意见和建议，架起老干部与市院党组之间的桥梁。老干部纷纷建言献策，向院党组提出合理化建议，推动检察工作健康发展。

为方便交流，党支部创建“汴检夕阳红”微信群，引导老干部利用新媒体传播正能量，许多老干部带头将党建、健身、文娱等有意义的信息发到群里，不少正能量活动都是在群成员的酝酿下开展的。离退休干部热情高涨，积极投身到“为党和人民的事业增添正能量活动”中，先后涌现出岳海玲、李志杰、唐新国等一批老干部先进个人，展现了检察机关离退休干部的新形象。

开展主题活动　展示时代新风采　离退休干部党支部紧紧围绕“展示阳光心态、体验美好生活、畅谈发展变化”的主题，结合老干部的特长，开展了一系列丰富多彩的活动：组建“夕阳红”健身舞蹈队，开展广场舞、瑜伽和太极拳等锻炼活动；组建法律志愿者服务队开展送法“五进”活动，提供法律咨询服务；组织业余葫芦丝乐队为福利院老人表演节目；定期开展健步走、放风筝、摄影创作、厨艺展示等活动，重拾生活乐趣。

在关注社区精神文明建设方面，支部与宋城街道办事处联合开展“弘扬中华文化，走进书画世界”志愿者服务活动；与蔡屯社区联合开展“欢天喜地迎国庆，邻里和谐创文明”文艺汇演；结合扫黑除恶专项斗争，与金裕社区联合开展“金秋十月唱和谐，文明新风满宋城”文艺表演活动。各种活动展现出老干部党员热爱生活、积极向上、关爱社会的风采。

在关注离退休干部思想建设方面，每逢重要节日，支部都会带领老同志参观红色景点，激发老干部的爱国情怀；连续多年开展书画摄影诗词展览活动，老干部选送书画作品100余幅，摄影作品200余幅。年近80岁的史宝奎在全市离退休干部象棋比赛中，依靠精湛的棋艺赢得喝彩、取得佳绩。

“莫道桑榆晚，为霞尚满天。”开封市检察院离退休干部党支部被河南省委组织部、省委老干部局表彰为“全省老干部工作先进集体”，老干部处作为全市仅有的两个先进集体代表参加了全省“双先表彰大会”，接受省委领导的颁奖。2017年8月，代表开封市市直机关迎接省委组织部贯彻落实中央、省、市关于“加强和改进离退休干部工作”的督查工作。2018年7月，市委老干部局党工委表彰市院离退休干部党支部为“先进基层党组织”。2018年11月，市检察院老干部处代表开封市老干部管理部门顺利通过全省创建“为党和人民事业正能量活动”示范点考核验收工作，受到上级领导的好评。

多年来，开封市检察院离退休干部党支部全心全意为老干部服务，不断提高老干部的工作水平，使老干部工作更符合时代要求，更契合老干部的期待，真正做到了让党委放心、让老干部满意。

发挥堡垒作用　引领时代新风

——记河南省汝阳县人民法院第五党支部

近年来，河南省汝阳县人民法院第五党支部在院领导的关怀下，在原党组成员、政治处主任赵成光的组织领导下，按照政治上尊重、思想上关心、生活上照顾的原则，本着老干部有意见要听取、有建议要吸收、有问题要研究、有困难要解决的思路，充分发挥战斗堡垒作用，逐步探索出党建引领思想提升到位、关爱贴心健康呵护到位、制度保障余热发挥到位的时代步伐。

强化阵地建设　组建温馨的“家”　如何用心用情做好离退休干部服务工作，让老干部在政治上更有荣誉感、组织上更有归属感，阵地建设显得尤为重要。

几年前，一名奋战在基层派出法庭办案前线、曾被授予“‘学雷锋’争当人民好卫士”荣誉称号的退休老干部不幸病故。因他的独子早已去世，年迈的老伴是名清洁工，尽管家庭生活如此困难，但他却从未向组织提出过任何要求。党支部书记赵成光将此情况汇报给院长，院里专门召开会议，决定把关爱老同志的健康和生活放在老干部工作的首位，并将原二楼的接待室改造成老干部活动室，购买了办公桌椅，订阅了报纸杂志，提供电脑、棋类等学习娱乐器材，配备了血压测量仪器、应急药品、自动身高体重测量仪等，建起了“健康小屋”，为老干部保持身心健康提供了良好的环境，让老干部有了自己的活动“阵地”，有了温馨的“家”。

创新学习形式　丰富组织活动　汝阳县人民法院第五党支部在赵成光的带领下，利用每月主题活动日组织离退休干部集中学习。按照县委组织部每月主题日活动的要求，采取领导带头讲课、轮流领学方式，开展常态化学习。他们紧扣“两学一做”学习教育要求，利用重大时间节点实施“精准化”学习；结合老干部身体状况，采取上门送学；针对部分党组成员文化水平较低的情况，他们开展了“帮扶化”学习，力争学习的路上不让任何人掉队。

2018 年 3 月，第五党支部组织老党员和入党积极分子到汝阳县廉政教育基地登山村参观学习。老、中、青三代党员分别在登山亭前发表感言，完成了一节特殊党课。2018 年 4 月 10 日，第五党支部组织老干部到帮扶联建村板棚村开展“同心选准村级领路人”主题活动，参与换届选举大会，并参观了食用菌生产基地、制衣厂等重点扶贫产业，让老干部深切感受到精准扶贫给老百姓生活带来的变化。

第五党支部还定期邀请老党员、老院长董凤山为青年干警宣讲十九大精神，回顾党史、院史，开展身边人讲述身边事活动，深受大家欢迎。2017 年 7 月 10 日主题党日活动举行时，支部专门举行了隆重的党徽佩戴仪式。活动现场，有着 50 年党龄的老党员潘天喜流下了激动喜悦的泪水。丰富多彩的文体活动增强了老干部间的交流，也增进了老干部与青年干警的和谐关系，让老干部重新焕发青春。

为便于开展工作，第五党支部专门建立了微信群，作为党支部学习活动的有效沟通工具，让有特殊原因不能参加活动的党员，可以及时了解掌握支部的活动情况。每遇传统节日，支部都委派专人走访慰问，把党的温暖和关怀送到每位老干部家中，确保离退休干部党员离岗不离党。

发挥经验优势　做好业务帮带　离退休老干部长期受党的教育，信念坚定，识大体、顾大局，有较高的思想觉悟和理论水平，而且他们工作经验丰富、群众基础深厚，经验优势和智慧优势更是显而易见。因此，第五党支部充分发挥老干部的传帮带作用，让青年干警在退休老干部的帮带下历练、成长。通过返聘的方式，六名退休老干部继续在法院从事力所能及的工作，大大激发了老干部发挥余热、奉献社会的激情。

退休法官王克敏，长期担任法庭庭长，从内埠法庭退休后，又被返聘，参与案件诉前调解工作达三年之久。连长海长期从事少年刑事审判，退休前由于接任的庭长身体不适，便继续担负“办案件”“带徒弟”的双重任务。连长海退休后，被返聘参与法院档案管理工作，他从自家带来“小马扎”，逐案梳理归档，仅半年时间，便配合有关人员圆满完成任务。赵成光和其他两名离退休法官成立诉前调解组，到各乡镇巡回法庭，协助化解信访案件。他们深入田间地头、工厂和农户家中化解矛盾，解决纷争，排查不稳定因素，多次协调解决了突发案件，多年老访户息诉罢访，矛盾得到化解，显现了第五党支部的工作成效与组织能力。

借助威望优势　悉心服务群众　近年来，第五党支部的老党员不但在服务群众方面做了大量有成效的工作，也为年轻法官树立了榜样。2016 年，县政法委在法院诉讼服务中心设立了矛盾调解室，先后吸收了 8 名第五党支部的老同志做调解员，他们热情很高，积极参与调解各类纠纷。

老干部调解员代际发，负责县城桃园新村区域的矛盾调解处理工作。自 20 年前自费开通“365 代际发诉求热线”以来，代际发义务调解大小矛盾 3000 余起，在群众中享有很高的威望。进入老干部矛盾调解室后，他更加注重党性修养，兢兢业业地工作，发挥模范带头作用，为社会增添正能量。在党的十九大前夕，他一次性自愿缴纳 1.9 万元特殊党费；今年春节前夕，他又向民政部门无偿捐款 1 万元救助困难群众。

汝阳县人民法院第五党支部的老干部少了“夕阳无限好，只是近黄昏”的惆怅和暮气，多了“莫道桑榆晚，为霞尚满天”的豪迈和朝气。支部先后被评为全国优秀志愿服务党组织、全省创先争优“流动红旗”先进基层党组织。

（刊登于《老人春秋》上半月刊，央广网河南分网转载）

以活动增活力

——记河南省栾川县潭头镇离退休干部党支部

河南省栾川县潭头镇离退休干部党支部坚持围绕党委、政府的中心工作，着眼于社会需要开展活动，把党的关怀和温暖送到了老同志的心坎上，进一步增强了基层党组织的活力。

该党支部党员人数多，居住分散，有的在距镇中心 15 公里外的旅游区，有的在 79 公里外的县城，服务管理的难度相当大。支部为此专门成立了县城流动老干部党小组，建立了党员卡，开展畅通思想活动，经常保持联系，并依托县老干部活动中心设立了党员活动室，使党员在思想上有了归属，在活动上有了依托。

为加强活动组织，支部成立了潭头镇老干部活动中心理事会，协助处理党员服务管理中的具体事务。每月初六，支部坚持理论学习常抓不懈，对体弱多病不能参加的送学上门，并结合困难老党员的生活实际，开展结对帮扶活动。全镇 26 个行政村划分成 5 个组，支部成员分包一个组，每个组结成若干个帮扶对子。退休干部张学超长期卧病在床，家中生活十分困难，帮扶对子张晋禄及时向支部汇报后，全体党员纷纷伸出援助之手，为他捐款 6000 多元。

支部利用建军节、国庆节等重大节日开展红色游活动，并融入优良传统和革命情怀教育。老党员们来到延安、韶山等爱国主义教育基地，重温入党誓词，高唱《没有共产党就没有新中国》，人人心潮澎湃，更加爱党、爱祖国、爱社会主义、爱现在幸福美好的新生活。支部还依托镇老干部活动中心，成立了夕阳红老年艺术团，经常到镇上的景点和新农村社区服务点演出，社区群众赞赏有加，老党员们乐在其中。

支部充分发挥老同志的政治优势和社会优势，组织党员参与文明乡镇和“三无两有”示范村创建活动，帮助排查社会矛盾，调解邻里纠纷，促进社会和谐稳定。多年来，这个党支部共排查各类矛盾纠纷146起，帮助群众解决生产生活遇到的困难138件，有力地促进了文明乡镇、文明乡村建设。

（刊登于《中国老年报》）

唱响和谐赞歌

——记河南省郏县人大常委会离退休干部党支部

河南省郏县人大常委会离退休干部党支部以构建和谐党支部为目标，积极发挥战斗堡垒作用，把党员们凝聚在一起，引导他们发挥自身优势，唱响和谐赞歌，保持和谐稳定，为促进当地的经济、社会和谐发展献计出力。

为把支部建设成一个和谐温暖的“小家庭”，党支部针对党员年老体弱，困难多、需要关心照顾等情况，专门建立了“三必访”制度，即有思想问题必访、有实际困难必访、生病住院必访。党支部力所能及地协助党委、政府，多做一些得人心、暖人心、稳人心的工作，用家庭般的温暖把大家紧紧凝聚在一起。老干部孙国钦因老伴常年有病，家庭生活十分困难，支部及时向党组反映，引起领导的高度重视，多次派人到家中慰问看望，并想方设法筹措资金，帮助孙国钦渡过了难关。退休干部李喜山因宅基地问题与邻居发生纠纷，常常闷闷不乐，支部指派专人上门做他和邻居的思想工作，经过耐心开导，双方终于握手言和。

为促进党员队伍的和谐稳定，该党支部着力加强自我教育，做好党员的思想政治工作。前些年，一些老同志对县委县政府“工业兴县、招商引资”的战略部署不甚理解，认为郏县经济基础差，资源短缺，担心把“招商”搞成“招伤”。为此，支部及时邀请县委党校和有关部门的专家、领导，讲解县委县政府实施经济发展战略的新政策及取得的成效，并组织老干部深入乡镇厂矿企业和重点项目建设基地，实地参观考察，促使大家更加理解和支持县里的政策。

党支部因势利导，积极为老干部发挥作用搭建平台，促进社会大和谐、大发展。为促进老区的建设，原人大主任李露秋带领 3 名老党员先后筹措资金 100 多万元，为安良乡修路、打井、建校，不仅解决了当地行路难、吃水难、上学难的问题，还为经济发展营造了良好的投资环境。原人大主任卢忠阳常年深入厂矿企业调研，先后提出发展经济的“金点子”9 条，写出了《关于加强烟叶发展基地建设的对策》等调研报告 6 篇，募集善款 40 多万元，救助贫困失学儿童近 100 名，被誉为“爱心使者”。

（刊登于《中国老年报》）

当好社区精神文明建设的先锋队

——记汝州市临汝镇东营社区离退休干部党支部

汝州市临汝镇东营社区离退休干部党支部在新农村社区建设中，从贯彻落实科学发展观、构建和谐社区出发，充分发挥自身的政治优势和威望优势，积极配合社区加强精神文明建设，大力培育社会主义新风尚，被居民誉为"社区精神文明建设的先锋队"。

近年来，随着新农村社区建设步伐的不断加大，东营社区被列为河南省新农村社区建设示范点，进一步促进了社区纺织袋厂、面粉加工厂和木材加工厂等60多家集体企业迅猛发展，社区公益设施建设不断完善，居民经济收入逐年提高。

为了使社区取得物质文明建设和精神文明建设双丰收，该党支部积极组织离退休干部参与精神文明创建活动。为消除封建迷信、减少铺张浪费，该支部成立了红白理事会，并对居民家中红白大事的待客范围、接待标准等做出了明确的规定。一居民置办孩子满月酒席时超过了标准，理事会及时上门进行劝说，将多买的饭菜送到了社区小学，使社区形成了节俭办事的文明风尚。

为促进社区的精神文明建设，该支部成立了老干部文艺宣传队、合唱团、优良传统教育报告团和腰鼓队等团体，每逢春节、元宵节等传统节日就上街表演秧歌、腰鼓、唱戏，增添了节日欢乐祥和的气氛；每逢建国、建军等重大纪念日，他们唱红色革命歌曲，并在青少年中开展爱国主义教育和社会主义荣辱观教育，促进了青少年的健康成长。支部还成立了老年人协会，维护老年人的合法权益，传承中华民族尊老敬老的传统美德，宣传孝亲敬老的先进事迹。多年来，该支部调解各种民事纠纷100多起，感化不孝子女20多人，被上级评为“离退休干部发挥作用先进党组织”。社区被表彰为无辍学儿童、无不孝子女、无青少年儿童犯罪，有组织、有活动“三无两有”先进社区和精神文明建设先进社区。

（刊登于《中国老年报》）

筑牢小支点　凝聚大合力

——记安阳市政协机关老干部党支部

安阳市政协机关老干部党支部共有离退休党员53名，2017年5月支部换届以后，由市政协党组原副书记、市政协原常务副主席董宝任支部书记。支部换届当天就召开了支委会，分工指定支部7名支委成员的岗位职责。随后，支委会成员参加了为期三天的全市离退休党支部书记培训班，学习其他单位党支部的先进工作经验。从此，老干部党支部在市政协党组和机关党委的领导下，大力加强党支部政治建设、思想建设、组织建设，认真抓好离退休党员的各项工作，积极开展各种活动，较好地发挥了党支部的战斗堡垒作用和离退休党员的先锋模范作用。

政治上引领老党员　安阳市政协机关老干部党支部把组织离退休干部学习政治理论作为支部工作的一项重要任务。他们制订学习计划，安排学习内容，做好学习记录。根据老同志的实际情况，分别采取了支部集中学、党小组分开学、在家各自学，专家辅导学、讨论交流学、结对帮扶学等方法，确保离退休党员政治坚定、思想常新、理想永存。

十九大召开前夕，老干部党支部通知离退休党员集体收看十九大开幕式，认真听取习总书记的报告，又请市委党校老师针对十九大报告进行专题辅导。辅导结束后，党支部先后三次学习讨论，及时认真地落实有关会议精神和上级要求。

针对6位年老体弱、行动不便的老党员，支委会成员专程将学习资料分别送到家、医院或养老院。很多老党员不顾年老体弱，亲手写学习笔记，有的老党员还用诗词、诗歌等形式抒发感想，表示自己的第一身份是共产党员，是党员就要不忘初心、牢记使命，永跟党走。老干部党支部将政治学习的精神内化于心，外化于行，让老党员在夕阳岁月中绽放光彩。

工作上依靠老党员　安阳市政协机关老干部党支部为了充分发挥桥梁和纽带作用，专门制作了一张“老干部党支部联系服务党员卡”，发到每位党员手中。在这张卡上，支部成员的电话、服务内容、服务方式、各党小组划分等情况一目了然。7名支委成员每人负责七八名离退休党员，充分利用微信、QQ、短信、电话、电子邮箱与老同志进行沟通联系，及时掌握他们的思想、生活、健康等情况。

老干部党支部还开展了一项特别活动：在离退休党员入党纪念日，为他寄送一张“政治生日卡”。卡片上印有中国共产党党旗、入党时间、入党誓词和组织寄语等内容。随同这张卡片一起寄给老党员的还有一本书，书名为《学习的力量——做“四个合格”的共产党员》，以增强离退休党员的党员意识、责任意识、宗旨意识，增强离退休党员的责任感和光荣感。老干部们收到贺卡后非常激动，表示组织送来的特别礼物就是提醒自己时刻铭记党员身份，积极履行党员义务，以党员标准严格要求自己。

感情上心系老党员　“老党员是党和国家的宝贵财富，他们为中国革命、建设和改革开放事业做出了巨大贡献，给他们更多关心和帮助，是各级党组织义不容辞的责任。”这句话被做成横幅挂在老干部党支部会议室的墙上，党支部书记董宝也常挂在嘴上。

2017 年，80 多岁的市政协原主席李祖卫已入党 50 周年。他已 80 多岁，年老体弱，正在与病魔进行抗争。为让他体会到组织的温暖，董宝与支委成员常到他家中看望慰问，并给他送去有 50 年以上党龄的“老党员纪念章”。鼓励他保持乐观的生活态度，树立战胜病魔的信心。

市政协原副主席陶俊，老伴偏瘫不能自理，子女又不在身边，老两口双双住进了敬老院。董宝和支委成员每隔几天就到敬老院看望他们，每次去都带着慰问品，详细询问他们的身体、生活起居情况，并向他们介绍近期老干部党支部学习和各项工作的开展情况。

生活上服务老党员　离退休党支部与老干科紧密配合是这个党支部的工作特色，老干部党支部的两名副书记由在职同志担任。日常，他们通过家庭走访、电话问候、医院探视、个别聊天等方式，更好地了解老同志的所思、所虑、所盼。党支部积极组织开展各项健康、文明、向上的活动，使老同志在活动中陶冶情操，开阔眼界。为保证老党员身体健康，每次活动时，政协老干科还会协调安排医务人员全程陪同。

在纪念中国共产党成立 96 周年前夕，支部以“不忘政治初心 永葆政治本色”为主题开展党日活动，组织全体老党员到林州参观红旗渠纪念馆。在党旗下，大家重温入党誓词，而后就地召开座谈会，回顾党的光辉历程，回忆个人的入党过程和成长史，畅谈红旗渠精神。十九大召开前夕，支部以“喜迎党的十九大，看看内黄新变化”为主题开展党日活动，又组织离退休党员到内黄县考察学习，通过考察农业、工业、城市建设，让老同志目睹党的十八大以来，内黄县发生的翻天覆地的大变化。

政协机关给离退休党员提供了健身房、乒乓球室、台球室和棋牌室等活动场所，多次组织离退休党员观看安阳市委老干局组织的文艺演出。2017 年，老干部党支部不少老同志都参加了“安阳市老干部运动会”，有 5 名老同志在运动会上取得了较好的名次。老干部党支部学习宣传委员尚月波说：“在我们党支部，所有的老同志政治上有荣誉感，组织上有归属感，生活上有幸福感。我们肯定不忘初心，牢记党恩，永跟党走。”

2018 年春节前夕，中共河南省委组织部副部长、河南省委老干部局局长段君海率队在安阳市召开豫北片区离退休干部党建工作调研座谈会期间，专门听取了安阳市政协机关老干部党支部书记董宝的工作经验，对他们加强党建工作的做法给予了充分肯定。

安阳市政协机关老干部党支部受到上级部门的关注与好评，不光为组织发展营造了良好的氛围，凝聚起广大党员爱党爱国的自信心，也使支部真正带领全体党员与党组织在思想上同心同德，在目标上相向而行，在行动上步调一致。

（刊登于《老人春秋》上半月刊）

党员有温度　组织有力量

——记新乡市红旗区离退休老干部党支部

多年来，新乡市红旗区离退休老干部党支部，坚持“让老干部重新实现自我价值，实现老有所为、老有所乐”的引领理念，紧紧围绕区委区政府中心工作，引导党员开展比学习、讲奉献、爱劳动、为民想等活动，积极为“幸福红旗”发展建言献策，为创建“示范党支部”打下了良好的基础。

建立制度，健全组织。红旗区离退休老干部党支部党员人数逐年增多，呈现出年龄大、居住分散、行动不便的特点。加强离退休老干部党支部建设，必须用“党”的思想凝聚老干部。于是，党支部创新组织设置，改进服务方式，激发参与热情。按照有利于教育管理服务、有利于参加组织活动、有利于就近发挥作用的原则，积极探索“一方隶属、多方管理”的党建新模式。

首先，健全离退休老干部党组织“三会一课”、理论学习、联系党员等制度。特别是要开好老干部专题民主生活会和组织生活会，开展批评与自我批评，逐步实现组织生活的规范化和制度化。制度建设突出了老党员年龄、身体、活动等方面的特殊性，使各项制度的运行更完善、更合乎实际。

针对大部分离退休干部党员思想活跃、接受能力强的实际情况，离退休老干部党支部还建立了微信群，定期更新学习内容，使全区离退休干部党员都能够自觉提高政治站位。

重视阵地，工作有序。红旗区老干部活动中心建立了“离退休老干部温馨之家”，并在征求广大老同志意见和建议的基础上，根据老同志不同的兴趣需求，订阅养生保健、旅游观光、书法绘画等20多种期刊，添置多种健身娱乐器材。同时引导党员自发组建了书画、诗词等兴趣小组，积极开展各种比赛活动，丰富老同志的文化娱乐生活。

老干部党支部积极引导老同志力所能及地加入社区公益服务岗位，并带动社区离退休党员一起参与进来，共同做好政策法规的“宣讲员”、社区发展的“参议员”、文明建设的“示范员”、公益事业的“促进员”、困难群体的“帮扶员”、青少年成长的“辅导员”。90多名社区离退休党员，在离退休老干部党支部的号召下，努力协助社区开展治安巡逻、环卫监督、调解纠纷、政策宣传等工作，用朴实无华的行动书写着党员的为民情怀。

关爱花朵，护苗成长。离退休老干部党支部有16名老同志在区关工委担任职务，在区委区政府的大力支持下，自2015年起持续开展了“十个一”活动：为青少年做一次革命传统教育报告，为帮助青少年健康成长写一篇教育文章，为营造良好的育人环境提一条建议，为保护青少年的合法权益做一件事，就青少年的教育问题做一些专题调查，与青少年进行一次谈心，向青少年传授一项科技知识，为贫困学生提供一点资助，帮教一名失足或品德较差的青少年，做一件其他好事或实事。

活动开展以来，广大老党员都把帮助教育失足青少年作为一项重要工作。离退休老干部党支部先后组织全区关工委153名“五老”，以市劳教所为帮教基地，分13个批次与学员签订了帮教协议。17岁的曾某因父母常年在外打工无人管教，沾染盗窃恶习，支部委员母树竹等老党员像长辈一般与其谈心交流，语重心长地给他讲法律知识，曾某心服口服。

支部书记梁继平任“宣讲组”组长，和支部及社区共30余名离退休党员组成宣讲小组，到各中小学进行“爱国主义”教育。仅2018年上半年，宣讲小组在红旗区4所小学、2所中学里开展了18场宣讲。宣讲人员讲得认真，学生们听得用心。老同志希望孩子们听习主席的话，跟党走，爱祖国、爱人民，努力学习，报效祖国，即使遇到失败与挫折，也要磨炼自己坚强的意志，做新时代的有志青年。

支部委员母树竹和支部成员及社区离退休党员共50余人，每个月不定期在辖区网吧内巡逻，监督青少年远离网吧。他们重点检查网吧业主是否在明显位置摆放和悬挂“禁止未成年人进入网吧”的警示牌；询问业主是否有接纳未成年人上网，是否执行实名上网制度；此外，还要在现场查看网吧内有无未成年人上网，网页上有无不健康的内容，以及网吧环境卫生及消防通道是否安全等方面的情况。每到一处网吧，都要发放《未成年人网络保护条例》等宣传资料，老同志为禁止未成年人进入经营性网吧尽心、尽力、尽责。

为大力支持新乡市创建文明城市工作，离退休老干部党支部配合有关部门在青少年中开展了“我为新乡添光彩”“你扔我拾”活动，收到了良好的效果。

精准服务，老有所依。红旗区离退休老干部党支部有6名党员因病长期卧床，行动不便。针对这一情况，区委老干部局、离退休老干部党支部定期送学上门，及时宣讲党的方针政策。

对接社区生活，做到“面对面”照料，成了离退休老干部党支部的一项创新之举。离退休老干部党支部联合社区综合服务站，整合社区居家养老服务力量，建立起生活照顾服务网，开展了钟点保洁、管道疏通、家电维修等服务项目，2017年，实施此类服务

1146 次。支部委员冯太来担任“联络员”，与社区工作人员实现无缝对接。本着自觉自愿、量力而行的原则，冯老将社区能够提供服务的党员登记在册，家里有需要提供帮助的老人，可以随时到社区服务站申请上门服务。2018 年，支部新推出了“看管老人”服务，每当子女外出，便可找老同志到家中临时看管老人。这项举措方便了不少家庭，成为社区老同志守望相助的纽带和桥梁。

红旗区离退休老干部党支部的老同志不忘自己肩负的社会使命感和责任感，积极投身社会公益事业，为推动建设和谐社区付出了自己的努力。

（刊登于《老人春秋》上半月刊）

统一服务管理　打造和谐之家

——记卫辉市改制破产企业离退休干部党支部

卫辉市改制破产企业离退休干部党支部将全市改制破产、倒闭企业的离退休干部党员主动接纳吸收，统一服务管理，努力打造和谐之家，严格落实组织生活制度，保证党员不掉队、管理无死角、思想不落伍、精神不滑坡。

伴随着社会转型和企业改制重组，一些离退休干部党员逐渐由“单位人”变为“社会人”，思想上不禁产生了失落感。为此，卫辉市委老干部局依托市老干部活动中心成立了改制破产企业离退休干部党支部，接纳了 24 家企业的 34 名离退休干部党员，建立了统一的服务管理组织，确保老党员组织有归属。

针对党员对企业改制破产、倒闭产生的心理不平衡、情绪不稳定等情况，该支部严格落实基层党组织理论学习、政治教育和“三会一课”制度，先后组织了企业改制、世贸组织、产业集群等经济学知识讲座和建设中国特色社会主义理论专题教育，先后开展了科学发展观、保持共产党员先进性和创先争优等思想政治教育，老党员们认真听讲，自觉记笔记、写体会，积极撰写党性分析材料，进一步坚定了党的理想信念和坚持走中国特色社会主义道路的决心。市原机械厂离休干部李江祥，利用在支部理论学习中学到的经济学知识，协助市破产改制组向改制破产企业职工宣讲党的政策，为干部职工解疑释惑，做好思想政治工作，多次被评为理论学习先进个人。在他的带动下，老同志们充分发挥理论优势，积极协助党委政府为困难企业职工提供思想帮助，把影响企业和社会稳定的不安定因素消除在萌芽状态，为企业的顺利改制做出了贡献。

针对老党员居住分散和普遍进入“双高期”的实际，支部从老干部活动中心抽调年轻党员干部进入支部，负责服务管理工作，落实“五必访”制度，即党员生病必访、家庭出现困难必访、出现思想问题必访、重大节日必访、老干部去世必访，并结合老同志的需求，成立了生活服务队，为年老体弱、行动不便和空巢老干部老党员代缴水电费、代买米面油煤等生活用品，代取报纸杂志，代办证件，代联系家政等服务，使老同志从一点一滴中感受到了党组织的温暖。

（刊登于《中国老年报》）

顺势而为乐晚年

——记许昌市魏都区七一社区老干部党支部

许昌市魏都区南关街七一社区老干部党支部，积极顺应社会发展形势，依托社区资源加强思想和文化建设，使老党员过上了政治坚定、生活安宁、老有所乐的晚年生活。

该支部乘创先争优活动之势，规范党员组织生活。为适应基层党建工作的需要，支部按规范化社区建设标准，建成六室四站一厅一校和现代远程教育网络，订购基层党建图书杂志，充实完善文体器材，为开展各类党建活动创造了有利条件。为满足离退休干部思想政治建设需要，支部专门成立了“老党员之家”，利用社区党员活动室开办老干部党校社区课堂，定期为老干部播放党的教育辅导片，观看理论学习辅导和国内国际形势报告；利用社区现代远程教育网络，老干部足不出户就能开展专题辅导，确保了老同志政治坚定、思想常新、理想永存。

依托社区文化建设，活跃党员精神生活。该支部充分利用社区电教室、活动室和文化活动广场，开展形式多样、寓教于乐的文体活动。针对老年人的常见病和多发病，支部聘请医学专家举办“老年健康教育讲座”，传授自我诊疗、保健和养生知识；利用录像、图片开办健康营养大讲堂。结合老同志的特长爱好，支部成立了夕阳红文艺宣传队和健身操队，组织教唱戏曲歌曲、练习舞蹈、跳健身操、学太极拳，开展“高举旗帜唱和谐，携手共进乐晚年”和

“我参与、我奉献、我快乐”等主题文化活动，通过才艺展示、棋艺竞赛、文艺演出、书画展览等艺术形式，让广大老同志动静结合、健康快乐、安度晚年。

乘和谐社会建设之势，为党员排忧解难。该支部围绕老干部居家养老中遇到的生活困难，组织成立了夕阳红志愿者服务队，开展“一帮一结对帮扶”服务，为高龄多病、空巢独居的老人排忧解难。退休教师李太月中风出院后无人照料，退休老师张喜荣主动与她结成帮扶对子，每天定时帮助李太月服药、按摩，经过悉心护理，身体得以康复。支部还组织成立了政治学习、党课教育、精神慰藉、生活照顾等十多个帮扶对子，为身患重病、行动不便的老干部送报刊、读报纸、表演节目，开展困难帮扶，从物质和精神上相互关心关怀，社区成为和谐快乐的大家园。

（刊登于《中国老年报》）

社区为我献爱心　我为社区献余热

——记漯河市源汇区老街社区离退休干部党支部

漯河市源汇区老街社区离退休干部党支部把基层党组织建设和社区建设紧密地结合起来，积极组织老干部、老党员参与社区的各项建设，形成了“社区为我服务，我为社区作为”的新气象，使社区各项建设呈现出蓬勃发展的景象。

老街社区把老干部工作列为基层党建和精神文明建设的重要内容，定期开展走访慰问活动，探望生病住院的老干部；除了为有需要的老干部提供家政生活、精神慰藉、困难帮扶等经常性服务外，还推出了家庭保洁、上门理发等个性化服务；社区图书室、活动室、社区党校等基层文化教育设施全面向老干部开放，并设立老干部聊天室，建立老干部健康档案，发放老干部爱心联系卡，使老同志能够就近学习、就近活动、就近得到关心和照顾。

老街社区离退休干部党支部把社区的关心、关爱化作发挥党员优势，为社区的全面建设添砖加瓦的动力，发挥党员骨干作用和先锋模范作用，推进社区的各项建设。支部组织有文艺特长的老同志成立了“夕阳红艺术团”，采取举办消夏晚会、节日联欢会，活跃居民的业余文化生活；通过自编自演相声、歌舞、小品、戏曲等形式，宣传党的方针政策，弘扬社会正气，倡导文明新风；支部与社区青少年开展“小手拉大手、文明结伴行”“环保知识竞赛”和“捡拾白色垃圾”等活动，并组织社区老干部成立了以老人为主体的“四老家长学校”，给青少年讲党史、革命史，做优良传统报告；广大老党员还主动发挥政治优势、经验优势和社会优势，支持社区的文化、卫生、安全和基层党组织建设。离休干部白晓国、王文轩十几年如一日，利用社区宣传栏自办剪报368期、板报179期，宣传政治理论知识和老年人健康保健常识；退休教师张翠花主动担任社区蒲公英图书室志愿者，利用星期天、节假日为社区儿童辅导文化功课；退休干部肖月白、张建设等老人积极担任社区党建顾问和社区关心下一代协会的辅导员、议事员、安全巡视员、环境卫生员，为社区的建设尽职尽责、发挥余热，使老街社区的各项工作走在了前列。老街社区先后被上级表彰为青少年思想道德建设试点社区、精神文明建设先进社区和基层党组织建设先进单位。

（刊登于《中国老年报》）

沐浴党恩夕阳暖

——记三门峡市市直集体企业老干部联合党支部

三门峡市市直集体企业老干部联合党支部怀着一颗感恩的心，立足实际、开拓创新，让全体党员切实感受到了党组织的温暖，使党旗在夕阳中熠熠生辉。

面对党员来自不同企业的实际，支部以保证党员政治上不转向、思想不落伍为目标，始终把理想信念教育作为头等大事，按照“管用、实在、简便、可行”的原则，建立健全政治学习、三会一课、走访谈心、通报情况、党费收缴等内约其心、规约其行的思想政治工作机制，坚持每月定期组织政治学习，采取集中与分散、座谈与讨论等相结合的方式，调动党员学习的积极性。对行动不便、身患重病等参加集体学习确有实际困难的党员，支部明确联系人定期上门补课，并随时通过电话等形式，传达会议精神和学习情况，使党员思想工作没有“断线的风筝”，支部政治活动没有“盲区”。

针对老同志思想工作中出现的倾向性问题，支部积极主动地靠上去开展思想工作，及时对正确的言行加以肯定，对错误的言行加以澄清，对偏激的言行加以疏导，把各种问题消除在萌芽状态。行政事业与企业单位老干部困难救助不同步，有的党员认为，同是党的老干部，同样为党和国家的建设事业流血流汗，做出个人应有的贡献，享受的待遇却不一样，思想上背上沉重的包袱。支部了解情况后，及时召开党员大会开展了“老党员应该怎样看待新情况新待遇”的思想大讨论，引导党员看问题应该高一点、远一点，决不能因情况不明做出格的事，有损党的形象，特别在涉及待遇等个人切身利益的问题上，应相信党和政府不会亏待每一名老干部，大家纷纷表示不会伸手向党要待遇。此举进一步统一了党员的思想，促进了老干部队伍的稳定。

为使党员感受到组织的温暖，支部专门建立了老干部基本情况信息表、待遇落实情况明白卡、实际困难登记表，及时、全面、准确地掌握老同志在思想、学习、生活等方面存在的实际困难，更好地提供亲情化服务。原市印刷厂老干部侯云亭突发脑出血住进了医院，昂贵的医药费使这个原本困难的家庭雪上加霜，三个下岗子女东拼西凑也垫不起高额的医药费，侯云亭不愿意给组织添麻烦，离开重症监护室，准备放弃抢救治疗。支部书记王中奇得知情况后，迅速派人去医院做家人的思想工作，及时与市委老干部局和市企业管理办公室取得联系，经多方协调，医保部门特事特办，提前垫付了医药费，使侯云亭得到了及时的抢救。

发挥作用　积极贡献

——记邓州市花洲办事处机关离退休干部党支部

邓州市花洲办事处机关离退休干部党支部以加强思想政治建设为先导，以发挥作用为目的，引导老党员永葆党的先进性，为构建社会主义和谐社会、建设社会主义新农村做出了积极贡献。

该支部从逐步完善接转老党员组织关系、党费收缴、民主评议等组织管理制度入手，加强基层党组织建设，做到支部负责小组，小组管好党员，党员带动非党员老干部，形成了强有力的组织网络，使人人都受党组织的管理和教育。在此基础上，支部以突出抓好时事政治教育为重点，采取学习会、报告会、座谈会、演讲会和参观见学等形式，加强思想政治建设，提高党员的思想政治觉悟，增强党的先进性。支部组织还开展了“当初参加革命为什么？今天为党再做点什么？明天为国家留点什么？”的思想大讨论，广大党员结合亲身经历，运用辩证唯物主义的观点谈体会、讲感受，进一步认清了形势，明确了党员肩负的政治责任，增强了支部的凝聚力。支部组建起了“青少年思想道德教育报告团”，深入当地中小学校进行理想信念教育、法制教育和优良传统教育；成立了农业技术咨询部、花卉协会，广大老党员深入田间地头向群众义务传授农业种植、养殖技术，为调整产业结构提供技术咨询，针对农作物疾病开方配药、防病治虫，以实际行动履行党员义务，实践党的宗旨，保持党的先进性。

多年来，该党支部先后组织老党员深入当地中小学校开展思想道德教育，直接受教育者达 2 万多人次；组织科技老干部深入乡村、农田开展技术指导，引进新农作物 20 多种，安置富余劳动力 600 多人，创造经济效益达 260 多万元。

（刊登于《中国老年报》）

争做“夕阳先锋”　投身农村建设

——记河南省社旗县县直离退休干部党支部

在创先争优活动中，河南省社旗县县直离退休干部党支部广泛开展“保持本色树形象，重铸华章当先锋”活动，引导老党员发挥专业和技术优势，投身于新农村建设，争做“夕阳先锋”，为推动农村的经济发展做出了积极贡献。

社旗县位于河南省西南部，气候温和，适宜发展农业，素有“豫南粮仓”之美称。支部针对老同志“不愁吃不愁穿，卸任在家享清闲”的自我满足心理，组织开展了“党的理想信念教育”和“三个想一想”大讨论活动，号召大家面对舒适安逸的生活环境，要想一想当初入党的誓言，看看现在做得怎么样；想一想党员的先进性标准，看看先锋模范作用发挥得怎么样；想一想党员的责任和义务，看看是否永葆政治本色，激发了老党员为党的事业奋斗终生的内在动力。

为提高党员重铸辉煌、干事创业的工作热情，支部召开了“转变经济发展方式，调整经济结构，推动科学发展”座谈会，广大党员主动深入乡村、社区和产业集聚区，就重点项目和新农村建设、农产品开发等进行调查研究。老党员们自觉发挥威望高，在群众中影响力强、号召力广的优势，组织成立了“老干部议事组”“夕阳红民调队”，调解民事纠纷，维护社会稳定。县司法局退休干部王全贵成立了“为民律师所”，义务为群众提供法律咨询、调处矛盾、化解分歧，为新农村建设营造了良好的社会环境。

为调整农村产业结构，推进农村经济发展，支部组织农、林、水、牧等老科技人员，成立了农产品开发研制组、科技咨询组和志愿者科技服务队，深入农村举办科技知识讲座，到田间地头指导农业开发。退休干部、县文联原副主席贾来栓采用南种北调、北种南移的方法，从国内外引进198个蔬菜新品种，历经多年精心实验，先后发明了30多种、80多个品种的露地蔬菜反季节栽培技术，先后在全县推广种植春扁豆、夏萝卜、秋土豆、冬甘蓝等反季节蔬菜20万亩，人均每亩增收5000元以上。

近年来，有12名老干部党员被评为省级“优秀党员”“十大创新英才”和“优秀科技工作者”，支部曾荣获中组部“离退休干部先进党支部”称号。

（刊登于《中国老年报》）

甘为人先　拼搏实干

——记河南省民权县王寨乡老干部党支部

河南省民权县王寨乡离退休干部党支部在贯彻落实“四个全面”战略布局中，组织党员发扬甘为人先、拼搏实干的精神，积极配合乡党委和乡政府全面从严治党，着力加强农村基层党组织建设，为振兴农村经济、促进社会和谐稳定做出了重要贡献。

民权县王寨乡地处山东、河南两省四县的交界处，是地理偏僻、经济贫困的农业大乡。面对当地经济落后、群众思想涣散、干部作风不实的现状，老干部们看在眼里、急在心上。为此，支部组织党员开展了“当初对党的许诺”和“怎样发挥正能量，实现人生新价值”专题讨论，大家很快形成了“在新农村建设中发挥传、帮、带作用，为中国特色社会主义建设再立新功”的思想共识。

支部围绕群众“给钱给物不如给个好支部”的思想期盼，首先从帮抓后进村的党支部建设入手，提高村“两委”班子带领群众发展新农村经济的能力。王东村和韩大寺等5个村，村委班子不健全，工作上不去，群众有意见，支部决定支委会成员一人帮带一个村，根据支委会成员的家庭情况，本着就近方便的原则进行了责任分工。从此，老党员们一头扎进所承包的村子里，先找村里的党员谈心，然后深入农户家中走访，听取村民的意见建议，逐步统一了党员和群众的思想后，按照民主集中制原则和村干部选举程序，帮助各村逐步建立健全村“两委”班子，并帮助村干部理思路、找重点、抓工作。在老干部们的指导下，村党支部发动群众大力加强农业生产基础建设，先后修整36条生产路，打了60多眼机水井，挖了12公里长的引水沟，当地当年获得粮食大丰收，支部赢得了村民们的信任和好评。

为促进农副业生产，提高农民经济收入，老干部党支部组织党员发挥优势，积极做好政策宣传、思想引导和技术培训。他们结合当地实际，带头上项目、办农场，为群众做好样子、树好标杆。退休干部苏东臣、程彬和崔庆魁利用自身畜牧养殖专业的特长，深入乡村举办养牛、养鹿、养鳖等家庭养殖技术学习班26期，先后培训技术能手2400多名；老党员们采取集体入股的方式创办了花卉基地、油桃生产基地。在他们的带动和影响下，尚楼村的郝齐峰办起了水泥预制厂，吴屯村的吴乃河办起了肉鸽养殖场、李治兴办起了养猪场，全乡掀起了人人抓经济、户户上项目的热潮，人民生活有了显著改善。

（刊登于《中国老年报》）

情系新农村　甘做铺路石

——记河南省夏邑县会亭镇离退休干部党支部

河南省夏邑县会亭镇离退休干部党支部在镇党委的领导下，引导老干部心系桑梓、服务家乡，积极为新农村建设做贡献，帮助群众调整产业结构，创办领办企业，发展民营经济，促进了当地农村经济的发展和农民生活的改善。

为激发老党员为家乡建设做贡献的思想热情，支部先后开展了“支持家乡建设”专题思想教育和“我为家乡建设做些什么”讨论活动，同时，坚持定期组织党员视察工农业生产，了解农民生产生活中遇到的实际困难，引导老干部从实际出发，为新农村建设献计出力。

会亭镇地处淮河流域，是个经济欠发达的农业大镇。支部根据党员的特长成立了农业技术宣讲组、民营企业指导组、法律宣传服务组、政策理论宣传组，由支委会成员为组长，组织全镇老党员深入田间地头给农民们提供各种帮助。十里铺村青年王解放，因身体残疾找不到工作，曾一度不思进取。支部指派专人做他的思想工作，并筹集5000元善款帮助他办起了家禽养殖场，使他的家庭生活和精神面貌都发生了较大的改变。针对当地易发生洪涝灾害，农民生产受到损害，财产受到损失，致使许多孩子失学、辍学的情况，支部组织成立了“资助贫困生爱心基金会”，动员老干部老党员带头捐款，社会各界也纷纷解囊，资助失学儿童重返校园。

支部积极推荐有专业技术特长的党员指导民营企业发展。老党员梁学勤在支部的引荐下，被当地的沧海铸造有限公司招聘为技师，为了上树脂生产线，他自费到上海学习，公司当年铸件出口量和总产值翻了一番。退休干部程秀山在支部的支持下，筹措资金建起了铸造加工厂和面粉加工厂，解决了附近60多位村民的就业问题。支部还先后举办脱毒红薯高产栽培和肉牛饲养等技术培训班，促进当地农业生产由单一性向产业链转型发展，提高了科技含量和农民的收入。近年来，在支部的带领下，全镇12名老党员分别以入股、合资等方式创办、领办民营企业8家，目前有5家企业的固定资产已超过1000万元。

（刊登于《中国老年报》）

夕阳映照老区　余晖绽放异彩

——记河南省太康县转楼乡离退休干部党支部

河南省太康县转楼乡离退休干部党支部围绕老区改革、发展、稳定大局，组织老干部党员积极参与“三农”建设，为老区的全面建设绘制了一幅“夕阳映照老区，余晖绽放光彩”的壮丽画卷。

该乡地处三县交界处，属革命老区，人多地少，资源贫乏，经济欠发达，人们的生活水平相对落后。支部引导党员以“树老易空，人老易松”为座右铭，组织开展了“创造争优向前站，老区建设做贡献”教育活动，引导广大老同志发扬“一不怕穷，二不怕苦，知难而进、迎难而上”的老区精神，充分发挥自身优势，努力为发展老区农业、振兴老区经济做出力所能及的贡献。

针对当地地处偏僻、农业生产条件差的现状，该支部把推进老区的农业科技发展作为第一要务，组织党员广开思路，筹措资金，着力加强农业基础设施建设。经老干部的调研和支部的申请，“转楼乡农业生产土地整理工程”获得国家投资项目，全乡集中进行了土地平整、农田水利、道路畅通、生态防护林等基础工程建设，大大增加了有效耕地面积，形成了田成方、路成网、树成行的现代农业生产格局。

为优化老区的产业结构，促进农业经济发展，支部组织农业、农技和养殖专业的老专家成立了“老年科技工作协会”，向农民传授果树、蔬菜和家禽立体养殖等科技知识，并深入街头巷尾、田间地头，手把手地传授管理技能，提供产前产后技术服务。老干部李培德以自己的养殖场为培训基地，积极推广饲料养鸡、鸡粪喂猪、猪粪养鱼“三位一体”的养殖技术，进一步提高了节粮增收效益。目前，支部先后组织科技知识讲座近百场，发放农业科普书籍 2 万多册，全乡先后兴建辣椒、苹果基地 12 个，家禽养殖基地 15 个，新建蔬菜、果汁等加工厂 9 家，促进了老区“三农”经济的协调发展。

（刊登于《中国老年报》）

建设家园式活动阵地

——记驻马店市财政局离退休干部党支部

近年来，驻马店市财政局离退休干部党支部以学习实践科学发展观为动力，坚持以人为本，开拓创新，努力构建家园式活动阵地和健康和谐的老干部群体，取得了明显的工作成效。

为把党支部建设成老干部的温馨家园，他们创新组织建设方式，根据离退休干部党员居住分散和高龄、多病、行动不便等实际，按居住区域划分党小组，选举政治素质好、身体健康、责任心强的老领导担任党小组组长，并建立了定期走访和爱心帮扶等制度，党员不仅能就近学习、就近活动，而且遇到特殊困难能就近得到关怀和温暖，享受到家庭般的关爱和温暖。

支部创新工作方法，构建学习的家园。围绕国家改革、发展中遇到的新情况新问题，他们及时调整党建工作思路，着力加强理论政治学习。党员每月集中开展两次学习活动，一次学习政治理论，提高政治敏锐性；一次向老同志通报财政工作，了解财政形势，以便更好地支持财政工作。支部还定期安排老党员到革命老区、经济发达地区学习，了解本市的工农业生产。每次参观后，支部都及时组织老党员撰写心得体会，并开展了“我为财政发展献余热”“我为党旗添光彩”等大讨论。

针对离退休干部党员的身体状况，支部创新活动形式，营造健康长寿的家园。他们组织老党员把平时收集到的健康保健知识、生活常识汇集在一起，不定期地进行交流。同时，每半年组织一次体检，每年开展健康老人评选活动，每逢党员生日便上门祝贺，使大家在健康中享受快乐生活。支部坚持“服务无小事”的理念，深入开展送温暖活动，重大节日期间，上门走访慰问困难党员，真心实意地为他们办实事、解难事。退休干部季有才因房子漏雨，愁得住了院。支部了解情况后，及时向局领导汇报情况，局维修队很快派人修好。离休干部刘振国患心肌梗死多年，需要经常吸氧，支部组织老党员们轮流为他更换氧气罐，刘振国逢人就说：“有这么好的党员和支部，真是赶上了好时代啊!”

（刊登于《中国老年报》）

设岗定责献余热

——记济源市克井镇老干部党支部

济源市克井镇老干部党支部为发挥余热，促进社会主义新农村建设，积极开展设岗定责活动，用岗位和责任点燃了党员心中的激情，为建设“平安、富裕、文明、绿色、和谐”的新克井做出了积极贡献。

克井镇素有“济源市北大门”之称，北依太行山，与山西接壤，南与济源市区相连，是当地以农业促工业的重镇。近年来，该支部按照镇党委“抓党建、激活力、推发展、保民生”的工作思路，大力加强支委班子和党员队伍建设，用完善的制度规范基层党组织的各项生活，努力在班子内部营造“民主、团结”之风。

支部结合克井镇农村建设走城镇化发展的新形势，组织党员开展设岗定责活动，他们先后科学设定了传统美德教育岗、道德规范讲解岗、法制政策宣传岗、矛盾纠纷调解岗、结对帮扶岗等十余个岗位，本着自觉自愿、量力而行的原则，择优定岗，责任到人。广大老同志根据岗位职责，结合农村实际，广泛开展“提高文明素质，做新型农民”主题教育实践活动，讲解《公民道德规范》、宣传《城镇居民文明公约》，引导城镇居民破除陈规陋习；“五老”组成“讲文明、树新风”宣讲团，在全镇中小学生中开展“做一个有道德的人”教育活动和“小手拉大手，告别十大不文明行为”签名仪式，广泛宣传移风易俗、文明礼貌新风，曾先后涌现出原红豆、王敏捷等“愚公家乡好少年”。

支部围绕克井镇农业生产，由传统化向规模化、园区化、基地化、标准化高效农业发展的新形势，主动协调农业、农技部门，上门开展科技讲座、典型报告，对农民进行新型产业科技培训和信息指导，并发展温室大棚、畜牧养殖和新型农产品培育基地。目前，克井镇初步形成了新庄蛋鸡生产基地、金水奶牛实业公司、塘石生态养殖园区等一批养殖龙头企业和千亩优质核桃基地、3000 亩冬凌草基地等一批高效农业园区，帮助 3000 余位农民找到了新的致富门路。

（刊登于《中国老年报》）

河南老干部有个温馨的“大家庭”

在新时代离退休干部工作中，河南省委老干部局按照全省离退休干部党建工作调研座谈会议提出的“强化领导责任，把离退休干部工作与组织党建工作有机结合，推动党建工作落到实处”的要求，以提升组织力为重点、突出政治功能为核心，着力推进基层组织设置和活动方式创新，切实加强基础设施、基本制度和支部书记队伍建设，为全省离退休干部打造了一个温馨的“大家庭”。

靠完善组织提高感召力 河南省委老干部局以贯彻中办国办《关于进一步加强和改进离退休干部工作的意见》为契机，着力加强离退休干部党工委建设探索与研究，先后在南阳、开封、安阳、巩义分区召开片区离退休干部党建工作调研座谈会，省委组织部副部长、老干部局局长段君海强调，积极创新离退休干部党建工作思路和举措，认真研究离退休干部党工委职能职责的界定、开展工作的方法举措，切实把离退休干部党建工作抓紧、抓实、抓出成效。

目前，全省54.2万离退休干部党员，共设立78个离退休干部党工委，建立基层党组织12662个，党总支332个，党支部12662个，其中离休干部单建261个总支，单建党支部1380个、合建党支部5399个，联建党支部4973个，社区党支部649个。

用阵地增强组织凝聚力 河南省委老干部局把推进基层党建“三有一化”与做好事退休干部“四就近”工作有机结合起来，做到社区资源一起整合、服务体系一起构建，着力加强阵地建设，确保党员有议事场所、有活动场所、有交流场所。

结合城市区域网格化和新农村建设，安阳、商丘等地加强老干部基层党组织“一家六室”标准化建设，社区和农村建立“老党员之家”，设置学习室、谈心室、图书室、棋牌室、阅览室、活动室。在注重硬件配套的基础上，加强“五上墙”“三统一”软件建设，即党支部领导成员职责、党支部建设规章制度、年度计划安排、收缴党费情况和学习考期记录上墙，版面内容统一、规章制度统一、档案资料统一。

以活动提升组织吸引力 河南省委老干部局与省文学艺术界联合会举办了河南省离退休干部“不忘红色初心·助力出彩中原”书画摄影作品大赛、微电影大赛、原创诗词大赛，与河南广播电视台联合开展了“中原乐龄展风采·喜迎党的十九大”展演活动，各地发挥离退休干部党支部的战斗堡垒作用，组织以党员为主体的老同志用书法、绘画、摄影等艺术形式和舞蹈、合唱、诗朗诵、韵律操等方式，传递党的声音。

近年来，河南省委老干部局先后开展了“为河南现代化建设点赞”征文、纪念建党95周年暨红军长征胜利80周年书法绘画作品大赛和“建言十九大”等活动，全省1.22万个党支部组织近52万老党员、60万老干部参与了上述活动。

（刊登于《中国老年报》）

河南老干部助力非物质文化遗产保护

河南省在文物强省建设中，以“发挥正能量、助力更出彩”为载体，组织离退休干部宣传国家法律法规，保护文物安全，抢救濒临失传的非物质文化遗产，为中原文物保护管理做出了贡献。

近年来，河南省以“世界文化遗产日和博物馆日主题活动”为契机，大力宣扬长期从事文物保护工作离退休老同志的先进事迹，树立了杨焕成、尤翰青等先进典型，引导更多老同志积极参与保护和管理中华民族优秀文化遗产，为增强民族凝聚力、提高文化软实力、实现中华民族伟大复兴的中国梦做出积极贡献。

各地离退休干部广泛征集、收集当地非物质文化遗产资料，积极推广和宣传非物质文化遗产，为申报国家和世界非物质文化遗产献计献策。漯河市源汇区司法局退休干部王耀峰，发挥专业优势，自费制作并发放《文物保护法》宣传手册，引导人们依法收藏，被区文物管理所聘为文物协管员。登封市原旅游局局长王志周，为加强对世界文化遗产少林寺、嵩岳寺塔等“天地之中”建筑群历史文化的宣传，组织成立了“登封市老干部志愿者嵩山文化宣传队”，组织队员深入景区搜集素材，先后编写出版了《嵩山传说故事》《嵩山文化演唱集》等书籍，创作了豫剧《嵩山石头会说话》、河洛大鼓《大禹治水在嵩山》等文艺作品，开展了以“学嵩山、讲嵩山、唱嵩山、写嵩山、拍嵩山、爱嵩山”为主题的义务导游、宣传演出等活动，使登封这个“武术之乡”“宗教之乡”“文物之乡”3000多年的历史底蕴展现在世人面前，为登封申报为“世界文化遗产”提供了依据。

针对当前盗掘、盗窃田野文物时有发生的情况，各地组织老干部加强对重点文物的安全保护，打击各种破坏、偷盗文物等犯罪活动。新郑市结合当地重点保护文物的分布情况，就近组织老干部成立了文物保护巡逻队。郑州市惠济区退休干部李合民，发现有人在荥阳故城墙下挖砖盗瓦，协助公安和文物缉查部门及时将不法分子抓获。

河南是华夏文明的发祥地，承载着数千年历史文化，但由于传统古训、家训的影响，一些独具地方特色的武术、戏曲、工艺制造等绝活儿濒临失传，亟待抢救和保护。郑州、开封、焦作等地专门组织老干部、老专家、老艺人、老武术家等成立传统文化研究协会，加大对民俗文化的收集、挖掘、整理和推广，从根本上解决中原文化的保护与传承。沈丘县买西山将国家级非物质文化遗产、家传心意六合拳推广进校园，在青少年中弘扬自强不息的民族精神。新安市李中献将传统澄泥砚制造工艺融会于现代科学技术，形成一整套独特制砚新工艺，烧制出了古澄泥砚少有的鳝鱼黄、朱砂红等名贵色彩。郑州市文物局文物鉴定专家、退休干部张振明配合当地政府实施“古荥汉文化生态园”产业项目建设，既促进了重点文物保护，又推动了社会经济发展。

据不完全统计，河南目前共建立文物保护、抢救组织2300多个，6.9万名老同志参与省级以上重点文物保管和非物质文化产业研究开发工作，先后制止破坏文物行为600多起，参与打击盗窃田野文物犯罪专项行动80多次，收缴、追回文物1000多件。

（刊登于《中国老年报》）

河南离退休干部助力实现强军梦

近年来，河南省离退休干部充分发挥自身的独特优势，深入驻军进行党和军队的性质宗旨及优良传统教育，引导官兵牢固树立“国无防不立、民无兵不安”的思想，为建设一支听党指挥、能打胜仗、作风优良的人民军队提供了精神动力。

河南老同志牢牢把握优良传统在军队建设中的地位和作用，把永续传承和弘扬军队优良传统作为时代强军的重要准则，自觉站在培养坚定“举旗人”、合格“接班人”的高度，深入边防、哨所和基层连队，面对面讲解传统、手把手传授真功，为官兵思想“导航”。90多岁的“一级杀敌英雄”，获得“抗日战争勋章”“解放战争勋章”“抗美援朝独立自由勋章”的离休干部郭兴，是20世纪50年代家喻户晓的电影《平原游击队》的主人公——李向阳的原型。他利用自己组织指挥过上百场战斗的经历，讲述当年带领武工队员前仆后继、舍生忘死地炸碉堡、毁铁路、除汉奸的战斗故事。辉县专门建立的“郭兴事迹展览馆”，成为军地革命传统教育基地。在老同志精神的感召下，驻豫部队官兵永葆团结一致、守住祖国家园的爱国情怀，保持了自强不息的伟大精神和血战到底的英雄气概，先后涌现出抗洪勇士吴国良、见义勇为英雄战士徐洪刚、抢险救灾模范战士武文斌等先进典型。

党和军队的优良传统能不能继承和发扬，主要靠老同志传帮带。河南坚守老干部制度创建之初的重要精神，组织离退休干部发挥“宣传队”“播种机”作用，教育官兵永远听党指挥。开封市祥符区组织退伍老战士成立了“老兵之家”国防教育宣讲团，团长武玉江在驻汴部队开展国防教育，结合自己从普通士兵成长为团职军官的奋斗历程，培育新时代军营文化，塑造中国心、民族魂，坚定官兵走好新的长征路的毅力。洛阳市组织老红军、老八路、老解放军成立“爱国主义教育团”，引导干部战士弘扬自力更生、艰苦奋斗的优良传统。空军某飞行学院退休教员谢建新，利用多媒体和PPT课件，图文并茂地讲述了我国从抗战初期没有完整建制的空军部队，到如今拥有多兵种合成的战略军种，从一无所有到自主研发新一代战机，从飞行员严重缺失到培养制度日趋完善的发展道路。

老同志们还广泛弘扬“人民军队人民爱”的优良传统，树立新型拥军情怀，深化“鱼水深情”，帮助部队破解时代强军难题。安阳市成立了金色阳光拥军服务中心，主任张艳芳以妈妈般的情怀关心来自离异家庭、单亲家庭的新兵，呵护战士的身心健康。原中科职业培训学校老校长、高级心理咨询师张莉，根据驻安某部执行抗震救灾、抗洪抢险和军事演习等急难险重任务，定期为官兵组织心理健康筛查，对心理异常的官兵进行应激障碍治疗，不定期深入连队开展心理咨询、健康讲座和心理游戏等多项心理服务，被官兵们誉为“走进心灵深处的大姐”。目前，全省有360多名心理师、620名声乐师和近千名舞蹈、小品等艺术家参与部队精神文化和思想政治建设，为提振部队士气、凝聚部队战斗力努力地付出。

（刊登于《中国老年报》）

传承老区精神　谱写办学新篇

河南省汝阳县1995年就被国家认定为革命老区，革命战争年代，先烈用鲜血谱写了艰苦奋斗、勤俭创业、无私奉献的老区精神。汝阳县发扬老区精神，在加强老干部思想政治建设、大力推进老干部学习活动场所建设、积极引导老干部为老区跨越发展增添正能量方面，取得了较好的成绩。

汝阳县有3200多离退休老干部，60岁以上的老年人口已达6万多人。汝阳县委、县政府、老干部局坚持老干部事业优先，把关心好、服务好、照顾好老干部，让他们共享老区发展成果作为义不容辞的责任。为了丰富老同志的精神文化生活，这里建起一所场地环境优美、软硬设施齐全、办学理念先进、教学模式新颖、教学成果突出的学校——汝阳县老干部大学。教室内有聚精会神的学员，舞台上有载歌载舞的演员，学校不光是学习知识的阵地、愉悦身心的乐园，更是党组织联系老干部的纽带。目前学校有教室5个，乒乓球室、沙狐球室、健身室各1个，棋牌室2个，多功能室1个，另外又在刘伶广场、人民广场开辟专区，作为学员的专用活动场地。办学条件的充实和完善，为办好学校奠定了基础。

加强政治教育　重铸革命老区精神

发扬革命传统，重铸老区精神，让老同志永葆政治本色，是做好老干部工作的首要政治任务。汝阳县老干部大学从开办之初，就把时事政治课作为工作安排和教学计划，将其列为各个专业班的必修课程。

学校以《十九大文件汇编》《党章》《宪法》和《新闻联播》为教学参考书，据此制订教学计划和讲授课题。任课教师认真选题、精心备课，再根据讲课内容制作出图文并茂的课件。授课中坚持复杂问题简单化、抽象问题形象化、规范语言口语化、马克思主义中国化，把授课变成“话聊”，把宣讲变成“谈心”。同时，任课教师用编写顺口溜、提示警句、以故事说明道理等讲授方法，为学好时政课特殊“定制”。课堂上任课教师引导学员有序发言，形成师生思想互动，让学员感到亲切轻松，保证时政课取得效果。此外，任课教师还开展“老干部与汝阳发展同行”和“弘扬正能量，建设好家风”活动，带领学员到县内的红色教育基地、警示教育基地现场教学，组织学员重温入党誓词、诵唱革命歌曲、聆听现场解说、观看反腐电教片。丰富的活动形式，提高了老干部学员的思想政治觉悟，使老同志开阔视野、与时俱进。

党的十九大召开以后，学校成立了新时代“三新”讲习所和临时党支部。通过采取集中学习、专题研讨、微信互动、撰稿发文等形式，在全体老干部学员中掀起学习宣传贯彻十九大高潮，并把每月固定的 3 天作为“支部主题党日”，有效加强老干部政治学习和党支部建设。

按需设置课程　打造老区教育事业

汝阳县老干部大学着重颐养康乐与进取有为，按老同志的需求设置课程，能者为师，旨在帮助老同志增长知识、丰富生活、陶冶情操、促进健康、服务社会。考虑不同年龄层次的需求，考虑不同文化层次的需求，考虑不同学习要求的需要，学校从实际出发，坚持以老年人为本设置课程。

年龄大的学员集中在文学、书画、医保等静态班级，相对年轻的学员大多喜欢唱、跳、弹等动态类课程。学校依此设置教学内容，使不同年龄的学员能根据自己的知识接受能力和身体状况选择自己喜爱的课程。随着新一代退休人员的不断加入，文化层次较高的学员喜欢选择知识和科技含量较高的课程，他们更希望与时代同步前进、不落伍。为此，学校设置了数字媒体应用、图像处理等课程，使学员进一步学到新知识。对大部分学员来说，他们希望学到诸如微信支付、证券、花卉、医保等易学、易懂、易操作，最好很快能在生活中应用的实用知识。学校专门对这类课程进行分层次教学安排，使学员循序渐进，一步一个台阶，不断提高。不少学员通过努力，已成为全国、省、市书画摄影协会成员；不少学员通过乐器等级考试，组建了军乐团；还有不少学员代表学校参加比赛，获得了较好的名次。

志愿服务队伍　激发老区无限能量

汝阳县老干部大学最宝贵的财富就是有一支无私奉献的队伍。教师、工作人员没有报酬，志愿为老同志们服务。国家一级美术师、中国花鸟画大师李自强为特聘绘画班老师，国家二级公共营养师刘红卫担任营养健康讲师，理论政策水平较高的县级老领导张正敏和文化底蕴深厚的陈武戟担任时政班老师，还有一技之长的赵百官、黄金玲、姬爱珍等老师分别教授其他学科。老师们因材施教，寓教于乐。

年已古稀的赵素霞教音乐课耐心细致，常把学员请到家里或在微信群里进行视唱训练。健身气功班教师黄金玲，每天五点就起床，到刘伶广场，借灯光认真教学。班里不少学员患有腰酸腿疼病，学习中一度想打退堂鼓，她苦口婆心引导，使其坚持下来，身体不适的情况得到好转。鼓镲班教师李秀兰为教好大家节奏，嗓子无数次喊哑。更有无私奉献的形体舞班教师王爱东，自己拿钱买各种教学用具，并向民政局申请社会团体法人登记证书，创建起“牡丹舞蹈协会”。凭借自己多年练习舞蹈的优势，她亲自授课，借此协会组织学员开展舞龙舞狮、走秀、威风锣鼓等有益身体健康的活动。目前协会成员增至300多人，舞龙舞狮及舞蹈队伍共计16个。王爱东组织各队负责人通过“国家社会体育指导员”考试，并拿到资格证书。然后带领大家到民间收集广为流传的杜康威风锣鼓鼓歌，并重新记录整理，汇编出由4个章节组成、激情澎湃的《汝阳牡丹威风锣鼓鼓歌》。此项民间艺术已正式申请非物质文化遗产，王爱东为传承民俗文化付出了努力。

成果奉献社会　助推老区跨越发展

汝阳县老干部大学引导学员推行以“学校为老干部服务、志愿者为老干部服务、老干部为身边群众服务”为主要内容的“三服务”模式，倡导学员积极发挥余热。

抗美援朝老战士、离休干部王显明和退休县级老干部张正敏，义务到学校宣讲党的光荣历史，进行革命传统教育活动。时政班学员李山河每年夏天自费购买材料，在路边摆茶摊，方便环卫工和过往行人。老干部代际发自费开通“365代际发诉求热线”，义务调解大小矛盾3000余起，不久前又向民政部门无偿捐款1万元救助困难群众。形体舞班教师王爱东创办起“百姓大舞台”，丰富了群众的业余文化生活。王爱东还与姬爱珍组织戏曲舞蹈班学员每月到敬老院为孤寡老人义务演出。二胡班老师郝立在隆盛桥下办起了爱心敬老演唱会。书画班学员则配合县里搞创建，当义务环卫监督员，服务社会，发挥余热。83 岁的电脑班教师武文在教学中发现电脑输入中文字比较烦琐，学员打字很吃力，便苦心摸索中文检索规律，设计出中文输入的电脑键盘，解决了中老年人不会英文和拼音输入的难题。如今，此项设计已获得国家知识产权局专利证书，并批量生产在社会上推广。2018 年“七一”前夕，汝阳县老干部大学在县政府文化广场成功举办期末教学成果汇报演出，向社会展示了汝阳老干部的阳光心态和昂扬向上的精神风貌，也表达出广大老干部对党的挚爱和祖国未来的美好祝福。

汝阳县老干部大学不断寻求创新，在这里，老年教育事业将会蒸蒸日上、蓬勃发展。

（刊登于《中国老年报》《大河文摘报》）

追梦筑梦　助力教育

——河南省淅川县老年大学工作纪实

河南省淅川县老年大学是一所特殊的大学，它既是“寓教于乐”的老年学校，也是老龄事业的一张鲜亮的“文化名片”。自 1988 年筹办以来，从借教室到拥有 3500 平方米的教学大楼，从 3 名临时教师到拥有数十名教职员工队伍，从最初的 93 名学员发展到年均1500余名校内学员、2000余名校外学员……如今的淅川县老年大学，软件、硬件设施齐全，办学规范。2016年12月，在全国6万多所老年大学评选中，淅川县老年大学被评为“全国示范老年大学”，是全省唯一的一所受到表彰的县级老年大学示范学校；同时，也被河南省委老干部局授予“河南省县级老年大学的先锋”称号。淅川县老年大学成为一所文化养老的快乐家园，众多老年人在这里增长知识、陶冶情操，度过快乐的老年时光。

坚持政治立校　践行办学宗旨

习近平总书记指出：“我国高等教育发展方向要同我国发展的现实目标和未来方向紧密联系在一起，为人民服务，为中国共产党治国理政服务，为巩固和发展中国特色社会主义制度服务，为改革开放和社会主义现代化建设服务。”这段话虽然是针对高等教育讲的，但对老年大学发展同样有很强的指导意义。淅川县老年大学始终把贯彻落实这一讲话精神作为自己办学的根本。

淅川县老年大学专门成立了临时党支部，并按照班级、专业划分了6个党小组，定期组织在校的120多名党员学员学习党章、党规、党纪，学习习近平总书记的系列重要讲话，开展“两学一做”活动，使党员的先锋模范作用得到充分发挥。

常务副校长余仕芳利用每月一次的时政课，向老年学员宣讲时事政治和党的路线、方针、政策，并请县委主要领导同志在每学期开学时做动员报告。同时在全校开展“两争两当”活动，即在党支部中开展争创先进党小组，当优秀党员；在各班开展争创先进班集体、争当优秀学员的活动。2018年上半年评选出优秀共产党员15名、模范班干部10名（校内班5名，校外班5名）、优秀学员109

名（校内班 57 名，校外班 52 名）。这些举措表彰了先进，弘扬了正气，提升了正能量。

坚持质量强校　抓好教学方法

老年教育不同于普通的学校教育，受教育的老年人文化程度高低不同，身体好坏也有差异，他们来学习是为了提高自身的品位和生命质量。为保障授课质量，学校想方设法地聘请学有专攻、技有专长且富有爱心和热情的人来授课。学校确立了学员至上的理念，还专门设置教研室，从教学创新入手，采取符合老年人特点的现代化教学方法。每个教室都配有电脑、投影仪，要求教师们在备课时根据讲授内容制作图文并茂的课件，做到教学生动形象，增加课堂知识的趣味性，提高学员听课的积极性。

学校成立了教材编纂委员会，将学校所设专业有关教学资料编印成册分发给学员。学校提出抓基础知识和基本技能的教学目标，推进“三自一导”的教学模式，即每开讲新课，让学员们根据老师的要求先自学、自讲、自测，再由老师辅导整个学习过程，实现课堂上师生交流互动。为方便老年学员，又总结推广了“慢步走，反复练，多研讨，训骨干，多层面”的十五字教学法。此外，学校还多次组织全体教师到外省的老年大学学习，并请知名的学者来校授课，丰富教学内容。

坚持文化兴校　营造浓厚氛围

在校园里，随处可见以彰显校训、办学理念、办学宗旨为主题的标语牌。每个教室、走廊的墙壁上都悬挂有优秀学员的书画、摄影作品。学校印制了《校园文化选编》等小册子发给每位师生，同时还办了校报，采取图文并茂形式向学员宣传党和国家有关老干部工作及应对人口老龄化的一系列方针政策，注重校园文化建设，以此来扩大学校的社会影响力。

学校的课程根据老年人的爱好和需求开设，力争老年人掌握新知识，学有所成。电子琴班学员王春霞，年轻时就爱好器乐，但一直没时间学。退休后，她先到二胡班学拉弦，又到电子琴班学弹琴。经过几年学习，她演奏的乐曲悠扬动听，她经常代表学校参加演出活动。绘画班的梁惠文是学校的资深学员，她在这里学了十多年绘画，别看她已 90 多岁高龄，画的牡丹千姿百态，惟妙惟肖。摄影班学员周燕，学会使用数码相机及电脑影像处理技术，还加入了县摄影协会。在前几年南水北调移民搬迁中，她围绕宣传移民精神的主题，深入移民村中拍摄，用镜头记录下移民搬迁的感人故事。老年大学带领这些老人踩着时代的节拍，活出全新的自己。

坚持弘扬传统　传承中华文明

书法与绘画一直是学校的重点专业，不少老同志学出了信心，取得了成绩。2017 年 9 月，在山东临沂举办的第十届中国重阳书画展中，有 10 人获得了书法和绘画银奖；还有 29 人的书法绘画作品在《书法报》发表。2018 年 6 月 11 日，中国《书法报》“书画天地”教学创作基地挂牌仪式，在淅川县老年大学隆重举行，这是全国第一家县级书画教学创作基地。不少学员感慨道：“《书法报》的‘书画天地’教学创作基地在我校挂牌成立，提高了我们学习书画的热情，增长了老年学员的学习信心，开阔了实践创作的眼光。”

为引导中小学生“写好中国字，做好中国人”，常务副校长余仕芳组织书画班部分老年大学学员走进学校，在学生中开展以品德教育为主题的书画创作活动，旨在使孩子们传承中华文明，热爱中国文字，养成规范、端正的书写习惯。从小学生那一双双求知若渴的眼睛中，就能感受到他们对书法的兴趣和热爱。小学生王斌说："爷爷奶奶们写字这么好，他们可真厉害！字写得好才能更出色地展示自己，我要向他们学习！"

坚持开放办学　传播精神文明

淅川县老年大学在上好第一课堂的同时，积极扩展第二、三课堂。每个学期结束，学校均会组织各班学员展示才艺，汇报演出，并组建"夕阳红文艺演出队""老年大学戏剧下乡演出队"等，深入社区小巷、田间地头，巡回演出百余场，以活泼的艺术形式描绘中国梦，展示老年大学的办学成果，吸引越来越多的老年人加入。

坚持办一所面向社会的老年大学，而不仅仅是老干部大学，始终是淅川县老年大学的办学理念。社会上不少老同志因为兴趣爱好而自发组成的拳操、舞蹈等团体，苦于找不到合适场地活动，无法继续。鉴于此，余仕芳组织淅川县老年大学校委会，制定了《对校外团体活动队的认定和管理》等相关制度。经过认真考核，学校收编了 23 个校外队伍，并对认定合格者从名称、活动场地到管理人员等做了详细规定。淅川老年大学采取的多项举措，促使这里变成了一所没有围墙的大学。

原县城新车站广场有个健身舞团队，因场地等原因与车站管理处发生矛盾，导致活动无法开展。队长李国强带着队伍来投奔老年大学，经校领导班子考察验收后，队伍被命名为"淅川县老年大学健身队"。通过老年大学与新车站管理处协商，老同志在新车站广场的活动得以规范化开展。周志伟是篮球爱好者，自己组织了个“中老年篮球队”，却因不具有法人资格无法参加社会上的篮球比赛。他带着自己组建的队伍来到老年大学，申请接受老年大学的领导和管理。有了“老年大学篮球队”的身份之后，2018 年，“中老年篮球队”还在南阳市组织的中老年篮球赛中夺得冠军。

坚持精准服务　配强校务委员

“合抱之木，生于毫末；九层之台，起于累土；千里之行，始于足下。”淅川县老年大学办学以来，教研成果丰富，办学经验曾在全国不少省市推广。2017 年 5 月，在江苏南通召开的全国示范老年大学教学成果与经验交流研讨会上，淅川县老年大学的参会人员与全国各地的老年大学代表做了交流。

2019 年，淅川县老年大学建校整整 30 周年。学校之所以能有这么大的成绩，是历任校领导和历届学员默默付出的结果，尤其离不开县委、县政府的鼎力支持。淅川县历届县委、县政府为老年大学的健康发展提供了足够的经费保障及合理的资源配置。县委、县政府还专门成立了“老年大学校务委员会”，会同组织部门调整、充实校领导班子，选拔了一批热爱、懂得老年教育的老领导担任校务委员。这些老同志大都接近或超过了古稀之年，本应在家颐养天年，享受天伦之乐，却长年累月坚守在学校，全身心扑在学校工作当中。

主管学校全面工作的常务副校长余仕芳，每天最早到校，最晚离校。即便他患病疼得直不起腰，输完液拔下针头仍就回学校继续工作，学员们称他为“拼命三郎”。分管教学教研工作的副校长马辉才已 70 多岁，仍不顾年迈体弱，每天周而复始到各班检查教学情况。一次老伴不小心摔伤，他托人在家照顾，自己又去学校忙碌，从未因私事耽误一天工作。有人跟他开玩笑，说马校长把学校看得比老伴还重要。副校长单长石年近古稀，由于日夜操劳患上面部瘫痪，他仍然以学校工作为重，病情稍有好转又回校工作。在淅川县老年大学的校务委员中，感人事例还有许多，他们有一个共同点：只讲奉献、不求回报。

80多岁的老学员梁铁柱说：“甘于奉献的校领导，舍小家为大家，视学员为亲人。教育家陶行知那句‘捧着一颗心来，不带半根草去’，说的就是他们。他们是永不熄灭的蜡烛，点燃自己，照亮别人。”是的，淅川县老年大学坚定带领老年人追梦，坚决帮助老年人筑梦，坚持协助老年人圆梦。

（刊登于《老人春秋》下半月刊、《大河文摘报》）

“一座难求”的民生考题在这里不存在

老年教育是国民教育的重要组成部分，不可忽视。中共中央、国务院颁发的《国家中长期教育改革和发展规划纲要（2010—2020）》首次将“重视老年教育”纳入国家教育大战略，将老年教育纳入继续教育事业范畴。学前教育阶段、义务教育阶段有“上学难”问题，老年教育也一样。老年人精神文化需求日益增长，政府应当重视，设法解决难题。河南省委、省政府为破解此难题下了大功夫，建起了一所能为解决精神养老问题发挥良好的作用，能有效地满足老年人的学习需求、文化需求，促进健康的省老干部大学。

形势严峻　催人奋进

1985年5月，伴随着改革开放和干部退休制度的建立，河南省老干部大学在省委小礼堂挂牌成立。作为在全国范围内建校较早的河南省老干部大学，它在普及、发展等方面曾一度走在全国前列。

随着老年人队伍结构不断变化、精神文化需求不断增长，河南省老干部大学的办学条件逐渐落后于时代发展，曾经五易校址，分别在河南省老干部活动中心、河南省新华书店、河南省老干部康复医院、河南省豫棉宾馆办学，面临反复搬迁、租用校舍、条件简陋等种种困难。

如何更好地满足新时代老年人继续学习的愿望和需求，进一步把“老有所教、老有所学、老有所乐”落到实处？答案是要为老年人办实事、解难事、提供学习场地。积极应对人口老龄化，办好老干部大学，发展老年教育，是贯彻落实习近平新时代中国特色社会主义思想和党的十九大精神的具体体现。有了十九大精神的指引，河南省委省政府说干就干，2018年8月，做出在郑东新区省老干部活动中心院内新建河南省老干部大学的决定，并将其列为省重点建设项目和一类民生工程。

争分夺秒　建筑新校

河南省老干部大学新校区建设，在老年人的殷殷期待和有关部门的协助配合下拉开序幕。

由中共河南省委老干部局负责同志扛起主体责任，成立建设指挥部，下设服务保障、协调联络、建设管理和纪检监察4个工作组，抽调30多名工作人员，协助新校区建设。相关人员收集教育部等部门出台的有关老年大学建设方面的指导性文件，到湖北、山东等地学习调研，了解周边省份在老年大学建设方面的经验，还到省发改委、郑州市城市规划设计院等部门详细咨询，提高建设规划布局的科学性和合理性。在此基础上，一线工作人员科学谋划、精心组织，大家携起手来，共同斗酷暑、战严寒，争分夺秒、攻坚克难。

从2018年12月奠基开工，到2019年9月交付使用，新校区建设工程仅用时270天。河南省老干部大学新校区的建设，刷新了“河南速度”。这是夜以继日的270天，这是日新月异的270天。新校区的筹备和建设，倾注了诸多老干部工作者的心血和汗水，展现了他们用心用情服务老同志的赤诚情怀。至此，老年人“上大学”有了新去处，河南省老干部大学的建设发展也迈上了新台阶。

当然，这也是特别的270天，省领导高度重视河南省老干部大学建设项目的进展情况。省委书记王国生亲临工程建设现场调研指导，明确指出：“建设老干部大学是为老干部办实事。一定要提高政治站位，全力把老干部大学建设好。”省长陈润儿专题听取建设情况汇报，强调我省老干部大学越建设得晚，越要建设得更好，要努力进入全国老年大学一流方阵。省委常委、常务副省长黄强指出，建设省老干部大学很重要，政府责无旁贷，全力支持，要加快工程进度。省委常委、组织部部长、省老干部大学校长孔昌生多次听取建设情况汇报，要求把省老干部大学建成民生工程、样板工程、向国庆献礼工程，要成为全国老年大学的后起之秀。省政协原副主席、省老干部大学第一副校长孔玉芳为省老干部大学建设倾注了大量心血，多次协调解决困难和问题。省委组织部副部长、老干部局局长、省老干部大学常务副校长段君海担任建设指挥领导小组组长，全程跟进指导，研究解决问题，为推进工程顺利进展付出了巨大的努力。

绘就蓝图 只争朝夕

新建的河南省老干部大学被列为省重点建设项目，它既是我省首个按“放管服”改革精神审批最快的项目，也是首个按完整 EPC 总承包模式建设的项目。EPC 总承包模式指建设单位将工程发包给总承包单位，由总承包单位对其所承包工程的质量、安全等负责。

定位既然如此高，参与人员就更要密切配合、通力合作。但参与河南省老干部大学新校区建设的大多数同志缺乏新模式管理经验，只有发扬钉子精神，争当“政策通”“活字典”，营造干事创业、比拼赶超的氛围，通力协助总承包单位，才能保障项目的顺利推进。

施工期间，项目建设指挥部有关负责同志常驻工地现场，紧盯时间节点，挂图作战，倒排工期，确保如期完成建设任务。服务保障组、建设管理组等有关同志不叫苦、不喊累。由于时间紧、任务重，负责提供技术、线路铺设和装修的 3 支队伍几乎同步施工，参与者力争做到忙而不乱。4 个分管小组的负责同志在参与重要文件的汇报起草、探索与国际接轨的先进管理模式的基础上，经常出现在施工现场，督促河南省老干部大学各项工作的具体落实。

党中央提出了要建设学习型社会，老年教育成为不可或缺的重要组成部分。习近平总书记指出：“只有有利于满足人的终身幸福生活需求的教育才是人民满意的教育。”为了满足广大老同志的精神需求，无数工作者坚守在平凡的工作岗位上，奋斗着、奉献着。他们深怀敬老之心，倾注爱老之情，笃行为老之事，推动着河南省老干部大学建设工作高效运转。

科学设置　优化学科

河南省老干部大学始终秉承“增长知识、丰富生活、陶冶情操、促进健康、服务社会”的办学宗旨，坚持“政治立校、质量强校、管理治校、文化兴校”的办学理念，积极探索老年教育规律，努力把学校建成能够加强老同志思想政治建设、丰富精神文化生活的主要阵地。

学校制定了《河南省老干部大学教学管理制度》，对教师管理、学员管理、课堂教学等做出了明确的要求，也为推进河南省老干部大学对标全国一流老年大学提供了基本准则，力促河南省老干部大学在规范管理上再加强，形成科学化、规范化的办学机制，使管理服务更符合时代发展的要求、符合老同志的需要；在服务保障上再精准，带着感情和责任为学员提供更加精细化、优质化、便利化、个性化的服务。

省老干部大学把思想政治教育摆在教学首位，并贯穿教学活动全过程。学校通过积极推动临时党组织建设等方式，主动融入新时代党建工作大局。学校将高等教育的学科分类与老年教育教学自身的特点相结合，按学科划分课程体系，培育发展精品课程，并邀请高校优秀专业教师走上讲台，持续提高学校的办学水平。学校开设了国学、英语、声乐等 11 个系、49 个专业，124 个教学班。建筑面积达 3 万平方米的新建教学楼，可满足 1 万余在校学员的不同爱好与需求。

为推动老年教育向基层、农村、社区延伸，有效解决有限的教育资源与老年人不断增长的学习需求的矛盾，河南省老干部大学积极推进合作办学、大力开展远程教育，为老年人搭建起崭新的学习平台。学校还充分利用社会资源，先后与河南省委办公厅、河南省体育局、河南省发改委、河南省法院合作成立了4所分校，方便老同志就近就便学习。与此同时，学校建立了信息化教学管理系统，实现网上招生和教学管理等一体化功能，让广大老同志足不出户，就能享受在网上报名的快捷便利。

越来越多的老年人借助老干部大学这个平台，通过社区教育、远程教育等参与到学习中来，他们学到了更多技能，也向社会展示了自己的风采。

面向明天　更加美好

栉风沐雨见肝胆，砥砺奋进续华章。河南省老干部大学教学保障人员一方面探索老年教育规律，引导老同志展示阳光心态、畅谈发展变化、享受美好生活；一方面组织老同志成立志愿者队伍，奉献社会、服务社会。按照校长孔昌生的指示，要充分发挥离退休干部学员独特的政治优势、经验优势、智慧优势，找准老同志以学促为的切入点，围绕打好“四张牌”、打赢“三大攻坚战”、乡村振兴和“三农”工作等中心工作，组织广大学员深入开展“增添正能量·共筑中国梦”“不忘红色初心·助力出彩中原”等活动，建立多种形式的志愿服务团队，组织老同志走进乡村精准扶贫，走进社区开展慰问演出，走近英雄身边开展教学实践活动……引导老同志为中心任务助力喝彩。

省老干部大学注重发挥老年学员人才集聚优势，拓展“第二、三、四”课堂，带领老同志走出校园，开展教学实践活动，引导他们讲好出彩中原、出彩河南故事。以庆祝中华人民共和国成立70

周年为契机，学校组织开展了“我和我的祖国”系列活动，唱响共产党好、社会主义好、改革开放好、伟大祖国好的时代主旋律，营造共庆祖国华诞、共铸复兴伟业、共绘出彩中原的浓厚氛围。

“初心”是什么？“使命”是什么？对河南省老干部大学的工作人员来说，“初心”就是建好老干部大学，帮老同志实现再教育的梦想。“使命”就是办好老干部大学，并以此为起点，努力把老干部工作提高到新水平。

（刊登于《大河文摘报》）

这里夕阳无限好

——荥阳市老年大学工作纪实

荥阳市老干部大学自2002年6月创办以来，已走过17年历程。在荥阳市委、市政府历届领导和乡镇局委各部门的支持下，已经形成了比较规范的管理体系、比较系统的教育体系和比较全面的教学体系。校工委一班人齐力协力，把学校各项工作开展得风生水起、有声有色。学校全面贯彻“健康、参与、保障”老龄化教育方针和“增长知识、丰富生活、陶冶情操、促进健康、服务社会”的办学宗旨，坚持以人为本、特色办校的核心理念，不断扩大教学规模，提高办学质量，使越来越多的老同志走进大学，老干部大学成为老有所教、老有所学、老有所乐、老有所为的重要阵地。

用学激活“第一课堂”

一踏进荥阳市老干部大学，就立刻感受到浓浓的学习气息。走进一间教室，只见讲台上一位满头银发的老人正在讲诗词的格律，台下 40 多位白发苍苍的老年人整齐地坐在那里，听得全神贯注。

荥阳是中国诗歌之乡，自古以来就有吟诗唱词的优良传统。我国第一部诗歌总集——《诗经》中的《郑风》《小雅》等诸多篇幅描述了荥阳的风土人情，当老师选取《诗经·郑风》中的经典诗词《野有蔓草》，介绍《诗经》在我国诗歌总集历史上的地位和诗词的内涵时，台下的老人深深地感受到了诗词的无限生命力，课堂上不时发出阵阵掌声。

张老师是河南省诗词协会的会员，退休后特意回老家荥阳到市老干部大学执教。他说：“荥阳是历史故城，文化底蕴深厚，荥阳人尤其对诗词情有独钟。上至九十九，下到刚会走，出口诗作话，不服也得夸。”诗词作为一种重要的文学艺术，要真正写好也不是件容易的事。很多老同志听了张老师的课以后，经过努力，如今已成为郑州市诗词协会的会员。张老师善用浅显易懂、喜闻乐见的方式来教学，这样能更好地激发大家的学习兴趣。听了张老师讲的课后，老年人学诗词、作诗词的热情高涨。

一位在老干部大学学了 3 年诗词的老人说：“我们班同学都是‘诗词迷’，学写诗就是学写生活。张老师教大家平时要更加注意观察生活、体验生活，从中抒发胸臆。学写诗的主要目的不是展示自己的创作水平，而是提高晚年生活的质量。我觉得张老师说得很对！”说着说着，这位老同志以赞美张老师如今的生活为题，朗诵道：“青丝三尺育英才，白发又教翁与妪；桑榆陪晚上书堂，鹤发童颜醉诗香。”

用乐激活“第二课堂”

为满足老同志的不同爱好追求，让老干部大学惠及农村老年人，自2015年起，荥阳市在整合乡镇和社区及村级活动场所的基础上，先后在崔庙、广武、城关、乔楼、索河5个乡镇建设了分校，并把培训专业知识同实践活动结合起来，以组织参加纪念抗日战争胜利70周年模特舞大赛、2015中国·郑州全国老龄广场舞大赛和2016“出彩郑州人”幸福河南艺术广场舞大赛等活动为主要方式，延伸第一课堂教学效果，让同志在乐中学、在学中乐，进一步丰富了老年人的晚年生活，展示了当代老年人的精神风采。

荥阳老干部大学知名度最高的是模特队和广场舞队，虽然成立的时间不是很长，却以独特的“录取条件”吸引了很多学员参加。考虑到很多老同志对学模特和广场舞的目的是为了锻炼身体、度过美好的晚年时光，老干部大学特意放宽了招生条件，只要对舞蹈和模特专业感兴趣，均可来试试，如果愿意学习，就可以报名参加学习活动。这样贴心的服务，吸引了很多中老年人加入。舞蹈和模特班的学员趋于年轻化，提高了整个队伍的朝气和活力。

教模特步的刘老师已经70多岁了，但她身形优美、气韵非凡，展现出一种慈祥典雅的成熟气质。伴着舞蹈班里悠扬的舞曲，刘老师放慢了授课的速度。她仔细观察每一位学员的身体柔韧度、力度和形态，指导大家进行全身性的伸展、定位，从头部、颈部、腰部、胯部到脚部都要练习。“学习模特不仅要会跟着节拍走‘猫步’，而且要求身体柔硬结合，向上挺拔的力度适中。”刘老师边教学边讲解。

在这里学习的学员并没有相应的学习基础，在练习之前，刘老师要先讲相关模特知识，然后再用一定的时间对学员进行基础性形体训练，等学员进入状态，刘老师才会给大家缓慢地示范，让学员们跟随她认真练习。模特看似是走步，挺简单，但其实想做一名合格的模特，不光在长相、身材、气质和展示能力等方面需要具备一定的条件，在文化基础、人格素养等内在涵养方面也有一定的要求呢。

后排的一位学员深有感慨，说，刚进模特队时，身体硬得像木棒。老师要求既抬头挺胸，又扭腰送胯，还出腿摆臂，连到一起根本做不好这些动作，感觉非常别扭。一天下来，浑身疼得像散了架。后来发现，队里大多数学员年纪更大些，可走起步来轻松自然，看起来更优美。她也就渐渐地放开了身体，跟上了音乐节拍。半年下来，她不仅感觉身心愉悦，就连平时走路也忍不住想按照模特步的标准走一段儿。在老干部大学里，她找到了自信和快乐，越来越喜欢上模特课了。

用为激活“第三课堂”

走在荥阳市街心、花园、广场等公共文化场所，处处能看到老年大学学员唱、跳、俏、说、讲、演的身影。在荥阳市文博中心，老干部大学书法班的学员挥毫泼墨，义务为市民写对联。市民高女士说，这些老同志写得好啊，只要讲出自己想表达的心愿，他们就能写出令人称心的对联。

在刘禹锡公园，这边是夕阳红音乐艺术团的学员们敲起鼓、打起锣，扭起了《欢天喜地大秧歌》，那边是老年戏曲团的老同志拉起弦子、吹起唢呐，唱起了折子戏《城市媳妇乡下婆》。这些都是老同志为欢庆新春佳节排练的，在大力倡导关爱农村留守老人、孤寡老人、空巢老人的同时，也充分展示出老同志服务社会发展的良好精神风貌。

在荥阳市文化广场，哨子舞蹈队的学员们正在表演戏伴舞《河阴的石榴人人夸》，观看的群众不时爆发出热烈的掌声。河阴石榴是荥阳市的特产，是中国国家地理标志产品。老同志把它用戏唱出来，更令人欣喜。

现场深受鼓舞的荥阳市委老干部局局长赵喜梅说，我们以“老有所为”为目标，不仅把老干部大学作为老年人学习、受教育的地方，而且把它当成老同志展示阳光心态、体验美好生活、畅谈发展变化的主方阵，努力激活“三个课堂”，充分发挥它的独特优势，让老同志可以更加积极参与到社会公益活动中去。

依托当地历史悠久、文化底蕴厚重的优势，未来的荥阳市老干部大学将会继续坚持“丰富群众文化生活，提升城市文化内涵”的总方针，并以纪念当地杰出的文化名人、宣传当地悠久的历史文化、传承当地的优良文化传统为先导，设置模特舞蹈、诗词、棋艺、豫剧、声乐等专业，组建郑虔老年书画园、刘禹锡公园老年志愿服务队、李商隐诗词校外辅导员和夕阳红艺术团等老年队伍，把让老同志们享受生命作为主旋律，以此引导老同志在宣传党的方针政策、城市管理、文明城区创建、关爱青少年等方面发挥积极作用，为富强荥阳、美丽荥阳、平安荥阳、文明荥阳增光添彩、加油助力。

（刊登于《大河文摘报》）

通讯篇

他为老区脱贫奔忙

王金章与革命老区有着不解的情缘。他出生在河南省荥阳市，在四川省自贡市参军，转业时被分配到荥阳市庙子乡，后又调到崔庙乡工作：这些地方都是革命老区。他到市人大工作，分管的还是老区发展。2009 年退休后，他又在荥阳市老促会工作，继续为革命老区的发展贡献力量。

立下扶贫之志

荥阳市南部山区 95% 以上是革命老区，9 个乡镇 121 个村组中，有近 3 万人口尚生活在贫困线以下。王金章决心利用老促会，推动老区发展特色产业，让群众真正端上金饭碗。他花两个月时间，早出晚归，深入老区逐村摸底调查。到部分山区村组没有交通工具，他索性徒步走去，一定要听听老区人民的心里话，为领导的决策提供依据。

位于深山区的杏花村，物产丰富，但由于道路不通，地方特产运不出去。乡亲们的生活很苦，相当一部分村民还是“石头洞石头房，石头灶台石头床”。王金章见到村党支部书记王军营时，他正帮助一位生活不能自理的老人干家务。王军营介绍村里的情况时流下了眼泪。眼前的景象，也让王金章增强了助力老区脱贫的决心。

王金章走遍了当地的村组，与老区的干部群众接触后，很快以老促会的名义向市委市政府提交了有关老区脱贫致富的调研报告。报告中，他列出了制约老区经济发展的诸多原因，并提出了具有针对性的建议。在听取王金章报告的第三天，上级召开了由农业、电业、交通等十多个部门参加的联席会议，寻找解决办法，老区脱贫工作出现了新生机。

扶贫初见成效

崔庙乡南部山区的界沟村人口不足一千，居住分散，交通不便。干旱时，村民要到五六里地外担水喝。王金章一边协调扶贫部门为界沟村打井，一边带领市水利部门的技术员在界沟村山梁找水。60 多岁的他跑前跑后，陪同的村党支部书记卢国强说起来总是热泪盈眶。村里第二口水井交付使用后，不但解决了人畜的用水问题，还使部分土地成了水浇地。乡亲们亲切地称这口井是“老区甜水井”。

有水就有了基本的发展条件，王金章决定指导界沟村的群众改善种植结构，依靠山区优势致富。但传统种植模式在农民的观念中根深蒂固，改变起来难度很大。农民出身的王金章理解乡亲们的想法，他组织村里种植带头人到山西、山东，实地考察当地依靠种谷子、绿豆致富的例子，以此转变乡亲们的种植观念。然后，老促会掏钱买来优良的谷子品种，无偿送给乡亲们种植。老促会又对愿意改善种植结构的乡亲们实施特殊补助，并依托村组建立各种形式的小杂粮合作社，对山区杂粮进行深加工，使种植效益翻倍，乡亲们得到了实惠。很快，过去的零星种植发展转变为万亩连片的标准化种植，杂粮成了界沟村的主要致富来源。

做大柿子产业

“荥阳柿子中牟梨，新郑小枣甜似蜜。”荥阳的柿子是郑州的一种特产，崔庙一带的柿饼、柿霜糖曾一度被列为“贡品”，但由于品种退化，加工粗放，品相差，在市场上不被看好。而且柿子树需要栽培3到5年时间才能结果，7到10年才能进入盛果期。栽柿树不易，柿子晾晒更难，从旋皮、上箔、捂盖到出霜，前后约一个月时间。加之外地柿饼进入，荥阳种植户觉得不够本，索性任其烂在树上。

王金章带人先后到陕西、山东等地学习，看到很多地方采用文化节的营销方法，决定借鉴。2012年10月，崔庙郑岗柿子文化节启动。从宣传策划到会议筹备，从人员接待到产品推销，王金章事无巨细，亲力亲为。除做大旅游宣传，吸引游客来感受柿子成熟时满山遍野一片红的景色，现场参观传统的加工、晾晒方法，还邀请技术人员给柿饼评定等级。王金章用文化带动经济发展，把柿子文化节搞得红红火火，柿子及其加工产品增值了许多，农民对柿子经营充满了信心。郑岗行政村党支部书记郑兴旺高兴地说：“光卖柿子，俺们村每年人均可以增收800元到1000元呢。王会长的法子就是中！”

为把柿子产业做大，王金章在省农科院、林科所的引荐下，先后引进十多个新品种，又请相关专家指导农户种植。王金章顺势而为，连续5年举办柿子节，柿子年年大丰收。2012年，荥阳的柿子成功申请为“国家地理标志保护品种”。王金章又在刘河发展千头奶牛养殖，在贾峪发展万头生猪养殖，以合作社的形式带动一大批老区群众脱贫致富。

老区致富优先

党和政府开发建设革命老区有优惠政策，王金章按照“服务老区，建设老区”的原则，把老区建设发展项目纳入全市总体规划当中，尽可能地为老区建设争取项目资金。他每年都向市委市政府写书面报告，阐述年度项目的可行性。仅2012年，王金章就为老区建设发展项目争取到资金2000多万元，全市优先安排老区村建设项目268个，使每个老区村都有一到两个发展项目。王金章又积极引导企业帮扶老区人民。他组织企业家以个人名义捐资助教，救助老区的贫困学生200多人；动员荥阳联合养猪专业合作社帮助35个老区村500多户农户发展养猪业，增收致富。2010年，在王金章的动员下，郑州市鸿翔公司捐资100万元支持老区建设，此后该公司每年都拿出3万至5万元慰问老区的贫困群众。

有了这些资金的支持，老区各种产业的发展充满生机。崔庙乡南部已初步形成以种植谷子、绿豆，养殖山羊、奶牛、土鸡为主的独特的山区种植养殖模式。此外，刘河的谷子、金银花、食用菌，环翠峪的柿子、乡村旅游等，也都引人注目。2014年，荥阳市有40个省市级贫困村全部“摘帽”，近4000户、14000口人实现脱贫。同年9月，河南省老促会在荥阳刘河镇分水岭村召开革命老区旱地作物推广会议，推广荥阳经验。

有辛勤付出，就有回报。2014年，荥阳市老促会被评为“河南省老区建设先进集体”，王金章被评为“河南省老区建设先进个人”。“加快老区发展步伐，做好老区扶贫开发工作，让老区农村贫困人口尽快脱贫致富，确保老区人民和全国人民一道进入全面小康社会，是我们党和政府义不容辞的责任。”习近平总书记这句话为老区建设指明了方向，同时也是王金章的座右铭。新时代，新机遇，新征程，王金章决心为老区的经济建设继续努力！

（刊登于《老人春秋》上半月刊）

党旗辉映　桑榆未晚

——记河南省委办公厅离休干部党支部书记李天相

都说老同志是宝贵的财富，经过岁月的洗礼，他们胸怀天下，世事洞明。如何发挥老同志的作用，让他们退休不褪色？从事了20多年离休干部工作，担任过中共河南省委副秘书长、河南省人大常委会委员、河南省人大常委会副秘书长的李天相，谈起离休干部党建工作时深有感触："这是个讲良心的工作。"

连心，把党支部活动放到心中。李天相离休第二年，被选为省委办公厅离休干部党支部书记。这个支部现有党员16名，最大的97岁。老同志们离休前多数担任过领导职务，党性觉悟高，政治立场坚定。虽然离休了，但李天相要求大家继续关心国家大事，关心党的建设，要坚定地跟党走。

离休干部党支部有这样一项制度：每月5日是集中学习时间，所有老同志都要参加。支部传达学习中央、省委有关文件精神，通报重要工作。离退休干部基层党建工作有其特殊性，有人觉得从工作岗位上退下来了，不想再参与任何活动。而李天相主动带头，不顾自己80多岁高龄，仍坚持认真学习习近平新时代中国特色社会主义思想，并用以指导开展支部党员的思想政治工作。几乎每天早上，他都准时到办公厅老年活动室读书看报，用手机微信等网络媒体浏览时政新闻，点赞正能量。他认真学习，保持思想常新、心态年轻，真正活到老学到老。

2017年国庆节前，李天相从离退休干部工作处党总支领取到《习近平的七年知青岁月》一书后，利用国庆假期如饥似渴地读完了这本厚厚的书。节后支部活动时，李天相深情地讲述了总书记当年知青岁月的点滴细节和自己的钦佩之情，引起大家的强烈共鸣。办公厅其他离退休支部的老同志受其影响，都在认真学习，连文化底子相对薄弱的老同志也用两个月时间通读了这本书。

在李天相的带领下，每次支部活动时，平均年龄84岁以上的老党员，只要身体允许，都能自觉赶到活动地点参加。2017年6月5日下午，是离休干部党支部集中学习的时间。没想到，集中学习前下起了瓢泼大雨。尽管如此，所有老同志仍冒着大雨，自发赶到学习地点，这种精神让人感动。多年来，李天相坚持带领党支部的老同志立足实际，引导全体党员继承发扬党的优良传统和作风，坚持不懈地抓好学习型党支部的建设，不断为党的事业增添正能量。

2016年，为庆祝建党95周年，受处党总支邀请，李天相分别以如何做好离退休支部工作、如何当一名合格党员为专题给办公厅全体离退休支部委员做了精彩的辅导报告，开展革命传统教育。他还积极参加“我看从严治党新气象”“畅谈”“建言”系列活动座谈会，为十八大以来党和国家的新变化点赞加油，并以爱党、忧党、护党之心在建言十九大方面提出不少真知灼见。此外，李天相非常关心办公厅的发展和建设，在每年举办的省委办公厅老同志座谈会上，都从党性、公心的角度坦诚地建言献策。

贴心，将老干部冷暖挂在心头。“离退休干部是党和国家的宝贵财富，不能只当作一句口头禅。对老同志思想上、政治上多关心，和他们心连心，他们的愿望和热情才能转化为对党建工作的关心和支持。”李天相这么说也这么做。有的老同志年高体弱，思维意识已不太清楚，三番五次到他家去诉说自己的家事，表现出烦躁情绪。李天相认真倾听，耐心为老干部排忧愁、拨迷雾。为了能让老干部队伍和谐稳定，能让老干部安享晚年，李天相想了不少办法。

一位90岁的老同志，年轻时常献爱心，为社区贫困户捐了不少钱。年龄大生病之后，他每每犯病，在街上见人就给钱，清醒后又想不起来钱给了谁，影响到家庭的和谐。李天相跟他谈心，去跟他家人谈心，一次又一次，不厌其烦。一位老同志癌症晚期，长期住院对生活失去了信心，不吃饭、不喝水，家人想尽办法也没解决问题。李天相得知情况后，在病床前跟他聊过去大家一起去钓鱼、打台球的开心事，然后由开心事延伸到生活、保健。这位老同志很快转变心态，积极配合治疗，也开始吃饭了。还有一位老同志90岁生日时，家人要给他办个隆重的生日宴会，计划把亲戚朋友都请来一起吃饭。李天相结合政策耐心给这位老同志做工作，给他家人讲党的“八项规定”和其他从严治党的相关政策，讲大规模贺寿对高龄老人身体、精力产生的负担。这位老同志和家人放弃了原来的打算，一切从简操办了寿宴，过了个更有意义的生日。

多年来，老同志的信任和期待，变成了李天相做好离休干部党支部工作的责任。不管哪位老同志，在他们最需要关怀、最渴望帮助的时刻，李天相都会第一时间向他们伸出援助之手，为他们送去组织的温暖，给他们以精神慰藉。

暖心，引领老同志发挥正能量。李天相爱好广泛，他积极带领团队里的老同志参与文体活动。省委办公厅组建了老年合唱团后，不会唱歌的李天相因为威望优势被推举为合唱团团长。从此，他认真学习，刻苦练唱，从当初的不会唱歌到如今的熟通音律，李天相的示范带动了越来越多的老同志参与进来，为合唱团发展起到至关重要的作用。2011 年，为参加河南省庆祝建党 90 周年文艺会演，合唱团多次排练，李天相从不迟到。他和所有的老同志一样，刻苦训练，踊跃参加，在这次会演中获得了金奖。2017 年，河南省“喜迎党的十九大，展示老年新风采”文艺会演活动中，已 84 岁高龄的李天相仍然认真参加演出，令人佩服。

2016 年 7 月 1 日，为庆祝建党 95 周年，受离退休干部工作处党总支邀请，李天相分别以如何做好离退休支部工作、如何当一名合格党员为题，给办公厅全体离退休支部委员做了精彩的辅导报告，开展革命传统教育。同年 7 月 5 日，他又积极响应号召，随党总支一起，赴办公厅扶贫联系点原阳县杨厂村参与扶贫工作，为精准扶贫奉献余热。就连外出健康疗养期间，为真实了解脱贫攻坚的情况，李天相常常 5 点多就起床，到老百姓家询问、帮扶。他不忘初心、牢记使命、爱党为民的情怀，令人感动。

李天相所在的离休干部党支部先后被评为省委办公厅“五好”党支部、省直机关工委“五好”党支部、先进基层党组织以及全省离退休干部先进党支部，李天相也被评为全省离退休干部优秀共产党员。这些荣誉证明了李天相就是为党的事业鞠躬尽瘁的楷模。

（刊登于《老人春秋》上半月刊）

坚守信仰　坚定信念　坚强信心

——记河南日报报业集团离退休职工党总支常务副书记熊志波

河南日报报业集团现有离退休老同志 506 人，离退休老同志党员 323 人。集团党委为进一步加强离退休职工思想政治工作和党的建设，将离退休干部党总支和退休工人党支部合并。在 2016 年 11 月 12 日召开的离退休职工党员代表大会上，选举产生了新一届离退休职工党的总支委员会，曾任河南日报编委会委员、总编辑助理的熊志波被选为离退休职工党总支常务副书记。熊志波用心服务，用情管理，将“让党委放心、让老同志满意”作为工作目标，带领 11 位总支委员，坚持围绕中心务大局，全面落实党建工作责任制。结合集团离退休职工实际，研究新情况，解决新问题，积极探索新形势下有利于增强党组织活力、有利于保持和发扬党的优良传统、有利于促进集团事业发展的基层党建工作有效途径，不断改进党组织的活动内容、活动方式和工作方法，为推进中心工作，搭建了多样化平台，实现了老同志老有所教、老有所学、老有所乐、老有所为。

搭建网络交流平台，力促党建工作针对性强“一步到位”。由于报业集团离退休职工中党员较多，居住分散。熊志波建议，经上级同意，以家属院为单位，在总支下成立了 6 个党支部，各支部书记由总支成员兼任。把基层组织延伸到群众中去，让党员对群众起到引导、组织、服务作用。

为进一步发挥网络快捷高效的优势，新一届党总支成员在熊志波的倡导下，积极探索“互联网 + 党建”的新模式，以支部为单位，建立党员微信群。实现在线开展党性教育、服务党员群众等功能，激发基层党建工作新活力，全面提升党建工作的整体水平。总支委员会可以利用新媒体手段及时传达集团重大信息和工作动态，也通过微信与各支部互通信息资讯、交流学习体会，以提高支部成员学习的自由度和选择性，增强党员教育内容的丰富性、生动性和多样性。结合每月的党员集中活动日，熊志波要求各支部提前发布当月的学习主题、内容和要求，引导党员在微信群开展学习讨论，拓展党员教育平台，增强学习主动性，达到双赢。

“互联网 +”思维已渗入到各支部的党建工作中。各党支部还会结合自身的具体情况与时俱进。集团离退休职工党总支通过“键对键”与“面对面”结合，努力打造出“指尖上的党建阵地”。

搭建思想教育平台，力促老同志思想常新“一如既往”。“人虽然退休了，但我还是党员，是党员就要和党保持一致，要带给社会和身边人更多的正能量。”熊志波这样说。鉴于报业集团党员干部都有听广播、看新闻联播、关心政治政策、注重自我学习的传统，熊志波在组织总支成员集体学习时，特别注意根据不同时期的工作重心、重大事件和党员的思想状况，留出时间让大家交流学习心得，以此加深对中央精神的认识。

2017 年 9 月，分管离退休干部工作的集团领导在老干部活动室召开专题调研座谈会，党总支委员以及离退休部的工作人员一同学习了习近平总书记关于从严治党系列讲话和省委老干部局《“我看从严治党新气象”调研座谈活动的通知》。接着，党总支召开了 40 余人参加的专题座谈会。总支委员将会议精神传达到各个支部后，退休干部王继德说，通过从严治党，我们党又焕发了青春，提振了全党的信心，提振了全国人民的信心。

十九大闭幕后，总支马上召开座谈会学习会议公报，通过座谈讨论，明确新时期指导思想、主要任务，认真领会习近平新时代中国特色社会主义思想的丰富内涵，增强走中国特色社会主义道路的信心。平时，总支通过多种渠道为大家提供学习素材和思考空间，加强党的思想建设，提高党员对党的建设科学化水平的认识，引导党员坚定理想信念，保持思想常新。总支委员卢玉良说：“选择学习内容很重要，有针对性的教育学习，有利于提高党支部成员的思想觉悟。”

搭建文化养老平台，力促老同志学习生活“一举两得”。在熊志波的倡导下，离退休职工党总支积极支持老同志组织诗词、书法、太极拳、乒乓球等不同协会。依托这些群众组织，搭建起文化养老平台，既丰富了老同志的精神文化生活，也展示出老同志的阳光心态和积极向上的精神风貌。经总支研究，决定由基层党组织负责人根据自己的特长爱好参加各个协会，成为相关协会的组织者、负责人，真正把党的工作做到群众中去。

2018 年 10 月，熊志波协调集团离退休职工管理部、老年书画协会和老年摄影协会，联合举办了集团离退休老同志书画摄影作品展。近 80 位老同志创作了 300 多幅作品，参展作者中年龄最大的已 97 岁高龄。后来，部分作品又参加了省老新闻工作者协会举办的“喜迎党的十九大”展览。诗词协会的老同志月月有成绩，年底还汇编一本诗词集。他们用诗词作品宣扬正能量，抒发爱国爱党情怀。由集团离退休部主办、反映集团老同志学习生活的内部刊物，是老同志表达以集团为家的学习生活园地，也是书画、摄影、诗词协会老同志的另一个展示平台。以创先争优、抗震救灾、喜迎党的十九大、纪念建党 95 周年等为主题的作品层出不穷。

此外，为加强基层党组织建设，离退休职工党总支还组织老同志赴红色教育基地参观学习。2018 年 9 月，党总支组织部分老同志拜谒焦陵，致敬忠魂，追寻先辈的足迹，缅怀焦裕禄，接受焦裕禄精神的洗礼。

离退休职工党总支组织的每次活动，集团党委和离退休部都给予大力支持，从经费安排、资源配置等方面给予保障，让老同志一切无忧。熊志波说：习近平总书记把人民群众对美好生活的向往作为奋斗目标，河南日报报业集团上下齐重视，增强了做好老干部工作的责任心。为离退休职工党总支服务，尽力满足老党员、老同志的需要，是我的奋斗目标。

（刊登于《老人春秋》上半月刊、《中国老年报》）

勇于担当　积极作为

——记郑州大学南校区离休干部第一党支部书记陈克

郑州大学原商学院教师、离休干部陈克，从 2009 年 6 月起，已连任离休干部第一党支部书记 9 年。陈克把“让党委放心，让老同志满意”作为工作目标，用心服务，用情管理，把党的关怀送到老同志心中，要求党员坚定理想信念，离休不离党、退休不褪色，他多次被评为优秀党务工作者，该支部也多次被表彰为“先进基层党组织”。

创建学习型党支部。党的十七届四中全会从全面推进中国特色社会主义伟大事业和党的建设新的伟大工程的全局出发，提出建设马克思主义学习型政党的重大战略任务，强调要把各级党组织建设成为学习型党组织。该支部现有党员15名，年龄在85岁至92岁之间。他们虽已离休多年，但仍然关心国内外形势和学校的建设发展。陈克根据支部党员年老体弱和居住分散的具体情况，提出以自学为主、集体学习为辅。他建议大家要阅读党报，观看央视新闻，保持思想常新。

为提升学习活动质量，陈克总是带头先学一步。在充分掌握学习重点、学习内容之后，以专题宣讲形式组织学习活动，保证一个时期一个学习内容、一个阶段一个专题辅导。自2009年任职以来，他先后撰写了学习十八大、十九大精神等20多个专题讲稿，在支部大会上讲解，被老同志称赞为“很好的党课”。为纪念建党90周年，陈克邀请郑大原政治系党史专家林德龙为党员和党外离休干部做《攻坚克难·辉煌90年》的报告。讲课前，支部给每位到会者佩戴一枚毛主席像章，以缅怀伟人的丰功伟绩，会后组织大家合唱歌曲《没有共产党就没有新中国》，不少党员激动地表达了对党的感恩之情。陈克还在每次支部大会后宣读自己搜集的保健养生资料，提醒老同志注重健康养老。

陈克多次组织老同志外出参观考察，加深老同志对改革开放伟大意义的认识。他组织党内外30多位老同志到美丽如画的郑东新区、教学设施完善的郑州大学西亚斯国际学院参观考察，还组织老同志参加市旅游局举办的“走进廊道走进森林走进社区、认识郑州热爱郑州奉献郑州”主题活动，老同志对郑州日新月异的变化以及攻坚扶贫取得的巨大成就由衷感叹，这次活动还被地方电视台等媒体详细报道。丰富多彩的活动使老同志对党的领导充满信心，他们表示，要为中华民族伟大复兴的中国梦尽心尽力。

在陈克的带领下，支部形成重视学习、崇尚学习的浓厚氛围。他和同为80多岁高龄的任明多、刘志舒两位支委成员，自己拿钱给每位老同志购买《习近平讲故事》一书，受到党员的赞赏。每次学习任务下达后，老同志积极参加，一遍遍地学习，反复理解，相互交流，不仅圆满地完成了学习任务，还进一步提高了政治理论水平，提高了对党的方针政策的理解。各种学习活动的开展，促进了老干部队伍的稳定。

90多岁的张保龄热爱学习，在纪念马克思诞辰200周年大会举行之际，专门打电话来问支部有什么活动。她买来《共产党宣言》一书自学，以诗词形式抒发对党的感恩之情。任明多读完《习近平讲故事》等书后，还认真写下数篇读书心得。

创建服务型党支部。“服务”是党支部建设的永恒主题，在新时期新阶段，要把支部建设成为服务型党支部。陈克经常召开支委会商议工作，研究如何关照老党员的生活和身心健康。他常说支部的老党员过去为革命事业做出突出贡献，现在他们年高体弱，理应给予关照和安慰，让他们安度晚年。

陈克给支委成员分工，指定各自负责的老同志。他和支委成员经常携带慰问品，探望校外居住或患病住院的老同志；每年春节前夕，带上慰问品专程到高龄老同志家中看望；到去世的老同志家吊唁时，还会送去慰问金以示关怀。王万里因病住院，陈克多次去医院看望，劝其勿急躁，要安心养病，事后他老伴专门打电话对支部表示感谢。91岁的葛亚如家住校外，每逢陈克与支委成员到其家中看望，她都激动不已，多次表示愿意捐款支持支部开展活动。葛亚如说：“我们党支部政治上设身处地地关心老党员，思想上真心实意地关怀老党员，生活上力所能及地关爱老党员，党支部也是我的家。”不光党员对支部工作予以充分认可，上届支委王云亭也常说：

"陈克是位认真负责的好书记。"

陈克很注意联系群众，他同样十分关心党外的老同志，曾多次邀请党外的离休老同志参加支部组织的有关活动，如听取专题讲座、传达有关文件和参观考察。陈克对党外的离休老同志嘘寒问暖，对个别有思想包袱、意见的同志耐心地疏导。他多次不厌其烦地调解某老同志的家庭纠纷，劝解另一老同志要处理好同子女、保姆间的关系，以安度晚年。王琪是党外的离休老同志，因多次参加党支部活动，感受到了组织的温暖，84 岁这年，还郑重地向党支部递交了入党申请书。

创建先进型党支部。争创先进型党支部，争做合格党员，是每一名共产党员应当树立的人生标尺。陈克注重宣扬先进事迹，鼓励党员学习先进，提高自身素质。

党支部有几位年老体弱、行动不便的老同志，但他们仍然积极参加支部组织的有关活动。党支部全体党员为地震灾区踊跃捐款，刘志舒等几位党员分别捐款千元以上。有几位老同志每年主动给郑州大学附属幼儿园捐款献爱心，另外几位老同志年年超额缴纳党费。党支部还有一位积极发挥余热、科研成果突出、捐款百万元为家乡办学的 94 岁老教授李相魁。对这些先进，陈克都在支部大会上予以表扬，起到良好的带动作用。

陈克坚持原则，开展批评与自我批评。他对个别不愿参加支部活动、不缴或不按时缴纳党费的老同志，采取适当方式予以批评提示，提醒他们要增强党员意识，履行党员义务。而对自己未做好的事，他也会在支部总结汇报工作时主动做自我批评。

随着新媒体技术的发展，陈克创新工作方式方法，在党支部成立了微信群。他常说："党员干部要切实增强'四个意识'。"对于在微信中出现的错误言论、不良倾向，他会根据不同情况予以引导，或直接批评指出其错误思想和危害。陈克十分关心学校的发展，数次以书面形式对学校的党建工作、创建“双一流大学”、关爱老同志等，提出许多建设性意见。

离休干部第一党支部的各项工作，得到了学校的大力支持和帮助。学校为老同志提供了活动场所，订阅了多种报刊和学习材料，单位工作人员通过多种方式同广大老同志在政治上、思想上、感情上、生活上互相交流和沟通，人人心情舒畅，个个生活愉快。

陈克已是耄耋之年，身体欠佳，但这位已有60多年党龄、对党满怀深厚感情的老同志，不忘初心、牢记使命、尽职尽责、奉献余热。他是一位无愧于党的优秀党务工作者。

（刊登于《老人春秋》上半月刊）

旗帜鲜明　立场坚定

——记河南省委党校离退休干部党总支书记贾其福

河南省委党校离退休干部党总支书记贾其福，他为人正直、待人友善，关心国家大事，关心单位发展，更关心离退休老同志的学习生活和思想进步，始终把引导离退休老同志保持革命晚节、为党的事业发挥余热，作为开展党总支工作的目标。他始终把树立党员的先进形象、保持党员干部的革命晚节、为党校行政学院事业发挥余热作为开展总支工作的目标和动力，勤勤恳恳、兢兢业业地为广大离退休老同志服务，用行动展示着一名老共产党员的坚定信念和无私奉献精神。

注重理论学习，增强学习效果。河南省委党校离退休干部党总支下设6个党支部，党员272人。如何根据离退休党员的实际情况开展好党总支工作？针对这一问题，贾其福花费了大量心血，动了不少脑筋。

作为老同志，贾其福带头学习习近平新时代中国特色社会主义思想，定期召开总支委员会，研究支部工作开展。他尤其重视党员的学习质量，安排有的放矢：通过学校老干处买来各种有关政治理论的书籍，发给每位离退休老同志自学，并且在自学的基础上，结合时事，每年组织两次关于党的理论知识测试，每次测试离退休老同志都积极参与。

以往的总支开会也就是宣读文件、念念报纸，老同志的积极性并没有调动起来。如今，学习方式完全不同，老同志非常积极主动。眼神不好的老同志，还让子女帮忙整理学习材料。老同志纷纷表示，每次参加完测试，不光加深了对党的方针政策的理解，也进一步提高了认识。党校原秘书长、90多岁的李天祥是抗日老战士，因年龄大、行动不便，常坐轮椅来参加活动。每次测试他都参与，每次开会他都发言。李天祥说："我作为老党员，身份不能忘，活到老学到老，在学习方面不能落伍。"

2018年，贾其福还组织离退休干部党员和职工举办了"纪念改革开放40周年"征文比赛。老同志踊跃参加，认真写下自己感受到的巨大变化。

营造良好氛围，赢得理解支持。贾其福担任离退休干部党总支书记后，及时向学校主要负责同志汇报老干部工作状况，还结合老干部实际，提出了开展集体活动的意见。上级党组织非常重视，拨出专款支持老同志开展相关文体活动。总支每年春、秋两季，组织开展离退休职工运动会。运动会根据老同志的喜好，设置了门球、台球、跳棋、军棋等多种活动项目，凡参加者都会发纪念品予以适当的奖励。运动会的开展既可健身，又能加强交流、增进友谊，老同志非常满意。

老同志有各种不同的业余爱好，贾其福根据实际情况，尽量将活动开展得丰富多样。他每年都会组织爱好摄影的老同志出去采风，在重要节日举办老同志书法绘画作品展。60 多岁的胡西林是位书法爱好者，参加过几次作品展示后，对练习书法更有信心了。此外，贾其福还组织老同志到郑州航空港区看建设新成就，去红色景点重温历史。无论老党员，还是其他老同志，大家都乐于参与。不管哪次活动，贾其福都提前与工作人员详细列好往返行程，配好随行医生，备好常用药品，始终把老同志的健康与安全放在首位。

耐心细致工作，赢得理解支持。无论是思想上，还是家庭和身体状况上，贾其福都对老同志关心备至，他尤其善于做耐心细致的思想政治工作。老同志有了想不通的事情，也总是先来找他谈心。老同志在生活待遇方面有了问题，只要贾其福知道了，都会及时向上级反映，尽早妥善处理。

每逢重大节日，贾其福都会带领支部委员，同老干部工作人员一同走访慰问长期患病的老同志和困难党员，送去组织的关怀和温暖。对一些家庭困难或患有重大疾病的老同志，贾其福会及时向学校反映，为他们申请困难补助。凡老同志病故，他都第一时间到家中吊唁，并参加送别。

有位老同志因病需施行换肝手术，当时病人思想压力很大，拒绝手术。贾其福专门到医院劝解病人相信医生，接受治疗，使手术得以顺利进行。因手术花费巨大，贾其福还为这位老同志申请到了 6000 元救助金。如今这位老同志身体健康，还参加了郑开国际马拉松比赛。说到他的好身体，他总会对贾其福的关心帮助，表达由衷的感谢之情。

强化政治责任，严格要求自己。贾其福为离退休干部党总支忙了十来年，他经常说，要把“宣传党的主张、贯彻党的决定、领导基层治理、团结动员群众、推动改革发展”，作为必须坚持的方向和立足点。要结合实际、有所创新、贯穿服务，这样才能够不断提升党组织的影响力，增强党组织的凝聚力，从而更有力地发挥离退休干部党支部的作用。他认为，大家既然选他当了总支书记，他就一定要把这项工作干好，不辜负同志们的信任。学校的数百名离退休党员、干部，事事处处都看着总支和书记，因此做任何事都必须站到大家的立场上，顾全大局。老同志们说，贾书记一心为公，大家很满意。这平实的评价，来之不易。

在贾其福的带领下，离退休党员干部既有归属感，又有幸福感。他们热心公益事业，汶川、玉树等地发生强烈地震时，200 多名老同志积极响应号召，捐款 20 多万元，为灾区人民献上了自己的一份爱心。

贾其福从没有说过豪迈的言辞，只是脚踏实地地用行动为离退休干部党总支勤恳地工作。他时刻以共产党员的标准严格要求自己，用心用情做好离退休干部党总支工作。熟悉他的同志都说，贾其福工作认真负责、甘于奉献、谦虚朴实的品格，从没有因为退休而改变。

河南省委党校离退休干部党总支年年被评为校先进党总支，2015 年被评为“全省离退休干部先进集体”，2017 年，被评为省直机关“五好党支部”和全省离退休干部先进党组织。这些荣誉的获得，与贾其福的付出分不开。

（刊登于《老人春秋》上半月刊）

初心如故　砥砺前行

——记河南省政府办公厅离退休干部一支部党支部书记马蕊

马蕊从2017年4月起，开始担任省政府办公厅离退休干部一支部党支部书记。从这天起，她重新走上为离退休干部服务的新征程。马蕊坚守“退休不是事业的终点，而是新事业的开始”这句人生格言，始终保持共产党员本色，牢记党的宗旨，坚定信念。一心扑在搞好离退休干部党支部工作上，以自己的实际行动践行了共产党员永不退休的革命宗旨，用真心、真情和真爱，为党的基层组织建设贡献自己的力量，成为离退休干部一支部党员们的主心骨、贴心人。

坚持理论学习，加强党性修养。马蕊深知要保持思想上不退步，要适应形势发展的要求，与时俱进地开展支部工作，就必须毫不松懈地抓好学习。因此，担任支部书记以来，她每天研读报纸、杂志，坚持每月定期组织支部学习，特别是党报党刊，深刻领会党在新时期制定的路线、方针和政策，始终与党中央保持高度一致。在此基础上，他再带领支部成员共同学习。因离退休党员不在一起居住，为更好地组织大家学习，马蕊开始刻苦钻研业务知识和自动化办公操作技能。如今，她对电脑办公的熟悉程度不亚于年轻干部。

为调动大家学习的积极性，马蕊根据离退休老党员大都年老体弱、驻地分散的实际，创新学习方法，提出了“三个结合、三个为主”的学习模式，即自学与集中学习相结合，以自学为主；学习原件与学习辅导材料相结合，以学习原件为主；座谈交流与专题发言相结合，与专题发言为主。马蕊还制定了支部学习制度，每月组织一次让老同志面对面集中学习的机会，每天利用微信平台学习交流，活动中注重听取党员的意见和建议，充分发挥了老党员干部在宣传、教育方面的优势。

马蕊建立了离退休干部一支部微信群，亲自担任管理员，每天与支部党员进行互动交流及知识更新，她经常把自己的所感所学讲给微信群里的老党员老干部听，开展专题讨论，带动支部党员的政治素质、理论修养共同提高。马蕊在本支部开展“老帮老”结对帮扶活动。对住地较远或行动不便的党员，马蕊明确专人开展结对帮扶联系学习活动，既负责及时把学习资料送到党员手中和把支部要求学习的内容传达到位，又及时将被联系党员的思想动态、生活状况向党组织汇报，让老同志充分感受到组织的温暖。

做好服务工作，增强组织凝聚。日常工作中，马蕊深知要做好老干部党支部工作，最重要的是真心热爱这项工作，她尊重老干部过去在岗位上的贡献、经验，真情对待离退休干部，尊敬和爱护他们，并理解和支持他们。

作为支部书记，马蕊在政治上关心老干部，落实好老干部的政治待遇，密切离退休干部政治上、思想上与党委的联系，确保每位老干部政治不动摇、思想不落伍、行动不偏差。在生活上，她关心老同志，与离退休干部保持经常性联系，做到“四看望”：对生活困难的老干部上门看望，对卧床难起、行动不便的老干部上门看望，对身患重病、正在住院的老干部上门看望，对没有子女或子女不在身边的老干部上门看望。每年春节、中秋节、端午节等传统节日，支委都会携带慰问品，去探望老同志和已故离退休同志的配偶，给他们带去组织的关心和问候。

开展多种活动，丰富晚年生活。考虑到老干部的年龄、身体状况，马蕊在组织活动时，既严格坚持制度，又从实际出发，以简便易行而又丰富多彩的活动来不断增强老干部队伍的活力。

丰富的娱乐生活是实现老有所乐的重要途径，使老党员、老干部乐于其中、寓教于乐。定期组织支部老干部文体活动，通过加强组织体育活动，室内与室外相结合，走进自然，使越来越多的老同志走出了以劳动代替体育运动的误区；利用现代化教育手段，组织老干部们学习上网知识，在充分了解社会主义现代化建设和改革开放伟大成就的同时，激发了老党员们的爱国热情和自豪感。

马蕊兢兢业业地奉献，从严要求自己，不计个人得失，充分调动和发挥了离退休干部一支部支委会一班人的积极性、主动性和创造性，充分展示了一名老党员的高风亮节，得到了广大老同志的充分认可，也受到办公厅党组的充分肯定。马蕊认真负责的态度、热情服务的精神，还有处处为老干部工作着想的出发点，使她赢得了老同志的信任和爱戴。

霜重色愈浓

——记河南省公安厅老干部党支部副书记王涛

2001 年 3 月，经老干部党支部选举，王涛开始担任河南省公安厅老干部党支部副书记。十几年来，王涛一直秉承服务本色，发挥余热，坚持退休不褪色，见证着这个队伍的不断壮大、发展和变化。2004 年 4 月，河南省公安厅老干部党支部被中组部评为“全国先进离退休干部党支部”，2015 年被河南省委组织部、河南省委老干部局评为“全省老干部先进集体”。王涛多次被河南省公安厅党委、政治部评为“优秀共产党员” 和 “五好党员”，被河南省直工委评为“省直机关优秀共产党员”。这些成绩和荣誉的取得凝聚着王涛的心血，也是对他多年来勤勤恳恳地工作的充分肯定。

从领导到“勤务兵”。王涛离休前是河南省公安厅政治部副主任，主持政治部工作多年。自从担任公安厅党支部副书记以后，他迅速转变思想，自告奋勇成了一名为老同志服务的“勤务兵”。

当时小组成员的年龄都比王涛大，他虽然年轻但是迅速地进入了角色，组织党小组活动，召开小组会议。每逢发放慰问品，不管别人比自己职务高还是低，王涛都挨家挨户地送上门。小组中谁家有困难，谁家需要帮忙，他总是第一个跑过去。小组中二处的老处长韩慎修是位援疆干部，他当时因病住院，子女都不在身边，王涛跑前跑后，像家人一样照顾他。这样的例子数不胜数，就这样，王涛为大家服务，一干就是八年，从没任何怨言。用他的话说：“副书记就是一个为大家服务的岗位，要从思想上确立为大家服务的宗旨。”

心里永远装着他人。老干部工作是一份细致活，对老同志要有深厚的感情，才能做好工作。哪个老干部退休后心里产生了落差和变化？哪家出现急难之事需要帮助？谁对政策有误读，对厅党委提出了哪些意见？王涛都了解得很详尽。王涛时刻把老同志的小事放在心中，遇到老同志生病、住院，他及时上门慰问；对因病生活确有困难的老同志，他积极提出建议，给予补助。特别是老同志去世，他一定会到老同志家里坐坐，以示慰问。遇到老同志生日他也第一时间给予祝贺。天长日久，他用真心收获了真情。

老干部处阅览室是王涛的第一阵地，每天下午他准时在这里出现，或读书看报，或与老同志们沟通，及时了解掌握老干部的思想动态，电话联系是常态。王涛没事就跟老同志们拉拉家常，说说心里话，谈谈家务事。他总是说："子女们都忙，老人需要有人说话有人理解，这比吃药都管用。"抗战老战士、离休干部、原副厅长鲍福昌年纪大，不方便出门，腿脚不方便也无法参加活动，王涛每天不厌其烦地将厅里的事、老干部队伍的新活动、新政策向他传达，鲍福昌心里很感动。

学习从来不放松。王涛任何时候都把讲政治放在首位，离休20多年来，坚持每天看报纸、晚上看新闻，雷打不动，每天下午准时出现在老干部阅览室，同志们开玩笑说，他学习比上班还准时。可他说开卷有益，要通过学习，让自己的思想不掉队，做一个与时俱进的文明老人。

王涛这么说也这么做，在他的建议和带领下，老干部党支部适时给每位老同志购买学习资料，召开座谈会、每年邀请专家辅导讲课2至4次，学习习近平新时代中国特色社会主义思想和十九大精神，争创学习型党支部。公安厅400多名老干部是一支政治素质比较高的队伍，这么多年来没有发生过政治性问题，与支部领头人以身作则，领好路、带好头有直接关系。

团结支部一班人。王涛认为，既然担任了党支部副书记这个职务，就要热爱这个工作，尽职尽责，积极出谋划策协助书记把工作干好。离休后，他先后经历了两任老干部党支部书记和四任老干部处处长，与每位领导都配合融洽。

在团结互助的氛围中，离退休党支部在思想、政治建设上亮点纷呈。支部及时了解掌握老干部的思想动态，进行政策宣讲、思想疏导，解疑释惑。围绕党费收缴，公安改革、警衔工资调整，反腐倡廉等热点问题进行讨论，消除误解。引导老同志坚定维护习近平总书记的核心地位和党中央权威，用习近平新时代中国特色社会主义思想武装头脑，不忘初心，牢记使命，做到离岗不离党、退休不褪色，积极为公安工作建言献策，为助推河南公安发展贡献正能量。

有情有义有气度。王涛四个儿女都不在公安厅工作，在职期间，他有很多把儿女调入厅机关转为民警的机会，但他坚持不用职权。也很少有人知道，他的爱人瘫痪在床，他每天给爱人喂药喂饭、擦身换洗，多年如一日地照顾，不离不弃，光照护笔记就记录了厚厚的几十本。另外，王涛的儿子因病去世，这位老人中年丧子，也曾体会白发人送黑发人的辛酸。

但自己面对的种种困难，王涛从没向组织提过，他总是说他现在已经很知足，党和组织对他的关心和照顾，远超过他做的一点点贡献，他不能再给组织添任何麻烦，唯有对党的感恩和对组织的感谢。

在为老同志们工作的同时，王涛时刻不忘下一代，关心着新一代青年干部的成长。2015 年五四青年节，他应邀代表老干部向公安厅机关青年民警讲光荣传统，殷切告诫青年民警要珍惜来之不易的机会，要以身为一名公安而感到光荣，对得起组织的栽培和提拔。

如今王涛已经耄耋之年，面对河南省公安厅老干部党支部再次改选，他极力支持，庄严表态："我不当副书记但还是一名党员，还要时刻保持一名老干部、老党员的政治本色，老干部处如果有啥事我随叫随到，能为大家尽一份力就尽一份力。"并要求自愿担任《老干部通报工作》的校对员。用他的话说就是，他永远不忘初心、继续前进。

坚实的根基　无穷的活力

——记荥阳市崔庙镇离退休干部党支部书记卢喜凤

卢喜凤是河南省荥阳市崔庙镇离退休干部党支部书记。从当地学校退休后，始终保持退休不退志，继续为党努力工作的精神劲头，积极做好离退休干部党支部工作，为经济建设贡献力量，为公益事业发挥余热。卢喜凤紧密结合老干部工作实际，把党建工作放在首位，围绕大局促发展，凝聚人心保稳定，落实政策到心间，亲情服务精细化，积极引导老同志从家中走出来、学起来、动起来、乐起来，把支部工作搞得红红火火。崔庙镇离退休干部党支部连续两次被评为“郑州市基层党组织建设先进单位”。

以党建为引领，增强思想共识。崔庙镇处于荥阳南部的丘陵地带，离退休干部党员除镇政府离退休干部外，大部分是学校教师，分布在22个行政村。为了不让老同志孤独，能常相聚，按镇党委的要求，成立了离退休干部党支部，卢喜凤被选举为支部书记。上任伊始，卢喜凤把党员分成四个小组，每个小组任命一名组长。她还征得老同志意见，制定了组织制度和学习生活制度。组织活动时，以党员带头，再以党员发动群众，形成党群共同学习、共同进步的良好学习风气。

离退休党支部刚成立时，老同志建议支部帮助反映、解决早几年拖欠教师工资的问题。当时教师工资由地方财政负担，多种原因造成拖欠现象严重。卢喜凤为老同志办实事就从这里开始，她一边做大家的安抚工作，一边向镇党委反映，力求尽快给老同志答复。在这期间，卢喜凤和支部成员深入到每户老干部家中，做深入细致的思想政治工作，给大家讲利害关系，了解诉求，消除顾虑，增强信心。

后来有关部门下发了文件，答应全部解决，并很快落实。自此以后，如离退休干部再有问题，老同志也先向离退休干部党支部汇报，一级一级地解决，达成了思想共识。

以学校为舞台，展现强大生机。不少老同志向卢喜凤建议，希望能有一个党员集体学习教育的阵地，让大家再充充电。卢喜凤马上向党委汇报，建议在崔庙镇成立老年大学。得到上级领导的支持后，荥阳市老年大学 2009 年在崔庙镇创办了分校，80 多位老同志参加了开班式，卢喜凤任常务副校长，主持日常工作。

荥阳市老年大学崔庙分校开办头一年，学校没有任何经费。教室没拖把，卢喜凤自掏腰包购买；教室没窗帘，卢喜凤从家找布做好挂上。老同志来上课，眼睛、耳朵都不太好，他们很想有一份学习教育材料。可当时学校采用的远程教育教材就是一张光盘。这种情况下，卢喜凤边参加电脑培训班，边咨询儿子，还让儿子给她买了打印机。她把光盘里的学习材料一字字地敲出来，购买纸张打印好分给大家。这么多年为学校花了多少钱，卢喜凤没算过，但老同志都清楚，她快贴进去上万元了。

老年大学大部分学员退休前是教师，大家开学前就把课程表安排好。学校开设了音乐课、健身气功课、时事政治课、医疗卫生课，教学内容丰富多彩。按照“大家的事情大家办”的原则，没有老师，卢喜凤就根据个人特长从离退休教师当中选拔；没有教材，就寻求上一级老年大学支援，老同志的学习兴趣一下子被调动起来。

卢喜凤还通过举办理论学习班、形势报告会和专题讲座等形式，加强对老干部思想政治工作的引导。每次集中学习时，卢喜凤总提前开门、擦桌扫地、供应开水、开关空调、收发《老人春秋》，做各项勤务工作。老同志称赞她是“教学中的管理员、学习中的辅导员、下课后的服务员”。崔庙分校在荥阳老年大学五个分校中虽成立较晚，但从参加人数、举办活动、学习质量等方面综合考量，排名却比较靠前，成了“后起之秀”。

以机制作保障，打造“六位一体”。2014年，在荥阳市委老干部局的倡议之下，崔庙镇成立了老干部工作“六位一体办公室”，这是以离退休干部党支部为主体，融老年大学、关工委、老年诗词学会、老年体协、老年艺术家协会等涉老组织为一体的新型老干部学习活动平台，可实现场地共用、经费互补、管理有序、活动经常的目的。卢喜凤担任办公室主任，完善了规章制度，补充了学习内容，各项工作开展得有声有色。依托“六位一体”，老同志的活动范围更加宽广，参加活动的人数更多了。

卢喜凤引领党员围绕中心，服务大局，号召老年大学的学员积极配合党委部门的工作。镇里的扶贫攻坚工作需要帮忙，各村老同志都参与了入户调查。治理环境卫生是大事，老同志根据上级文件精神回到村里搞宣传。他们出板报、做展板、参与村委会专题会议并积极建言，积极响应政府的号召。学员赵长福80多岁了还到索坡村写板报，宣传党的方针政策，每月一期，雷打不动。镇政府推出“网格化管理”后，老同志分头参加，有的还被推举为网格员，参与调解家庭纠纷和邻里矛盾，为当地的社会稳定做出了贡献。

以笔抒写情怀，宣传美丽乡村。作为诗歌的发祥地之一，荥阳自古以来就有吟诗诵词的传统，崔庙是文化古镇，这里文化底蕴深厚，尤以诗词创作繁荣著称。2008年的中国诗歌文化节上，荥阳被中国诗歌学会授予“中国诗歌之乡”荣誉称号。

崔庙是文化古镇，地处革命老区。这里文化底蕴深厚，活跃着许多诗歌爱好者，卢喜凤带领的荥阳市老年诗词协会崔庙分会就是其中一支队伍。对他们而言，生活就是笔下的文章和诗。在这个队伍里，退休教师占总人数的80%，他们的作品经常在当地报纸发表，为宣传家乡做出了贡献。

卢喜凤说，高扬文化自信旗帜，宣传美丽乡村建设，是离退休干部党支部和全体党员的一项责任。崔庙镇郑庄古城社区是郑州市新农村建设的搬迁示范工程，卢喜凤带领党员到社区参观考察，为新农村建设加油鼓劲。老同志“执笔写文、赋诗作对”，围绕社区发展、民俗文化写出许多文章、诗歌。他们以手中笔抒发情怀，歌咏自己热爱生活、热爱家乡的真挚情感。诗词协会成立短短三年，他们以饱满的热情，把发自心底的美丽华章，以《万山心声》《万山红果》为名结集成书。诗作内容丰富、涵盖面宽，诸多作者用质朴的情感描绘家乡的山山水水，满怀激情地讴歌党的英明领导、国家的繁荣昌盛，字里行间无不体现出老同志与党和国家同呼吸共命运的拳拳之心。

离退休老同志的工作关键在情，一句暖心话能让他们回味几天，一件可心事能感动他们一年。秉承这个理念，卢喜凤取得了扎实的成绩。早几年，崔庙镇老干部工作还没有活动经费，一直由卢喜凤自己拿钱。2017 年入冬，卢喜凤不慎摔伤了腿，伤好后，她把亲友探望她时带来的 100 多件礼品送到了困难的老同志家中。平时，老同志有个头疼脑热，卢喜凤马上买礼品去探望，第一句话总是“镇党委、政府让我来看看你”，无形中拉近了党委政府和老同志之间的距离。

近几年，卢喜凤取得了扎实的成绩，得到了镇党委和政府的肯定和认可，镇党委、镇政府把老干部工作经费纳入财政预算，开始时每年2万元，现在已增长为35000元。这都是卢喜凤用心用情为老同志服务换来的。

（刊登于《老人春秋》上半月刊）

知行先一步　正己严十分

——记洛阳市公安局离退休干部党支部书记宋文学

宋文学是洛阳市公安局原局长，他大刀阔斧、革故鼎新，创造了洛阳公安史上多个辉煌，见证了洛阳公安建设发展壮大的光辉历程，曾得到了时任国务委员、公安部部长王芳的亲切接见。王芳了解到其革命经历后，欣然挥笔为他题写了一幅书法作品："经风雨，受考验，在艰苦斗争中成长，在党的培育下进步。"这句话也成了他的座右铭。

宋文学于1994年离休后，他担任了洛阳市公安局离退休干部党支部书记。他以身作则，率先垂范，为离退休干部工作做了积极贡献。2014年，洛阳市公安局离退休干部党支部被中央组织部授予"全国离退休干部先进集体"荣誉称号，2016年荣获"河南省先进基层党组织"称号。

抓学习强党性，理论上先学一步。宋文学几十年如一日坚持读书看报，他有个"三小时计划"，每天上午、下午、晚上各读书读报一小时，离休后这种学习的好习惯也未改变。学习中，遇到重要论述、政策解读，他都小心翼翼地剪下来，积累到"剪报本"上，不能剪的就抄下来，多年日积月累，“剪报本”积攒了十几本。党的十九大召开期间，宋文学组织支部委员认真收看大会实况转播。先学一步、学深一层，内化于心、外化于行，以此督促带动全体离退休干部党员用党的十九大精神，特别是习近平新时代中国特色社会主义思想武装头脑。

每月召开支部委员会时，宋文学与支部成员一起说感受、谈收获、讲认识，畅所欲言，交流观点，以实际行动带领离退休党员干部朝前站、看我的、跟我上，处处起表率作用。支部一班人学习了《习近平治国理政》、新《党章》、党的十九大报告和政策解读等内容后，宋文学深情地说：“如今，党风正、政风清、社风新，每天都心情舒畅、精力充沛，感觉自己好像又年轻了十岁。”在宋文学的带动下，市公安局离退休干部党员自觉参加教育活动，自行学习政策知识，自发撰写心得体会，形成了良好的学习氛围。

抓思想葆本色，要求上先严一分。习近平总书记指出，“对党员、干部来说，思想上的滑坡是最严重的病变”。经历过几十年革命和建设实践，目睹了革命队伍大浪淘沙般的自我净化和自我革新，宋文学对这句话有着深刻的认识和理解，对加强自身和党员队伍的思想建设丝毫不放松。

“打铁还需自身硬”，在遵守党的各项纪律、落实党的各项任务上，要求支部成员和全体党员做到的，宋文学自己首先做到、做好。无论是落实“三会一课”、教育培训，还是参观考察、志愿服务，他都以身作则，想在前面，走在前列，将思想政治教育贯穿于活动的各个环节。

为加强党性教育的针对性，宋文学制定了党日活动计划书。利用建党节、国庆节、重阳节等节日，组织全体党员参观河南省第一个党组织纪念馆、八路军驻洛阳办事处、洛阳解放 70 周年展览和红色起点专题展等；还举办“入党纪念日”“重温入党誓词”活动，组织观看红色影片，增强党性修养，强化党员意识。

宋文学组织成立了“党的十九大精神宣传队”。宣传队定期到广场上以歌舞、曲艺、朗诵等人们喜闻乐见的形式，对十九大精神进行广泛宣传，引导群众以积极健康的心态正确理解党的重大部署，客观理性地面对深化改革中的各项政策调整，谱写了一曲在党爱党、在党言党、在党忧党、在党为党的无悔赞歌。

为发挥好老党员的“三个优势”，服务中心工作，宋文学还带领宣传队成员冒雨到市局精准扶贫单位送温暖、讲政策。在慰问一位 80 多岁的贫困老人时，看到老人家还住在土坯房里，生活非常困难时，宋文学掉下了眼泪。他很快自费购买衣物和日用品送到老人家里。回来后，宋文学马上组织召开党支部会议，成立了精准扶贫小组，把党的温暖送进困难群众心坎上。

为了拓展思想教育阵地，宋文学积极向市局党委建议，整合公安局原有的夕阳红宣传队、老警官合唱团、舞蹈队、书画班等 9 个老干部文体社团，成立洛阳市老干部大学公安分校。在单位办公室用房比较紧张的情况下，宋文学多次找到分管领导，反映老党员思想教育的特殊性和重要性。

在宋文学的努力下，老党员有了专门的教学场所。接下来，他为购置教学设备协调资金，为学校装修忙碌，为学习教学管理经验到各地考察。等到学校如期揭牌，老同志们在宽敞明亮的教室里上课时，宋文学已忙碌了三个多月。而这三个多月，陪这位耄耋老人奔波在路上的是降糖药、降压药和热水壶。

抓作风树标杆，形象上先高一寸。“作风建设永远在路上。”宋文学把这句话刻在心上、写在工作笔记上、落实在行动上。宋文学经历过洛阳解放、肃特反霸和社会主义建设，他比一般人更懂得继承和发扬党的优良作风、树立和维护党的形象的重要性。“岗位可以退休，党员不会退休，更不能褪色。”这是他经常讲的一句话。个别民警和担任过领导职务的同志退休后，一时不适应退休生活，放不下架子，抹不开面子，长期不参加党组织活动。宋文学在党员大会上提出批评：“请你们问问个别同志，谁给他们不参加活动、不接受党的教育的权利？如果下次还不来参加会议，我就上门去‘请’他们。”宋文学说到做到，他会打电话或者上门了解情况。

也正是在上门走访老党员过程中，宋文学了解到一位老党员的老伴常年生病卧床，他自己也常年吃药，儿子在外地打工，生活十分困难。宋文学马上召开党支部会议研究，并报上级党组织批准，帮他申请困难党员补贴、大病救助资金，大大减轻了他的经济负担。此外，宋文学主动向支部提出自己要结对帮扶这位老党员。此后逢年过节，宋文学都会自费购买各种生活用品，登门看望，嘘寒问暖。

在宋文学的带动下，“一帮一”结对帮扶困难党员蔚然成风。现如今，离退休干部党支部的正能量活动已经扩展到社会治安防范、新警培训、疑难案件办理、帮助自闭症儿童、关爱慰问孤残儿童等各方面。

这就是宋文学，一位忠诚尽职的基层党支部书记，一位生命不息奋斗不止的老战士。

（刊登于《老人春秋》上半月刊）

国家强盛少年始　铺洒阳光都是情

——记“全省关心下一代工作先进工作者”李长富

年逾七旬的李长富，自2007年退下来后，先后担任区关工委常务副主任、执行主任。十年来，他以洛阳市关工委爱国主义教育团为依托，组织“五老”千方百计拓渠道、建平台，引导青少年从读好书、聆听报告会、参观革命遗迹中汲取思想营养，在爱国之路上“传承红色基因，争做时代新人”。李长富被誉为“爱国主义教育高地上的坚守达人”。

精心组织　同心共铸“中华魂”

李长富牢记关工委立德树人职责，认为“爱国”才是最大的德，而爱国主义教育正是立德树人的一把金钥匙。“中华魂”主题教育活动始于1994年，由北京市新华书店发起，中国关工委牵头，联合教育部关工委等单位共同提出，以书为载体开展丰富多彩的读书活动。李长富决心以此为契机，在青少年中燃起爱国主义熊熊烈火，让孩子们心中充满爱党、爱国、爱社会主义的情怀。

李长富多渠道动员学生家长做到“立德齐今古，藏书教子孙”。他发动洛龙区各学校领导，使他们认识到“铸魂工程”是事关中国特色社会主义事业是否后继有人的大问题。为扩大教育面，他组织本区工商联等部门，联合向社会仁人志士和企业家发出“购《中华魂》读本，向中小学生献爱心”的倡议书，并出台购书捐赠奖励措施。这些做法让很多人从触动到感动，再从感动到行动，纷纷加入帮助孩子购好书、读好书、增智慧、鼓志气、走正路的队伍中。自2007年起，洛龙区由原来零起点达到每年购《中华魂》读本上万册，居全市前列。

李长富建起“中华魂”主题教育领导小组组织机构，加强对此活动的督促落实。从购书、赠书、读书、写征文到书画展评、演讲比赛，最后再选拔、总结考评、表彰先进，环环相扣开展工作。为巩固读书成果，李长富倡导教育部门建立起“四纳入一竞赛”长效机制，即把开展“中华魂”主题教育活动纳入学校管理目标进行统一评估考核；纳入家长学校基本课程一并教育；纳入“书香和谐家庭”评选活动内容；纳入学生评先奖励条件。“一竞赛”是指在各学校开展演讲比赛，班级讲，年级比，多校赛，全区选。层层递进，步步提升，让爱国主义精神浸入广大青少年心扉。十年间，洛龙区产生了11个市“十佳标兵”。区实验小学的刘静一和龙城双语小学吕昱鑫，曾先后获得中国关工委评选的“关注中华魂”主题演讲一等奖。刘静一光荣赴京领奖，受到中国关工委主任顾秀莲的接见。

饮水思源　传承核心价值观

青少年阶段是青少年人生观、价值观形成的重要时期。为使中小学生在心里留下党史、国史、军史的印记，李长富先后赴井冈山、西柏坡、延安、大别山等革命老区参观学习，向老红军、老八路、志愿军等老前辈求教，研读《星星之火可以燎原》《长征》等书籍，边读边做笔记。他先后写出《传承长征，崇尚英雄》《弘扬抗战精神，践行核心价值观》《弘扬雷锋精神，践行核心价值观》等十多篇报告稿。在每年学雷锋纪念日、五四青年节和纪念红军长征胜利、纪念抗战胜利等重要时间，不断开展节庆纪念教育，从中小学讲到大学，又从企业厂矿讲到机关军营。李长富的报告丰富多彩、生动活泼，有时现身说法，有时互动交流，紧扣青少年思想脉搏，给人耳目一新的感觉。2017 年 9 月，洛阳理工学院环化学院刚军训完的新生，聚精会神地听完了李长富《传承长征，崇尚英雄》的报告，不少孩子热泪盈眶，纷纷围着他说："爷爷讲得太感人了，我们都明白，今天的幸福生活是无数爱国志士和革命先烈用鲜血换来的。饮水要懂思源，好好学习才是报恩、才是爱国。"

倾心尽力　选建爱国主义阵地

"爱国主义教育是关工委立德树人的永恒主题，把永恒调唱好，打好灵活机动的游击战的同时，还要打好阵地战。"李长富如是说。他带人来到驻地某 127 师师史馆、龙门镇王山寨抗日英雄事迹纪念地、洛龙区档案馆等地考察，开展对爱国主义教育资源调研及选建工作。

驻地某 127 师是井冈山叶挺红军独立团发展起来的老牌"铁军"，具有功勋卓著的辉煌战史，它的历史就是一部浓缩的建军史。与部队首长达成共识后，李长富在洛龙区挂起了第一块爱国主义教育基地的牌匾。1944 年 5 月，龙门镇王山寨发生过一场村民英勇抗击日寇保卫家园的惨烈战斗。李长富带领人员核实史料，勘察当年保卫战遗址，向有关部门写出《建设爱国主义教育基地》的报告，并组织人员撰写《抗日烽火燃山寨》的册子，印发给来此开展纪念活动的青少年；还编写出河洛大鼓《血染王山寨》唱词，请专业演员到学校、社区演出，用发生在身边的英雄事迹教育感染人，取得了良好的效果。洛龙区档案馆馆藏丰富的爱国人物事迹、爱国书籍，李长富就发挥该教育基地作用同洛龙区档案局局长进行深入的探讨，后由关工委、档案局、教育局联合发文，在全区中学生中选拔出积极分子，发通知邀请，定期或不定期来此参加演讲、听辅导报告；并同河南科技大学、洛阳师范学院、洛阳理工学院来基地实习的学生共同活动，定期刊发论文。通过联谊和相互交流，激发青少年的爱国情结，打造出洛龙区爱国主义教育新高地。

李长富利用兼任洛阳市老干部督导分团长的优势，调整充实力量，以创造“五好关工委”为载体，由老军人组成“老干部督导分团”，把区、镇、村三级“五老爱国主义教育团”打造成稳健的一线阵地，洛龙区关工委也被省关工委授予“创建五好关工委优秀组织奖”。

固本培元　树自强不息精神

李长富明白，让青少年牢固树立爱国之志，还要从文化上固本培元，把中华民族的优秀传统文化以及自强不息的民族精神注入青少年心中。鉴于此，李长富首先强化家庭这个基础工程。家是最小的国，国是最大的家。他通过学校引导家长当好孩子的“首任老师”，在家言谈举止，出门待人处事，处处都要起到潜移默化的教育作用，强化家国情怀。他还联合教育部门在学校开展普法教育，树立国法就是国家意志、遵纪守法就是爱国表现的思想，注重运用文化阵地，为青少年播撒爱国思想。十八大以来，洛龙区斥资建设了少年宫、少年之家、城乡书屋等文化基础设施。李长富联合文广新部门，组织“五老”人员在这些场馆内强化爱国主义教育，使青少年一进门就能看到爱国事迹，一开卷就能读到爱国故事。

有了李长富这样充满强烈“春蚕精神”的老同志的不懈努力，爱国主义旗帜一定会在新时代高高飘扬。

（刊登于《老人春秋》上半月刊）

单穰：老科技县长的助农情

河南省宜阳县地处熊耳山北边、洛河中游丘陵地区。当地曾有首打油诗概括全县的地形地貌：“南岭北丘西南山，洛河一水中间穿，三山六丘一分川。”这种山多石头多、土地瘠薄、水源分布非常不均的自然条件，严重制约着当地的农业生产，致使百分之九十的地带粮食缺口严重。

单穰曾是宜阳县分管农业的副县长，退休后，为解决当地丘陵地带土质缺水干硬、小麦产量低的状况，她带领当地的技术人员对全县各乡镇的土地进行了抽样检查，并对土质特点、水源分布、气候特点、气温高低、风力参数等进行了认真统计。随后，单穰带着这些资料到河南农业大学找专家咨询适宜的小麦品种，了解冬春两季如何抗冻抗旱、分蘖拔节、保苗保水等技术问题。回来后，在生产条件较复杂的高村乡包了 100 多亩沙丘地，用推土机进行了平整，建起了“旱地小麦种植实验田”。

2000 年一开春，单穰和县农业局副局长叶务召、农艺师单孟来等人员查阅资料，在实验田里化验土质，而后根据当地的各方面条件并借鉴外地的经验，确定了“科学盖膜、标准精播”的种植思路。一分耕耘一分收获。在单穰和全体技术人员的共同努力下，实验田小麦平均亩产 300 多公斤，比对照田增产 262.2%，创下了沙丘旱地小麦亩产新纪录。

面对喜人的收获，单穰及时组织人员编写了《山区丘陵干旱地带小麦种植方法》手册，无偿发放给当地群众，县农业局还专门将地膜覆盖种小麦的方法、要求、优势等制作成专题片，在秋季种小麦期间进行播放。对于山区收不到电视信号的偏远乡村，单穰带领技术人员深入到樊村、董王庄、赵保、石陵等 12 个行政村、22 个村民组，采取举办培训班的方式，给村民们讲技术、送资料，并亲自下地指导播种。

几年前，豫西地区遭受了多年不遇的干旱，严重的旱情发挥了地膜覆盖“保住地下水、利用无效水”的优势，覆盖地膜的地块平均亩产 254.8 公斤，单产最高达 307 公斤，而没有盖膜的地块几乎绝收。小麦收割期间，单穰又带领技术人员下乡指导农民，在不破坏地膜的基础上，继续套种玉米。在天旱少雨的情况下，秋季也获得单产 800 斤的好收成。以往几乎年年断粮的农民李玉卿看到丰收的粮食，高兴地说：“单老真是为民造福的好党员、好领导，让大家伙过上了不愁吃的好日子。”县农业部门充分肯定了“旱地覆盖、一膜两用”的增产保收效果，并决定在全县大力推广。当地电视台每天黄金时段播放宣教片，广泛宣传旱地地膜覆盖种小麦的方法，盖膜小麦很快发展到 2 万多亩。由于受传统种植习惯的影响，部分农民只看到了其好处，却接受不了每亩地按 3 ~ 4 公斤的标准精播的要求，还是按原来每亩地 8 ~ 10 公斤的大播标准下播。为了说服群众，单穰带领技术人员实地指导农民科学盖膜、标准精播，还冒着春寒到田间量面积、查株数，进行大面积科学测产。收割后，经过严格的测算，精播比大播的亩产量 100 多公斤。为此，她专门编印了《旱地地膜覆盖种小麦技术》一书，得到了农业专家的认可。

宜阳县山高风寒，一进入十月就有了冬天般的寒冷。一天下午，秋风夹杂着细雨。单穰像往常一样出门时，女儿拉着她的手说：“妈，您年纪大了，外面天气不好，就在家休息一天吧。”她对女儿说：“人误地一时，地误人一年。许多农民伯伯不知道地膜覆盖种小麦的要求，如果误了这一刻，就耽误了他们一年的收入，来年生活会闹饥荒的。”听完此话，女儿只好默默地把治疗高血压和心肌梗死的药片装进妈妈的外衣兜里。

进入芒种时节的一天，时任宜阳县县长吉炳伟下乡检查工作时，看见单穰和大家头顶烈日，在麦田里一身泥土、满脸汗水的查穗数、数粒数，急忙关切地说：“老大姐，您可一定要保重身体呀！”她风趣地说：“只要全县农民手中有粮，人人心中不慌，我的身体就健康。”

多年来，单穰带领全县农业科技人员先后培育出抗旱小麦宜阳一号、宜阳二号等新品种，有效地提高了小麦的耐寒、耐冻、耐旱性；她还经常深入到各乡（镇）为农民讲课，进一步提高了农民科技种粮的积极性，为促进宜阳的小麦增产、增收做出了突出贡献。她先后被省、市表彰为“老干部先进个人”，荣获全国“百名科技推广带头人”等荣誉称号。

（刊登于《党的生活》）

孙枝荣：情系五保老人

在别人看来，河南省郏县渣园乡敬老院院长孙枝荣退休后，总算得以清闲，该享天伦之乐了。可她卸任不卸重担，仍不辞辛苦地精心照料五保老人。多年来，她先后伺候过50多位老人，为30位老人养老送终，却从没有喊过苦、叫过累、嫌过脏。

那年，孙枝荣随丈夫从部队转业回到家乡，工作尚未安排好，在家等通知时，正赶上乡政府组建敬老院，院里人手不够，她主动请缨到敬老院帮忙。当时，院长由乡民政所的助理兼任，日常工作主要靠孙枝荣和另外一名服务员来操持。孙枝荣上有年迈的公婆，下有3个正在上学的孩子，丈夫工作忙，没有时间照顾家。上班后，她几次想打退堂鼓，可看到这些年迈的老人，有的在辽沈战役中失去左臂，有的在淮海战役中掉了右腿，阴雨天，他们痛苦难耐的呻吟声，她几次把写好的申请书又塞进了兜里。那一刻，孙枝荣横下一条心，一定要照顾好这些为了中华人民共和国抛头颅、洒热血，留下了终身残疾的老人，让他们安度晚年。

最难莫过伺候人。第一批入住的18位老人，都经历过特殊年代的特殊环境，脾气不好，话不投机就动拳脚。这天午饭时，一位老人说菜太淡，要求加点盐。孙枝荣刚拿起盐盒，旁边那位老人一把夺了过去，然后两位老人就开始抢夺盐盒。劝解中，孙枝荣不慎扭伤了左手，好几天不能动。她怕家人知道，一个星期都没有回家。

还有许多老人由于身边无儿无女，长期独居，致使性格孤僻，难以沟通，稍不如意就生气、闹别扭，甚至离院出走。一天晚上，刘小五老人打好水就出去看电视了。回来后，他见同室伙伴用他的热水洗漱很生气，俩人为此吵了几句嘴。夜里孙枝荣查铺时，发现刘老的床铺空着，她找遍了院内的角角落落也不见人影。同室老人给她说明原委后，她回家把丈夫从床上拽起来，两人摸黑走了10多公里路才找到了老人的家，总算把刘小五老人接了回来。

婆婆看到孙枝荣工作这么辛苦，劝她回家休息几天。恰在这时，安置她工作的文件下来了，单位派人接她上班的那天，民政所的领导来了，敬老院里的老人也都来了。看着领导挽留的目光和老人们期待的眼神，她只好说："现在敬老院里正缺人手，我在这里再帮一段时间吧，等有人来接替我了再走。"从此，她把敬老院看成自己的家，利用休息时间平整院内的空闲地，自己掏钱买来水泥、钢管、铁丝，建起了规整的晾衣场；她把闲置的房子收拾干净，扯上电线、装上电灯，把自家电视搬进去，老房子成了"老人俱乐部"。在孙枝荣的感召下，炊事员、保洁员和一些有劳动能力的老人也都纷纷行动起来，平整院内的空地，建起了老人健身场；开垦院内外的废弃地，大家一起栽花、养草、种菜，既绿化了环境，又活跃了身心，还吃上了新鲜的蔬菜，丰富了老人们的精神生活，提高了老人们的生活水平。

为了使院里的老人生活得更加幸福，孙枝荣没有上下班之分，没有白天与黑夜之别。一天夜里，张海荣老人发起了高烧，孙枝荣一听说就赶忙端来热水、拿来退烧药给他服用。尽管老人说是感冒，睡一夜出身汗就好了，可她仍放心不下，夜里起来了两次，见老人高烧不退，就找来车把老人送到医院。医生确诊为急性肺炎，并说如果再晚来一步，病情就危险了。出院后，为防止张老呼吸困难，孙枝荣买来电暖器，给老人铺上电褥子，使老人很快康复。紧接着，王青芬老人突发脑血栓，孙枝荣一方面利用所掌握的医学常识进行急救，一边迅速拨打120，老人得到了及时的抢救，保住了性命。但由于年事已高，落下偏瘫，没有亲属照护，平时喂药喂饭、洗脸擦澡等护理任务，全落在了孙枝荣一个人身上。后来老人病情加重，孙枝荣把铺盖搬到了老人床边。老人去世前虽然不能说话了，但她用干枯的手指握着孙枝荣，流下了热泪，在场的人无不为之感动。

就这样，孙枝荣和50位老人走过了漫长的几十个春秋。如今她也步入了老年人的行列，她的孩子们都劝她享享清福，可她割舍不下这些老人，仍然坚持在敬老院里为老人们忙前忙后。她说，只要身体允许，她就会一直侍奉这些五保老人。

（刊登于《党的生活》）

退而不休　老而弥坚

——记河南省商水县教体局离退休干部党支部书记郭相才

郭相才从河南省商水县教体局离休后，被选为河南省商水县教体局老干部党支部书记。他从上任那天起，从自身特点出发，结合老干部党员的具体情况，始终坚持事前多请示、遇事多沟通、工作多主动，抓好党支部各项制度建设，使广大党员干部退休不褪色、思想不掉队，永葆共产党员优秀本色。老干部党支部坚持自我教育、自我管理、自我服务，充分发挥了战斗堡垒作用。

健全制度，提升工作效能。在郭相才的建议下，教育局给老干部党支部准备了活动室，配齐各种办公用具，还订阅了《人民日报》《参考消息》《老人春秋》等十多种报刊，供大家阅读。

如何把离退休的老同志、老党员团结在一起，把他们的思想凝聚在一起？郭相才考虑了很多。他把支部32名党员划分为三个党小组，选出支部委员，每个小组每两周组织一次活动。在党支部工作的推进上，他和支委成员做到了年初有计划、月月有安排、半年有汇报、年终有总结。每件事有结果、每项工作有落实，能及时将工作部署口头或书面向老干处及分管领导汇报。

每年“七一”建党节，支部都要召开座谈会，请所有老党员在一起交流思想、回顾党的发展历程。支部还通过“讲述家风传承”和“宣讲老同志精彩故事”，在老同志中间传递正能量。党的十九大召开后，党支部适时开展“学习党的十九大知识问答竞赛”，党员佩戴党徽、重温入党誓词等活动。这些活动的开展，大大增强了老干部党支部的凝聚力。

原来有不少退休后思想上困惑、生活上孤独的老干部，因参加党支部的各项活动，生活因此重新充实起来。老党员张耀星因家人病故终日闷闷不乐，郭相才多次到家中与他谈心，他的心情渐渐地好起来后，郭相才建议他走出家门，发挥余热。很快，张耀星被局里聘请，成为学校危房改造义务监督员，继续发挥余热。在一次老党员座谈会上，张耀星激动地说：“我能重新过上幸福生活，全靠老干部党支部一班人的帮助。”

在这种积极向上的氛围的熏陶下，现在的党支部队伍思想稳定、团结奋进，表现出不一样的“精气神”。老党员为在职同志加油点赞，为中心工作献计献策，离退休党支部工作也得到了领导层的充分认可。

加强沟通，关心思想动态。不少老同志退休后都有啥都不用操心的心态，个别老同志甚至把自己混为一般同志，连党费都不交。针对这些状况，郭相才除组织好党员的双周学习日活动，还选择有针对性的文件、领导讲话进行传达学习，使有问题的党员及时端正思想。在开展正能量活动上，郭相才和支委成员十分重视宣传典型，表彰先进。对老同志的好人好事，郭相才都记录在支部光荣榜上，作为评选先进的重要依据。在开展“两学一做”的学习教育中，支部积极配合老干处，以评选表彰优秀为载体，开展寻找正能量活动，多位党员名列其中。

此外，郭相才建立起支部委员联系党员制度：除按规定参加党小组活动外，要求党支部委员每个月要到本小组党员家访一次，并经常与其他支委成员交心通气，要求他们准确了解掌握党员动态、思想状况、心理变化和实际困难。在党员最需要关怀、最渴望帮助的时刻，党支部第一时间向他们伸出援助之手，为他们送去组织的温暖。通过家访，密切了支部委员与普通党员的关系，也了解了党员的思想生活状况，对生活有困难的党员给予及时帮助。老党员王桂昌得了重病，经济十分困难。郭相才马上与党支部其他成员一起向局领导反映，给这位老同志申请到了3000元救助金，王桂昌十分感激。

不忘本职，投身育苗行动。郭相才在做好党支部工作的同时，还动员更多老同志投身到关心下一代工作中来。他通过老干部活动日、党员活动日等多种场合，向支部老同志宣讲关心下一代的意义，使老同志明白应该位退不忘忧国、离岗不忘育人。学习和宣传之后，不少老干部都积极参加了关心下一代工作，就连年龄较大的付海元也不例外。为了使教育系统关工委组织进一步网络化，郭相才积极向党组建议，要求各乡镇学校也成立关工委组织，形成社会合力。局党组给予大力支持，专门下发文件，召开会议安排部署。

郭相才把开展有意义的教育活动作为对青少年进行社会主义主旋律教育最有效的载体。他以局关工委的名义向局党组建议并主动配合，组建一个由党政工团队和班主任组成的学校、家庭、社会三结合的教育网络；多次深入县一高、实验中学、新世纪学校，帮助研究落实措施，搞好试点，总结经验；协助学校关工委针对青少年的特点，结合实际，坚持以重大节日、重大历史事件和重大社会活动为契机，开展主题教育活动，进行爱国主义、社会主义、集体主义和日常行为规范的养成教育。

为使读书活动富有时代性，郭相才每年结合当前的政治形势和青少年思想特征做大量调查研究，严格选题选材，确定活动主题，撰写活动方案。多年来全县参与读书活动的青少年达100多万人次，读书活动深受广大师生的欢迎和好评。这些活动激发了青少年的爱国热情，对学生的日常行为规范的养成教育起到了积极的教育作用。

对因天灾人祸导致辍学的孩子，郭相才发动广大干部、教师和各界人士捐资救助。他还起草了《关于救助贫困生的实施意见》，以县关工委和教体局关工委的名义联合行文，下发到各乡、校执行，使救助贫困生工作有章可循、有序进行。这项行动使270多名失学儿童重返校园，解决了贫困家庭的后顾之忧。2004年6月2日一场无情的大火，使一名小学生严重烧伤。得知这一情况后，他和关工委其他同志多次到该生家里看望慰问，并发动全县师生捐款。当他不顾天气炎热，将39000元捐款送到受伤学生手中时，受伤学生的家人万分感激。这位同学经医院治疗半年后康复出院，在她重新回到学校课堂之前，郭相才又联系老师为她补习落下的功课。

担任离退休干部党支部书记的20多年中，郭相才多次被评为“周口市离退休干部先进个人”，还荣获“河南省教育系统十佳关心下一代工作者”称号。面对诸多奖励，郭相才很平静：“我为能尽到一个共产党员应尽的责任，能完成党交给我的光荣任务而自豪。”

吴新德：人生难得老来忙

吴新德的家乡——河南省延津县，地处黄河故道，生活在那里的人们祖祖辈辈以农业为生。农业生产缺乏科学技术的指导，农作物产量低，延津县是远近出名的贫困县。吴新德深有感触，立志扎根农村，为改变家乡落后的农业生产状况奉献自己的一生。他从百泉农专农学系毕业后，如愿回到自己的家乡，长期工作在农业第一线，心系农业，牢记使命，为农业增产、农民致富奉献自己的才智。退休后，吴新德以县老科协、关工委为依托，挑起了用科学技术帮家乡农民致富的重任，这一干就是20年。

大力宣讲农业科技

“苦了我一人，富了千万家，我情愿。”这是吴新德的一句口头禅。通常，吴新德白天到农村调查，了解农民的科技需求，晚上为他们讲课。无论是三九寒天，还是三伏酷暑，他都风雨无阻，从不间断。

吴新德担任了县扶贫办开展农村扶贫培训工作的主讲师，为了把科学技术送到农民手上，吴新德带领延津县老科协科普宣讲团，走遍了全县的300多个村以及原阳、封丘、卫辉、新乡等县的部分村庄。所到之处，他为农民宣传农业科技知识，给农民答疑解惑，为贫困户脱贫致富开良方、找出路，深受农民欢迎。听过他传授农业科技的群众累计达到8万余人次，他发放的科技资料超过15万份，播放科学种植投影上千场，送出科技光盘300余张、科技书籍几千册，解答疑难问题无数条，纠正不合理操作方法无数次。遵照“扶贫先扶智，脱贫先脱愚”的指导思想，吴新德又先后对270户、1000余位扶贫对象进行了特别农业科技培训，以提高他们的科技意识。只要听说吴新德要到村里办讲座，乡亲们就会争先恐后地及早赶来听课。“他能把复杂问题简单化，枯燥的东西趣味化，难懂的名词乡土化。”提起吴新德，村民们都会这么说。

不让农民遭受损失

吴新德把推广农业科技作为带领群众致富增收的主要途径。几年来，他在县里推广各种农作物优良品种、棉花无土育苗技术，指导农民应用小麦节水、玉米晚收、小麦适时晚播、西红柿雄蜂授粉、电生功能水替代药物杀菌剂、智能控施肥、环保型农药等技术，促使农业增产、农民增收，为农民带来实实在在的效益。他曾积极推广的玉米优良品种张玉9号，当年全县共种植5万亩，亩均单产超过1000斤，其中小潭乡小谭村裴豪国3.6亩玉米，单产达到1931斤，位邱乡李恩村农民牛德香的2.7亩玉米，单产达到1960斤，创下了河南省夏玉米单产的新纪录。

此外，吴新德积极推广农业部“一增四改”增产技术，即增加密度、改稀植品种为密植品种、改粗施肥为配方肥、改麦垄套播为麦茬播种、改人工播种为机械播种。按照这项技术要求，当年在30个村种植的4万亩玉米地获得单产1500斤的好收成，平均每亩增产15%，其中僧固乡西史固村王思梦的1亩试验田更是达到1986斤。

电生功能水防病是近年来应用于农业生产的一种高新技术，用这种水防治蔬菜细菌性病害既环保又高效。因该技术还处在试验阶段，使用中存在一定风险，因此吴新德自费从中国农业大学引进了这种技术和产品，选择僧固乡小布村和石婆固乡集南村、集北村做试验。他要求参与试验的每个大棚种植户，在自己棚内隔开一小块黄瓜或番茄做试验，试验时要按时按量喷施。怕农户不放心，他向菜农承诺，如果受到损失，他负责赔偿，大多数菜农都能按照要求喷施，效果很好。

然而集北村的一个农户擅自加大剂量，增加喷施次数，造成减产。吴新德知道后亲自登门给他补课，告诉他科技来不得半点虚假，并自费给他买了价值1500元的11袋复合肥，作为对他的补偿。这个农户既内疚又感动，后来一心一意听取吴新德的建议和指导。很多人说吴新德傻，他哈哈一笑：“农民都是靠地吃饭，决不能让他们吃亏！”

农民的事就是自己的事

由于吴新德懂技术，在社会上影响很大，不少经销商都想让他推销农资。吴新德斩钉截铁地说：“推销可以，但是坑害农民的事绝对不能干。不管化肥、农药还是种子，必须让农民放心使用。”农民对吴新德很信任，购买农资都先来找他商量。经他牵线搭桥，大多数用户都能及时将钱款付清。但是个别农户因经济困难、产量低等客观原因少付钱或付不起钱的事也常有发生，吴新德因此贴进去不少钱。他老伴对此有意见，吴新德却风趣地说：“吃亏是福，吃了亏福气常在。”

有一次，吴新德下乡讲课很晚才回家，没想到遭遇车祸摔成脑震荡，锁骨也骨折了，四五天昏迷不醒，躺在病床上十多天不能翻身。伤痛稍微减轻后，他躺在病床上，对农户咨询农业技术的33个未接电话一一做了答复。得知位庄村一个农户的大棚番茄苗出现异常情况，想请他前去指导，他二话不说满口答应。老伴说："你都伤成这样了还跑啥?"吴新德却说："咱是从农村出来的，农民一年的生活就指望这些菜，能眼看着他们受损失?"老伴实在说服不了他，只好让步。当缠着满身绷带的吴新德出现在蔬菜大棚里时，这个求助的菜农感动得流下了眼泪。吴新德仔细分析番茄苗的异常情况，指导菜农采取措施，避免了损失。

吴新德在西红柿大棚里

吴新德还帮助李元志等6家农户成立了农业种植专业合作社，帮助指导这些农村专业合作社逐渐发展壮大，使其在较短时间内走上了规范化和科学化种植的道路。吴新德为每个合作社的组建、运行、发展做顾问，从不求回报。其中延津县延寿中药材种植合作社同国内多家制药企业签订了购销合同，实现了产、供、销一体化，使全社社员收入成倍地增长。该社目前已被确定为河南省示范社。群众都叫他"财神"，这其实是发自心底的尊称。而在吴新德看来，延津县是农业县，盛产的农作物和中药材都是农民的经济支柱，既然自己懂得农业知识，就该尽全力帮助他们。

吴新德并不满足于此，为帮助村民致富，他经常深入基层调查研究，撰写多篇建言献策文章，为助推延津的经济发展起到了积极作用。他还就大力发展特色农产品问题提出建设性意见，县委将这些意见写进了党代会的工作报告，不少农民因此得到政策及资金方面的支持。

吴新德曾先后获得新乡市离退休干部先进个人、新乡市老有所为先进个人、新乡市优秀老科技工作者等多个荣誉称号，还被省老科协评为正教授级专业技术人才。2016 年，吴新德全票当选为中共延津县委第十二届代表大会代表。他说："国家有退休的干部职工一说，并没有退休党员的规定，我作为一名党员，要利用自己所学专长，全心全意为农民服务，做到生命不息、服务不止。"

党中央、国务院重视"三农"问题，连续多年将此作为中央 1 号文件下发，在全社会都高度关注"三农"的浓厚氛围里，吴新德帮助农民学科技、奔小康的道路将越走越宽。

（刊登于《中国老年报》）

张庆连：播翠撒绿五十年　只为大地满园春

73 岁的共产党员张庆连是获嘉县的退休干部、革命老区建设促进会副会长。他的电话每天响不停，一会儿是西刘固堤村的葡萄种植户询问葡萄霜霉病的防治办法，一会儿是本村果农想请他引荐购买一些桃树新品种。他总在果农最需要的时候出现，大家都亲切地称他为“随叫随到的高级技术顾问”。

张庆连从事林业技术研究推广多年，是林业高级工程师，曾荣获“全国农林科技推广先进个人”称号，还被评为“河南农业劳动模范”，先后取得科研成果27项，是有名的林业专家。退休后，张庆连仍穿行于田间地头，用手中的技术免费为农民服务。榆树是当地重要的传统树种，他决心培育出生长快、抗病力强的榆树新品种。他整天在榆树苗圃里观察、分析榆树的特性和生长规律，发现了一棵生长旺盛、姿态优美的大榆树，马上采集种子进行试验。一年后，这种榆树苗长得又高又茁壮。全国6位白榆专家现场鉴定后认为，这是一种很有发展前景的独特榆树，并且正式将其命名为“钻天榆”。“钻天榆”作为全国重点保护的优良母种，准许在全国推广繁育。张庆连培育出全国著名的“钻天榆”新体系，建成我国第一座种源齐全的榆树基因库。

为提高群众的科技水平，帮民致富，张庆连自费购买了手提电脑、投影仪、电动车，精心制作了百余个农业、林果业、畜牧养殖业等方面的课件，深入田间地头，把最新的实用科技送给群众。张庆连充分利用技术优势，帮助群众引进新品种，不断提高产品质量，获得更高收益。他帮群众建起了果树、花卉等产业协会和林业学会，建起猕猴桃、草莓、梨和珍稀花木研究所，还有林果种植、畜牧饲养、农产品加工等15个科技示范基地。如今，协会会员达3000人，遍布11个乡镇的农林专业合作组织，为群众搭建起了学习科技、交流经验的平台，把千家万户的小生产与大市场紧密地联系起来，增强了农民抗风险和致富的能力。10多年来，张庆连为获嘉县及全国林农、果农免费提供技术服务5000多次，举办各类培训班300多期，培训5万多人次，免费发放林业技术资料2万余份。太山村农民周新桥经过培训，把一个红薯粉条加工小作坊发展成为现代化食品加工企业，带领200多户农民脱贫致富。周新桥因此当选为县政协常委。村民何国华在张庆连的指导下，引种了薄壳核桃，带动了全县的薄壳核桃种植，亩均收入5000元，结束了获嘉县没有薄壳核桃的历史。

张庆连不仅免费为果农提供实用技术，还利用自己的特长，免费为120多个企业、村庄、种植户进行园林设计。如今，张庆连在获嘉县太山镇小庄村老家生活。他家的院落成为远近闻名的“生态家园”，引来省林业厅原厅长等领导、专家参观学习。帮助农民之余，张庆连将自己的科研成果、论文、树木和花卉种植技术、培训班讲课教案、园林设计方案等汇编成6本书，共计150万字，自费出版，免费赠送给需要的人。他说，人民给他的太多，他做得还很不够。他要用手中的技术回报社会，造福百姓。

在张庆连眼里，林木郁郁葱葱，茁壮成长，与儿女健康成长、事业有成一样让他快乐。他认为，将自己一生所学服务于村民，才是最有价值的退休生活。

（刊登于《老人春秋》上半月刊）

生命不息　助学不止

——记河南省延津县一中退休教师刘存才

在河南省延津县教育界和老干部系统中，提起刘存才这个名字，几乎无人不知，无人不晓。他已经90多岁，原是延津一中的校长。刘存才参加工作以来，以校为家，以执教育人为己任，几十年如一日，尽职尽责，无私奉献，尤其在为延津教育事业发展、社会稳定和谐、募捐助学等方面做出了突出贡献。

退休再出发

1993 年，延津县一中成立了“教育奖励基金会”，刘存才被返聘，具体负责基金会的工作。在一般人看来，基金会资金存银行，奖励学生有标准，他管管账目就可以了。但他却以此为契机，责无旁贷地承担起为考上大学的贫困生联系资助的重任。从此，年年高招录取工作结束之后，被大学录取的贫困生交来家庭贫困的证明材料，刘存才要跑到村里调查，要寻找资助单位。每年的这段时间，这位老人成了走到哪里都有人找、家中电话响不停的人。

坎坷募资路

登门“化缘”　2002 年高招，家住延津县城的女学生张凤妍考上了清华大学。这个孩子 7 岁时父母离异，她和七旬老奶奶相依为命，旧衣裳旧鞋袜常年不离身，学习生活相当艰苦。刘存才得知后，马上帮她联系资助单位。每到一个单位，刘存才走起路来一溜风，说话嗓音像洪钟，上楼下楼不气喘。要知道，刘存才当时已经 73 岁。经过连续几天的登门“化缘”，一共争取到 11 个单位 1.35 万元的资助。延津一中学校会议室内高悬着“张凤妍同学就读清华大学欢送会”的巨幅会标，准备参加欢送会的高三年级学生竞相谈论着张凤妍克服困难、勤奋苦读考上清华的故事，为张凤妍伸出援助之手的各单位负责人登台捐款，延津县人民政府副县长发表热情洋溢的讲话，表扬社会各界对考上清华的学子伸出援助之手，号召同学们以张凤妍为榜样，争取下年有更多考生考入名牌大学。在这热烈的气氛背后，刘存才这位七旬老人才是付出最多的人。

他山之石来攻玉　也是在这一年，原阳县的刘树发也考上了清华大学。家人在高兴的同时增添了更多烦恼，因为树发的姐姐去年考上了大学，他和妹妹今年也双双考上了大学。几万元的学费和生活费让这个只有三四亩地收入的农民家庭喘不过气来。可是刘树发兄妹不是延津人，不在学校基金会的资助范围内。眼看开学在即，刘树发姐弟三人的学费没有着落，刘存才看在眼里，急在心里。他突然想起时任原阳县县长是延津人，他和这位县长的父亲是小学同学。刘存才马上去找县长他爹，一鼓作气讲了刘树发姊妹三人考上大学，却因家庭困难不能上学的事情，还说国家政策是不能让一个学生因为家庭困难上不起学。县长的爹一听，说，对呀，这是好事，那跟他说说呗！最终，三个孩子的大学学费问题圆满解决了。

鲜花盛开蝶自来　2011 年，生活在单亲家庭的陈淑洁考上了南方医科大学的本硕博连读。她的妈妈高兴的同时，又为女儿 8 年的学费和生活费愁得六神无主，领着女儿找到刘老师，未曾开言已热泪涟涟。刘存才随即力劝她们母女擦干眼泪，相信政府。紧接着，刘存才又找民政局、工商局，第一年共募捐 1.6 万元，使陈淑洁顺利地到学校报了到。第二年，刘存才又找当年他教过的学生，如今是县里的女企业家、省市县三级政协委员、民营精彩纺织厂厂长李艳娜，资助陈淑洁直至毕业。刘老师为贫困学生付出的真心，恰似一团盛开的鲜花，引得蝴蝶不招自来！

活动结束怎么办　女学生郑美玉，2010 年考上山东东营钢铁学院。爹爹患病去世，娘改嫁他乡，美玉回到家里，吃饭都是街坊邻居管。因收到录取通知书晚，加上美玉性格内向，消息闭塞，找到刘存才时，资助贫困生活动已经结束，刘存才只得重操旧业，登门

"化缘"。他领着孩子从县城东跑到县城西，找到位于县城最西端、延津最大的企业延化公司。结果，公司和学生双方签了协议书，一年资助学生一万元，连续4年，直至毕业。合同履行到第3年，东营钢铁学院了解郑美玉的家庭情况后，按照"孤儿"的标准全免了郑美玉的学费。

多年来，刘存才克服种种困难，想方设法，先后筹集资金258.2万元，资助了588名考上高校的贫困学生，改变了一个个贫困家庭的命运。

捐书寄厚望

2018年10月，已满90岁的刘存才还念念不忘地关心下一代的健康成长，决定将他祖辈传下来的、多年珍藏的、极其有价值的珍贵图书和资料，共计485本（册、套），毫无保留地赠予延津一中图书馆。其中包括家传多年的《九章算术》《清明上河图》《二十四史全册》。为了表彰刘老师热爱教育事业、关心下一代的大爱行为，延津一中为此专门举行了隆重的捐书仪式，学校大力弘扬无私奉献精神，并号召全校师生向刘老师学习，努力做好本职工作。

由于成绩突出，刘存才曾先后获得模范教师、优秀共产党员、老有所为退休干部、见义勇为先进个人、2013"感动中原"年度教育人物、2015年新乡市十大健康老人等多个荣誉称号，深受广大师生的爱戴和身边群众的称赞。他劝募助学的事迹经新闻媒体宣传报道后，在社会上引起了强烈反响。刘存才被誉为弘扬"逸夫精神"的带头人和"邵逸夫式"的教育慈善家，这些荣誉称号刘存才当之无愧。

（刊登于《老人春秋》下半月刊）

郭小枝：精打细算的小区好管家

2018 年 8 月，焦作市“四城联创”工作再掀高潮。此时，只有两栋楼、42 户居民的山阳区艺新街道粮站小区脱胎换骨、焕然一新。上级领导到小区指导工作时，看到小区的变化，对年逾七旬的“社区管家”郭小枝赞扬有加，称这里是老旧小区改建的典范。

小区的前世今生

粮站小区建于 2005 年，居民都是粮站职工。城市建设日新月异，居民逐渐增多，小区管理也出现了一些新问题，再加上没有物业管理，可以说是乱象不断。

粮站小区位于闹市，门口有两个公交站。有的市民在小区门口便溺，还有居民乱扔垃圾、乱扯电线、乱停车辆，盗窃事件也时有发生。绿化池里的冬青没人修剪，新枝横生，居然给窃贼提供了方便，这里还发生过下夜班的妇女被抢事件。

成立“党群议事会”

小区脏乱，治安秩序堪忧，居民怨声载道。“常住居民”郭小枝看在眼里，急在心里，她想为小区做点事。2017 年 5 月，通过居民选举、社区推荐，退休干部、老党员郭小枝成为粮站小区“党群议事会”主任。

面对小区的一堆难缠事，“新官”郭小枝自有招数。她说，单位工作要学会抓大放小。面对街坊邻居搞群众工作，就要学会由小见大，让群众看到真心实意才行。所以第一件事就是先壮大“党群议事会”的队伍。

郭小枝对小区的42户居民很熟悉。自己的事情自己办，议事会成员就从小区里选拔，不过，得选有爱心、真热心的人，不然谁会听你信你服你？郭贵生是转业军人，爱人病成“植物人”，郭贵生十年如一日地精心照顾。这样真心奉献的人当然得选。袁建设家庭和睦，他在外忙工作，老婆为了照顾婆婆，多年跟婆婆睡在一张床上。他还有电工技术，自然要选上。曲素珍的老伴瘫痪在床几十年，儿媳妇从不介意那是自己的公公，亲手给老人擦身换衣、倒屎倒尿。这样的家长更有说服力。就这样，会员9人、平均年龄62岁的粮站小区“党群议事会”成立了。

撸起袖子加油干

粮站小区没有半分收入，可换大门、架电线、装电表、搞绿化、扫地运垃圾、设门岗等等都需要钱。况且，小区改造工作初步完成后，若想一直“美”下去更需要钱。钱从哪来？除社区援助外，要学会“自我创造”。这时，半辈子没管过账的当家人小枝开始精打细算。

粮站小区的简易铁门如同虚设，是安全隐患。在郭小枝的带动下，他们短短几天就发动居民筹措了近万元。在筹款期间，一些对收费金额有异议的居民，都由议事会成员曲素珍来做思想工作。款项筹措完毕，郭小枝发现要安装全自动大门，钱远远不够。为不给居民增加负担，郭小枝和“党群议事会”成员商量后，决定改装普通大门。这样，每户还能退还捐款90多元。但装上普通大门后还需要门岗，门岗工资哪里来？郭小枝把账算到了“骨头缝”里。

每日清晨7点左右，郭小枝便会拖着已装了几个心血管支架的老伴下楼“扫地锻炼”。目的是省下每月150元钱打扫费，为居民减负每人约37元钱。郭小枝算了算，粮站小区目前有23辆小汽车，如果车主每月缴20元钱停车费，那就是460元钱。拿这钱补贴门卫费，又可为每户减负约10元钱。

粮站小区楼道的线路老化严重，根本达不到居民生活的需求。楼层声控灯也基本全坏，上夜班的居民尤其不方便。夏天用电高峰更存在安全隐患。线路改造迫在眉睫，但材料费、人工费加起来至少需要5000多元。这时，议事会成员袁建设出马了。别看他已经50多岁，也不管有没有报酬，用了十多天，把楼道的所有线路改造完毕。他说，议事会让干啥就干啥，郭主任能一心为大家着想，他也要尽一份力。这一项又为小区省下上千元。

接着，郭小枝又搞起了小区绿化工程。她和议事会成员挨个清理了小区里的花池，又将老伴养了多年的花草，从家中搬到小区院子里，还和议事会成员一起去“借花”。别人手中枯黄的花草，他们如获至宝、精心培育。等到满院遍布花草时，郭小枝又为小区省去了500多元绿化费。

郭小枝的几次“减负”举措，将居民的分摊减了又减，老伴笑着赞扬她：“跟你过了这么多年，现在才知道你这么会精打细算。”

从2018年5月8日议事会成立后，仅仅5个月，老旧的粮站小区已初步实现华丽蜕变，居民们都说，这好环境都是老郭“算”出来的。郭小枝不光把账目算到了居民心里，也将一名老党员、老干部对待群众的真心“驻”进了居民心里。面对大家的称赞，郭小枝说，我已经退休多年。既然党和群众需要我，我就要尽最大努力工作。虽然群众工作不好干，但只要拿出一颗真心，群众还是支持的。

（刊登于《老人春秋》上半月刊）

汤丽：中原土　神农陶　四海福

黑陶即黑色的陶器，诞生于我国新石器时代，在大溪文化、屈家岭文化、龙山文化等遗址中均有发现，其中屈家岭文化为最早，距今6000年左右。原始社会的先民们就开始用黑陶器物盛水、做饭，那一件件黑陶器物是先民智慧的结晶。河南沁阳、陕西秦塬、河北馆陶、山东日照是我国四大黑陶生产中心。其中作为河南省非物质文化遗产保护项目的沁阳黑陶，远近闻名，它是土与火的艺术、力与美的结合。沁阳的黑陶文化有着5000年的悠久历史，它是黄河流域仰韶文化制陶业的一部分。汤丽，一个让沁阳黑陶重新焕发出夺目光彩的传承人，几十年来尽心竭力地为传承黑陶这一非遗技艺做着自己的贡献。

拜师学艺

汤丽19岁时，偶然从朋友口中得知沁阳黑陶。在朋友的引荐下，汤丽来到沁阳市山王庄镇盆窑村拜访古黑陶传承人王正成。在王正成的窑洞中，汤丽发现了一块黑陶碎片。这块黑陶碎片乌黑如漆、坚硬如瓷，如此精湛的艺术却没有人传承与发展，汤丽甚感惋惜。当时，她就决定，放弃自己现有的工作，学习黑陶制作，把这门技艺传承下去。

汤丽把这个想法告诉了王正成，却被拒绝了。王正成说："俺家祖孙四代烧黑陶，我 15 岁就进窑干活，一干就是 47 年。黑陶的制作是纯手工活儿，过程相当复杂，不是有耐心就可以做到的。唐朝武则天时期，沁阳盆窑村烧制的黑陶就是贡品。明朝时烧的莲花纹大鱼缸、牡丹花盆，也都是皇宫的御用之物。但是黑陶精品太少了，过去只有王公贵族才能用上那么一件，中间又中断了这么多年，现在再想把黑陶事业发展起来，那是天方夜谭。"

王正成的话没有让汤丽气馁，反倒更坚定了她的决心。从王正成家离开后，汤丽一方面积极搜集沁阳黑陶文化的资料，另一方面继续诚心诚意地做王正成的工作。一年内，汤丽几十次来找王正成探讨黑陶的制作工艺。看着汤丽如此执着，王正成终于被打动了，决定重新出山，并把家传手艺教给汤丽，由她担起沁阳古黑陶传承的责任。从此，汤丽义无反顾地走上了黑陶文化艺术传承创新、发扬光大的征程。

传承创新

在初步掌握了烧制黑陶的技术之后，考虑到以前的窑厂都是依山而建，并不适合黑陶的发展，汤丽便出资在沁阳市建了一个窑场。当汤丽把取自神农山脚下含有丰富矿物质的老黄泥，经手工淘洗、拉坯、晾晒、修整、研光、绘画、雕刻等程序处理之后，再用古法柴烧，她的黑陶作品终于出窑了。可那一个个看着非常漂亮的壶，不是出水有问题，就是壶口盖不严实。汤丽有些懊恼，但她没有灰心，又专程跑到中国著名的陶都宜兴去学习做壶，并请当地的专业老师过来指导。被请来的老师用神农山下的老黄泥试过之后，觉得沁阳的陶泥和宜兴的紫砂泥泥性不同，实在不好掌握，很快就离开了。老师的离开反倒激励了汤丽，她觉得还是得自己把工艺研究透，才能做好壶。从这天起，汤丽一头扎进窑厂，一次次试验，一次次调整。当汤丽终于做出完美的黑陶作品时，仓库里已经堆放了将近 1000 把她眼里所谓的残次品。看到这些壶的人说，它们也很漂亮，不像有问题。汤丽却说，一把壶样子再漂亮，材质再名贵，一旦出水不好，没有实用价值，便没有意义。这是对黑陶的尊重，不能不讲究。

汤丽是个有心人，成功迈出第一步之后，她又开始对古黑陶工艺进行大胆创新。她请来专业的技术人才如造型师、雕刻师、工艺师等，闭门潜心打造沁阳黑陶新品种。过去做的黑陶泥粗糙、工艺粗糙、渗水快，汤丽的团队借助科技手段，把泥处理得非常细腻，由原来的手工打泥到现在用抽空机提升泥的密实度，再加上手工磨光，黑陶更显精致。

两年多过去了，汤丽的团队解决了让黑陶透气不透水的难题，使黑陶得以用于烧制茶道器皿。他们制作黑陶的工艺不断提升，还运用浮雕、镂空、堆雕、影雕等工艺，将书法、绘画等元素融入黑陶工艺，并汇聚各工艺大师之长，以精雕细琢的匠人精神，将黑陶做成集实用、鉴赏和收藏于一体的陶器。汤丽还研发出彩雕工艺，进一步提升了黑陶的实用性和艺术性，制作出荣天壶、掇球壶、逸壶等颇具特色的新一代黑陶养生壶。

发扬光大

如今，汤丽制作的沁阳黑陶已成为沁阳的文化名片之一，目前已有两类21个系列1000余种产品。她还烧制出可以代表沁阳特色的炎帝神农像、科学巨匠朱载堉等人像作品。2014年4月，汤丽的作品《荷香罐》在焦作市第二届知识产权非物质文化遗产精品展中荣获金奖；2014年10月，她的作品《神壶》《韵壶》在第二届河南省“大河杯”中原壶设计大赛中荣获金奖；2015年6月，她的作品《和和美美》荣获河南省工艺美术作品奖最高奖“金鼎奖”，《五谷丰登壶》在河南第六届紫砂艺术节上荣获金奖，汤丽本人也被评为“河南陶瓷行业十大新闻人物”。与此同时，她还分别与河南理工大学、焦作工贸学院等合作，建立大学生创作实习基地，为学校培训陶艺学员200余人次。

汤丽被评为“河南陶瓷行业十大新闻人物”

过去，黑陶的传承和发展受到一定制约；如今，黑陶文化产业得到当地政府的大力支持，迎来了难得的发展良机，这就需要一批更年轻、更有朝气、更有超前思想的年轻人加入，实现传承和创新的有机统一。汤丽通过自己的刻苦钻研与实践，并与多位景泰蓝工艺大师交流，又研发出新的黑陶掐丝工艺，给黑陶注入新的血液、新的灵魂。她说：“黑陶是我们祖国的瑰宝，是人类文明智慧的结晶，希望通过我们这代人的共同努力，把黑陶文化发扬光大。”而今，穿越千年的尘土，从历史深处走来的沁阳黑陶，在汤丽手中给人们带来了无限的惊喜。

（刊登于《老人春秋》下半月刊）

王盼阁：为了大地的丰收

河南省濮阳县是个有 110 多万亩耕地面积的粮食生产大县，也是全国科技进步先进县、国家生态示范区。濮阳县农业局高级农艺师王盼阁，在这里默默耕耘了 37 载。她退休后加入濮阳县老科技工作者协会，继续通过技术培训、技术咨询、技术指导，为农业增产增收贡献力量。认识她的人无不感慨地说："王盼阁的青春和精力都奉献给了农业。"

深入调查研究　服务农村农业生产

王盼阁皮肤黝黑，因为她常年冒酷暑、踏积雪、迎寒风，和农民朋友一起摸爬滚打，奔波在田间地头，从事基层农技推广工作。

为有针对性地制定农业生产技术措施，她每年都要数次深入田间调查研究，并根据调查情况，及时撰写调查报告、农作物病虫情报，以及果树病虫害防治的关键时期及措施等技术材料。这些材料被送到各乡镇农技站，既为指导农业生产当了科技参谋，又普及了一些农业科技知识。

王盼阁撰写的有关豫北地区苹果烂果病综合防治技术的调查报告，被当地农业局在全县推广，农民朋友打心眼儿里喜欢这个与他们打了多年交道的农艺师，经常要她到村里进行技术培训。滑县路金德种植的苹果烂果病严重，结果率不到40%，参考此报告综合防治后，好果率达90%以上。庆祖乡后杨村13个农户联合种植的1500多棵苹果树，因为烂果病，当年果实几乎绝收，农户们欲哭无泪。王盼阁到果园实地查看，对症下药，第二年，好果率达80%以上。

举办技术培训　提高农民科技素质

农技推广工作重点是农业新技术的推广，这就离不开技术培训。王盼阁将自己丰富的理论和实践经验，用浅显易懂的语言，把标准化生产技术、测土配方施肥技术等送到群众手中。王盼阁参加了由濮阳县老科协、关工委组织的“送技术下乡”活动，先后到十几个乡镇为农民讲解农作物病虫草害防治技术要点，在集市上当面解答农民提出的有关种植业方面的问题。她还在老科协等相关单位的组织下，举办农技培训班30多期，直接培训农业技术员5000余人次，印发技术资料3万余份。

新习乡寺上村的村民孟艳芳种植了10亩梨树，部分植株出现叶片发黄、长势弱等问题，忙请王盼阁去地里帮忙看看。王盼阁二话没说，马上赶到约10公里以外的梨树园查找叶黄的原因，并根据多年经验指导管理，在喷药防治病虫害时，往药剂里加入适量营养液，同时采取在树下施配方肥等措施。为方便咨询，她临走时还留下了自己的手机号码。第二年，孟艳芳欣喜地告诉她，有问题的植株已经恢复了长势。清河头乡前田丈村的村民王瑞亮种植的70

亩玉米，由于除草剂喷洒较晚，加上部分杂草对常规产品产生了抗药性，因此杂草遍地。王盼阁知道后，不顾30多摄氏度的高温，到玉米田间查看杂草种类，采取了防治措施。最终杂草得以控制，避免了损失。王瑞亮非常感激，多次对别人说："有老王在，种啥都不愁。"

积极推广技术　促进农业增产增收

退休后，本该在家享受天伦之乐的王盼阁不忘初心，继续服务农业。她曾在县里推广过果树高接换头、果园配方施肥、苹果食心虫综合防治、苹果烂果病综合防治、小麦吸浆虫综合防治以及果园、麦田、玉米田化学除草，桃树、花生、玉米化调化控等20多项新技术，年推广面积约100万亩次，一般增产率为10%～20%，部分田块增产增收达50%以上。

在农民朋友的邀请下，王盼阁到五星乡八里庄村苹果园，指导果农防治苹果树斑点落叶病；到五星乡王寨村龙丰种子基地，指导工作人员防治麦田恶性杂草节节麦；到八公桥镇台上村绿化树苗圃，指导农民防治垂柳上的厚壁叶蜂；到岳村乡指导农民防治桃树、杏树上的球坚蚧。只要群众遇到疑难问题，不管刮风下雨、天气冷热、时间早晚，她都能及时赶到现场进行诊断，提出解决办法。

真情奉献社会　长期提供技术咨询

为了长期给农民朋友提供技术咨询，王盼阁组织创办了濮阳县"老王植保服务部"，农忙季节，距离较远的内黄县的农户也会前来咨询。担心农民朋友记不住操作方法，王盼阁详细为他们写好，再让他们带走。

王助乡后南旺村的村民赵永海种植的20亩小麦进入孕穗期，田间杂草高出小麦约20厘米，常规除草剂已不能使用。王盼阁了解情况后，让他使用自己试验过的含专利成分的新产品。20多天后，赵永海再次找到王盼阁，高兴地说："杂草变白了，高出小麦那么多都没有影响作物，您帮了我的大忙了，我们全家人都感谢您。"

王盼阁在农田里

濮阳市区胜利路办事处附近的贾老汉种大棚蔬菜，王盼阁免费给他提供技术指导。即便种植同样的蔬菜品种，收获后也会因蔬菜品相好，市场销售价格略高些。如此一来，一个大棚每年能多收入2000到3000元。周围菜农因此纷纷向贾老汉请教种植经验。

一分耕耘，一分收获。因长期从事一线农业技术推广，王盼阁的手机里存着数百个农户的电话。她时常挂在嘴边的一句话是："我热爱农民，当看到他们收获的喜悦时，我心中也充满了喜悦！"王盼阁在群众中享有很好的口碑，受益农户为了表示感谢，常给她送去各种水果、蔬菜，她都婉言谢绝，说农民种地不容易。

王盼阁先后十多次荣获县政府、县农业局、县科协、县妇联授予的先进工作者、优秀共产党员、先进科技工作者、三八红旗手等称号；并荣获省农业厅、省人事厅授予的“河南省农业技术推广先进工作者”称号。她作为主要完成者参与的“苹果食心虫防治技术研究及开发利用”项目，荣获“河南省农牧业科学技术改进奖”一等奖；“濮阳市美洲斑潜蝇综合治理技术研究”，获“濮阳市科学技术进步奖”一等奖。

为了大地的丰收，王盼阁退而不休，始终默默耕耘、播种、收获着。她耕耘的是钟情的沃土，播种的是执着的追求，收获的是人生的价值。

（刊登于《老人春秋》上半月刊）

明责于心　履责于行

——记鹤壁市公安局老干部党支部常务副书记陈玉信

2016 年 9 月，鹤壁市公安局机关老干部党支部改选，退休前曾担任鹤壁市公安局政治部副主任的陈玉信，被选举为机关老干部党支部副书记。陈玉信上任以来，怀着对党的深厚感情，立足老干部党支部工作发展实际，在组织建设、制度建设和活动建设上下功夫，立足老干部党支部工作发展实际，发挥老党员的先锋模范作用，不断开创工作的新局面，使老干部党支部团结向上、生气勃勃，更加坚强有力。

制度建设做保障，党员思想不掉队。鹤壁市公安局老干部党支部共有党员 166 名，一半居住在家属院，其他党员居住比较分散。

在新一届老干部党支部首次支部会议上，陈玉信提出应当把加强党支部建设、提高思想政治工作、增强党员的党性、发挥党员的先锋模范作用作为今后工作的重点。

2017年年初，谋划老干部党支部工作时，陈玉信根据实际情况反复思考，提出了“361”模式，即每3个月召开一次支部会议，开展学习并讨论工作；每6个月各党小组召开总结会议，支部委员也要参加；每年召开一次支部大会，向全体党员报告工作，开展党员民主评议。使每名党员在学习活动中思想觉悟得到提高，党性观念得到加强。党员李伟煌说：“人老了，但思想不能老，行动更不能退步。有现在这样的学习方式，再也不用担心脱离党组织了。”

活动建设搭平台，党员队伍更凝聚。许多退休的老民警承担了帮助子女带孩子的责任，集体活动时，常听到老同志感叹，“刚刚从单位退休，回到家就又上岗了”，因此产生了失落感。针对这一情况，陈玉信召开党支部会议讨论研究，计划通过开展文化娱乐活动，改变现有状况。

首先，要充分利用100多平方米的老干部活动室。党支部组织人员对活动室门前的地面进行平整，增设棋牌桌、书架、阅览桌、自动饮水机、电视机等，为老同志活动、党员开展学习提供良好的环境；又订阅了《人民日报》《河南日报》《党的生活》等20余种报纸杂志。

在陈玉信的协调下，有关人员对活动室门前的地面进行了平整，为离退休老党员开展学习提供便利。老干部党支部组织开展“学习党的十九大知识问答竞赛”、党员佩戴党徽、重温入党誓词、到革命教育基地参观学习等活动的同时，还举办趣味性强、参与度高的钓鱼采摘、投球套圈、棋类书画比赛等文体娱乐活动。室内外学习活动相结合，不仅使老同志空虚感、孤独感、失落感和无助感大大减少，身心更加愉悦，也使他们在活动中互相学习、互相帮助，进一步增强了党组织的凝聚力。

不管老干部党支部举办什么活动，陈玉信从前忙到后，从头忙到尾。为使工作更加稳妥，陈玉信提前把参加活动的老同志和工作人员进行分组，反复强调注意事项。做到一组工作人员服务一组老同志，精准到位。有人说他自找麻烦，陈玉信却说："看到大家的学习积极性这么高，参与热情这么高，保证活动有质量，一切无忧，麻烦点辛苦点都不算啥。"老同志们纷纷赞扬："有个操心的书记在，咱们只管跟着走就对了！"

服务帮扶相结合，党员生活不发愁。陈玉信注重发挥老干部党支部在日常活动中的核心作用，他将日常服务与帮扶慰问相结合，落实"三个凡是"，为老干部提供服务和帮助：凡是老干部生病住院的，在第一时间看望；凡是老干部家中有特殊事件发生的，主动到家中慰问；凡是老干部反映的问题，积极协调帮助。

平时，陈玉信注意了解在不同地区居住的各个老干部的情况，谁住院了、谁家里生活困难，他把这些牢牢记在心里。在春节慰问困难老干部活动中，陈玉信建议，对特别困难的老干部进行重点慰问，帮助他们解决实际困难。

经过走访和调查，了解到一位老党员患病多年，浑身疼痛，生活不能自理。这位老同志每月仅药费就得三千多元，女儿女婿在家照顾他不能出去工作，其他孩子家庭条件均一般，生活十分困难。陈玉信第一时间来到老干部科，商议如何帮扶这位老党员。在陈玉信的协调下，经上级组织同意，老干部科对三位生活困难的老同志进行了特别救助。当这些老同志拿到慰问金时十分感动，有的还流下了感动的眼泪。

每年节日，不管酷暑寒冬，无论路途远近，陈玉信与支部委员肯定走到每位老同志家中慰问老同志。老同志见到他非常激动，总是拉着他的手不肯松开，激动地说："组织还记得我们，感谢组织!"形成了"老同志有话就愿意找支部讲，有事就愿意找支部帮"的良好氛围。

带头争做志愿者，老民警发挥余热。陈玉信提议以老干部党支部的名义发出倡议书，倡议引导老干部党员自愿报名加入"老干部党员志愿者队伍"，积极引导广大老同志深入开展为党和人民的事业增添正能量活动。党员积极响应，陈玉信带头每天到十字路口护送学生过马路，义务清扫人行道，义务修剪家属院内的花草，还平整街道旁边受损的路面。

这支志愿者队伍越来越壮大，收获了无数好评。17 年如一日，护送小学生过马路的全国离退休干部先进个人李应喜，事迹被多家媒体报道；为给老城区居住的老同志当好通信员、传递员，老干部耿宗威常年多次义务往返新老城区；拾金不昧不怕麻烦、费尽周折寻找外地失主的老干部崔云芳，事迹也被当地媒体报道。崔云芳因长期在北京居住，还参加了北京的老年志愿者活动，并成为队伍中的积极分子。

在陈玉信的倡导下，老干部党支部的老同志不图名利，只讲党性；不言困难，只讲付出；不谈条件，只讲责任。所作所为充分体现了他们回报党恩、奉献社会的真挚情感。

陈玉信从不计较个人得失，总是以"与人为善"的心态对待每一个人，把党组织的温暖通过自己传递给每位老同志，用自身的言行感召周围的同志，让"党员"这一光荣称号在自己身上闪耀发光。他从不要求大家做什么，而是自己主动去做什么。大家看在眼里，记在心里。在推荐优秀党务工作者时，支委成员一致同意推荐陈玉信。陈玉信说："身为一名老共产党员，生活在这样美好的时代，尽心尽责为党支部工作做贡献，把党支部的主体作用发挥好，这就是最有意义的晚年生活！”

（刊登于《老人春秋》上半月刊）

范书勤：绿了荒山白了头

范书勤是河南省社旗县下洼镇范庄村人，他原是镇中学教师，中教高级职称，每月有3000多元的固定收入。老伴早些年在镇里开了家照相馆，略有积蓄，几个孩子也都有不错的工作。2002年退休后，老两口在孩子们的张罗下，不仅走遍了祖国的名山大川，还飞跃重洋领略过异国风情，晚年生活从容惬意，令乡邻们羡慕有加。

可去过越多地方，看过越多风景，范书勤心里却越来越困惑：为什么别处都是山清水秀，自己的家乡却是荒山秃岭？

范书勤眼里的山便是霸王山，这座山位于社旗县下洼镇北部9公里处。作为桐柏山的余脉，因西楚霸王屯兵而得名，又称楚国王山、楚霸王山，谷深石多，历史悠久。范书勤就是在这霸王山下长大的。

曾经多少个旅途的夜晚，屋外郁郁葱葱、绿意盎然的山川风光把范书勤从梦中叫醒；曾经多少次晨练的路上，眼前荒草丛生、碎石堆积的霸王山又把范书勤拉回现实。“同样都是山，差别咋就这么大呢？绿树掩映的霸王山又会是个啥样子？有生之年，得为家乡做点什么，也让霸王山上披锦绣。”一个念头在他心头萌生，要让光秃秃的荒山变成蔬果飘香的花果山。

说干就干，2012年秋，范书勤拿出儿女孝敬的养老钱和自己的毕生的积蓄共计130多万元，承包了霸王山上的千亩荒山。范书勤把铁锹、锄头往摩托车上一捆，就上了山……

播绿荒山　老当益壮

自从做出上霸王山开荒种树的决定，范书勤每天都往山上跑，白天家里再也看不到他的身影。晚上回到家，不是扣子掉了、裤脚破了，就是手伤了、脚崴了，没吃两口饭，靠着沙发就能睡着。年龄不饶人，他是太累了。

“老头子，别神经了，咱都在这儿生活几十年了，谁不知道霸王山是座荒山，你真是有钱没处花了，往那儿投！”老伴看在眼里，疼在心里，埋怨中带着怜惜，“放着好日子不过，你这图啥哩?”

面对老伴的怨气，生性倔强的范书勤没吭声，仍然每天上山。因为在他心里是这么想的：人光顾着自己吃喝玩乐没有任何意义，开山种树是对自己、对社会、对后人功德无量的大好事，一定要坚持干下去，再苦再累也要为子孙后代留下绿色财富！

拗不过他，山高路陡又怕他有个三长两短，老伴又疼又怜也上了霸王山。一肚子的埋怨话没能说出口，眼睛却一片潮湿。自从老伴来到霸王山，昔日光秃秃的石头山已经出现了片片绿色，坡上坡下也整理出了层层梯田，忙碌的工人们正改变着荒山的模样，春天刚过，漫山遍野的绿色把山装点得生机勃勃……“真有你的！老头子，我也来种树吧。”喜欢吹拉弹唱的老伴放弃了个人爱好，也加入开荒绿山的行列。

儿女们虽心疼父母，但更理解老人的心思和想法，倾全力支持父母的绿山计划。备受鼓舞的老范夫妇，又卖掉城里的两套养老房，加上从镇政府争取来的项目资金，把筹来的近 200 万元钱都用在绿化霸王山上。这一干，已经 7 年。

因地制宜 绿色循环

开山种树，谈何容易。要开山，先开路。进山以来，为了开路，范书勤雇了 3 台大挖掘机，沿着以前的小山道边走边挖，把陡坡变缓，把石头打碎，硬是修出一条 10 来公里的盘山砂石路。从 2012 年秋开始，通往霸王山的这条路，至少被范书勤修了 5 次。

为了提高树苗的成活率，一开始，范书勤雇佣水车往山上拉水浇树，可费时费力水量还不够。后来他因地制宜，利用山间泉眼修坝蓄水、搭房架电、建设水网，解决了树木浇水难的问题。为了不耽误干活，范书勤又沿山坡盖了三处护林房，方便干累了就近休息。天不亮就起床，日落了才收工，范书勤以树为伴、以山为家，把全部心血都播撒在山上。

不管霸王山是细雨蒙蒙，还是晴天丽日，范书勤和老伴每天早早地带着工人们上山忙活起来。“这儿原来就像个黄土包，一点绿色都没有。我们把自己培育的南天竹种在大坝上，又在其他空地上栽了 1000 多棵。”范书勤喘了口气，停住了脚，指着满山成排的树、整齐的梯田说：“看看现在这里像不像花果山？我再苦再累也值了！”

上山这几年里，范书勤带领工人连续种下 600 亩 1.8 万棵核桃，400 亩生态林，包括 2000 多棵刺柏、黄金梨、皂角、拐枣、石楠，1 万多株油桐、栀子、天花粉。为解决资金困难，他栽植了蜡梅、樱花等景观经济林，还在林下套种丹参、豌豆、花生、芝麻、西瓜等短平快经济作物，又在山坡上散养起鸡、鹅、羊等家畜，在水塘里放养了鱼，实现了种植养殖间的绿色循环。看着逐渐被层林尽染的霸王山，范书勤每天忙得不亦乐乎。

干到终老　永当绿使

山高坡陡，危险无处不在。为了让光秃秃的荒山变成蔬果飘香的花果山，上山的这些年间，范书勤骑坏了两辆摩托车，干活用坏的工具更是数不胜数。2013 年冬天，范书勤下山途中，摩托车刹车突然失灵，他被甩到了悬崖边，差点丢了命。2014 年夏天，范书勤在山上干活时，毒虫爬过脖颈引起过敏，痛痒交加、呼吸急促，又差点把命留在山上。

范书勤正在采摘成熟的西瓜，一亩可以收获 5000 多斤

付出艰辛，不仅播种了绿色和希望，还收获了健康和快乐，各种荣誉也纷至沓来：2014 年，霸王山获批省级森林公园；2015 年春天，范书勤应河南电视台《金色梦舞台》栏目邀请，第一次走进省台演播大厅，参与制作并播出个人专访节目；2018 年 3 月，在南

阳市庆“三八”暨“最美家庭”颁奖典礼上，老两口又获得“十佳最美家庭”奖牌……“荣誉都是虚的，关键是山绿了、景美了、生态环境变好了。”面对荣誉，范书勤看得很淡，他们看重的是实实在在的青山绿水。

上山这么多年，如今的景色最美，山上的桃、杏、李相继开花结果，其他不知名的花草漫山遍野，绚丽夺目。如今，森林公园的门修好了，半山腰的停车场也建成了，霸王山上人来人往，从早到晚游客不断，游山玩水其乐融融。景美了，人多了，老两口从此不再寂寞，干劲越来越足。

霸王山虽不是很大，但远不止现在开发的千亩地，几面山坡加到一块儿足足超过5000亩。把整座山全部绿化，让山下碧水环绕，山上绿荫如盖，满山瓜果飘香是范书勤的美丽梦想，让游客能赏花能采摘、能看山能戏水、能休闲能娱乐是范书勤的终极目标。“山下有些村民说我是大禹治水，其实我还是喜欢被人叫愚公、愚老头儿。俺不想太多，俺只争朝夕。俺要和老伴就这样一直干下去，让这里变成真正的花果山！”范书勤信心满满。

（刊登于《老人春秋》上半月刊）

白首不忘初心　彰显银发风采

——记商丘市工信委退休干部丁哲明

丁哲明是商丘市工信委退休干部、工信委离退休干部第二党支部书记。丁哲明退休后，始终牢记毛主席关于“共产党员不是要做官，而是要革命”的教导和党“全心全意为人民服务”的宗旨，坚守“共产党员责任永在、担当犹存”的信念，积极参加为党的事业增添正能量活动，余热生辉，老有所为，受到大家的赞扬。

心怀发展变化 丁哲明积极参与增添正能量、共筑中国梦活动，他发挥爱好学习与写作的特长，努力讲好中国故事，歌颂改革开放以来的变化。多年来，丁哲明认真学习习总书记的系列讲话，学习党章党规，深刻理解习近平新时代中国特色社会主义思想，撰写各类稿件 70 多篇，分别发表在《人民微博》《强国论坛》《新浪微博》《河南中小企业》《商丘日报》《河南老干部》《商丘老干部之家》等新闻媒体和内部论坛上。2015 年，正值纪念抗日战争胜利 70 周年，他撰写的《毛泽东思想的伟大胜利——纪念抗日战争胜利 70 周年》在《强国论坛》发表，受到网友的热捧。2018 年，商丘老干部局组织了“畅谈十八大以来的变化，展望十九大胜利召开”活动，丁哲明连续撰写了《畅谈十八大以来的变化，展望十九大胜利召开》——反腐篇、建党篇、强军篇、经济篇、科技篇、生态篇、文化篇、民生篇等一系列文章，还写了《铸就里程碑 砥砺新征程——试论党的十九大的伟大意义》等稿件，在老同志中引起强烈反响。丁哲明的文章从方方面面颂扬了十八大以来的变化和十九大的伟大意义，他发挥了一个老党员的应有作用，受到工信委和商丘市老干部局的赞扬。

心系企业发展 2003 年至 2004 年间，丁哲明帮助商丘天龙药业撰写、编辑了全套 10 册《中药饮片生产质量管理文件》，经有关机构验收，完全符合国家标准，使这个企业取得了中药饮片生产许可证。

丁哲明心系老干部健康，70 岁多的老人身体也时有病痛，但他不顾自己的身体，抱病收集资料，整理出了一本涵盖 80 多种疾病的《老年常见病防治》的小册子，商丘市老干部处印刷多本分送给老同志，受到老同志的赞扬。

心系社会稳定 2013 年至 2014 年年初，投资担保公司突然在社会上泛滥起来，潜在的风险显而易见。得知很多老同志的养老钱都因为放在投资公司而打了水漂，丁哲明在刚做完心脏搭桥手术还未恢复之际，就积极参加了离退休干部老干部调研组，对商丘市投资担保公司的情况进行了深入的调查研究。调查研究结束，丁哲明写了《关于商丘市投资担保公司情况的调查报告》，为规避风险、保持稳定建言献策，受到有关部门的肯定，他的这一份调查报告也对老同志守住自己的养老钱提供了保障。

心存困难群众 2017 年 9 月，丁哲明去农贸市场买东西，顺便打听农村扶贫情况。他了解到梁园区谢集镇史庄村朱李庄的村民李运杰家需要帮助。李运杰一家 6 口人中有 5 个是智力障碍者，属于特殊人群。但 2017 年，村里却不知为何把其低保取消了，生活十分困难。丁哲明了解情况后，亲自到朱李庄做调查，并先后 3 次向商丘市扶贫办领导反映情况。在丁哲明的再三努力和市扶贫办的帮助下，2018 年 8 月，李运杰与爱人终于被批准为低保。当李运杰领到低保款后，立即给丁哲明打电话表示感谢。丁哲明说，让我们共同感谢习主席和党中央吧，是扶贫政策好。市扶贫办经手办理这件事的同志都感慨不已，丁哲明真是个具有认真精神的人！

心拥党的核心 2018 年 6 月，商丘市老干部局为贯彻党的十九大精神，组织了离退休干部党的十九大精神宣讲团，丁哲明被聘为宣讲团成员。他为宣讲好点的十九大精神，认真学习习总书记所做的政治报告，多方收集材料，仔细准备宣讲。他在商丘各县区宣讲 5 场，在市老干部局机关和两个农村党支部各宣讲 1 场，2019 年还在工信局离退休干部党支部上了 3 次党课，以实际行动拥护党。

心装部队建设 丁哲明在部队转业前，是团队政委和团队党委书记。在部队服役期间，他积极上进、乐于奉献，在部队的培养教育下，由一名普通战士成长为团一级政治委员和团一级党委书记。国庆20周年大庆时，丁哲明还被部队推选为国庆观礼代表，接受过毛主席的接见。他所在的团一级党委被评为武汉军区空军先进团党委。退休后有了时间，丁哲明不忘部队建设。他经常想，应该把离退休的战友组织起来，弘扬党的光荣传统，发挥正能量。于是，丁哲明利用2017年5月战友聚会的机会，与老战友张海明商量，并得到原部队队长的支持，共同起草了《关于开展争创“阳光校（战）友”的倡议书》。

参加聚会战友的一致通过后，发给了原部队离退休的老同志，这一提议又得到原部队转业到地方的离退休老战友们的热烈响应。一批阳光战友正以发扬党和军队的光荣传统为己任，在全国各地发挥着积极作用。丁哲明组织的战友群，被部队首长赞誉为“优秀微信群”，群主被誉为“模范领头人”。现在，他们这个团体里的阳光战友正在全国各地涌现。

而后，丁哲明又在商丘工信局举办的2019年退役军人代表座谈会上，呼吁退役军人要传承红色基因、发扬光荣传统、珍惜“革命军人”的荣誉，做实现中华民族伟大复兴中国梦的宣传者、参与者、践行者，做促进社会稳定的基石。会后，他又与同志们一起发出了《“保本色、做贡献”——给工信局退役军人的倡议书》，受到商丘市退役军人事务局领导的赞扬。

“老牛明知夕阳晚，不用扬鞭自奋蹄。”丁哲明时刻牢记自己的第一身份是共产党员。他在日常生活和工作中兢兢业业，以自己的实际行动，不忘初心，砥砺前行，展现了共产党员应有的风采。

灿灿夕阳挽朝阳

——记河南省睢县关工委主任徐永学

河南省睢县关工委主任徐永学是一位工作执着、爱心浓浓，且又追求完美、善于创新的长者。近年来，睢县关工委在他的带领下，八方联手，举办兴趣班等教育活动，积累了一系列经验，打造出“三宽”家庭教育基地、刘庄平民夜校红色教育基地、“五老天地”宣传阵地等品牌项目，得到了省、市、县领导的高度赞誉，睢县关工委成了全市关工委系统的一张名片。

融爱于责　主动担当作为

2014 年暑假的一个下午，喜爱摄影的徐永学正在聚焦捕捉北湖风光时，突然一位熟人打来电话：“快来，有个孩子溺水了！”听到急促的喊叫声，徐永学随即奔向出事现场，拨开围观人群。看到那个惨不忍睹的场景，徐永学忍不住老泪纵横，他想：美丽的北湖景区，只能是少年儿童的游乐园，不该成为孩子们的殉葬处。他马上动员有关部门在城湖四周悬挂防溺水宣传标语，并召集本县教育、卫生、旅游、广电、公安、交通、水上救援和文明办八个部门，集体讨论学生的暑假安全防护问题，启动“老少相伴、八方联手、安全度假”活动方案。这一方案迅速在全县落实，这些部门各司其职，宣传、培训、守护、救援到位，大大减少了暑假安全事故的发生，为广大少年儿童的快乐度假，架起了安全防护网。

融爱于识　大胆工作创新

农村留守儿童是个庞大的群体，由于很多孩子的父母在外打工，到了暑假，上万名留守儿童分散在老家，其安全成为社会问题。徐永学忧虑在心，时刻寻找解决问题的办法。当他发现有的村子动员回家度假的大学生为本村留守儿童办兴趣班的做法时，他大为欣喜。于是徐永学因势利导，拓宽思路，号召各乡村学校主动与全国各大学“联姻”，借助大学生暑期社会实践活动的力量举办暑假兴趣班，并在全县推广经验。为了保证全县暑假兴趣班的健康开展，徐永学带领县关工委一班白发苍苍的老同志，一次次到基层学校进行调查研究。从思想认识到课程设置，从办班形式到物资保障，还有大学生在睢县期间的生活和安全等问题，徐永学一项也不落下，发现困难和问题就主动帮助协调解决。他给大家鼓劲儿说：“我们做的工作是双赢之举，为了孩子的成长，一切都值得！”自2014年以来，全县已有来自清华、北大等全国110多所大学、160多个团队的2300多名大学生来睢县支教。

融爱于忠　擦亮红色基因

睢县是革命老区，也是豫东战役的主战场，红色基因深厚。徐永学充分利用当地的红色资源，及时有效地组织各种红色基因传承教育活动，为培养时代新人奔波着。一天，他来到刘庄平民夜校旧址调研，发现这个曾经是睢县革命摇篮的地方，今天竟房屋破旧、野草丛生，满目萧条之景。徐永学的心里一阵酸楚。修复！应当马上修复！他立即联系县有关部门的主要负责同志，提出修缮刘庄平民夜校的想法和建议，随后多次召开座谈协调会，研究修缮方案，明确修缮责任，确定修缮期限，督导修缮进度。需要挖掘资源，他去找党史研究室的同志座谈，实地走访平民夜校创办者、中国共产党早期党员姜郎山这位知情人；需要筹集资金，他亲自找有关部门领导协调；需要理清历史脉络，他搜集资料撰写文稿；需要布置展览，他从搜集人物资料、历史实物到庭院规划，都亲自过问，严格把关，现场指导。通过县关工委、教育、文广、党史、乡镇以及文明办等部门一年多的共同努力，先后整理各种文物资料上百件，累计投入资金60多万元，使这个百年红色夜校以崭新的面貌展现在世人面前。2017年10月，县、市关工委先后在这里举行挂牌仪式，正式确立刘庄平民夜校为青少年红色教育基地。

融爱于情　做强关工队伍

徐永学深深懂得，团结是力量，素质是保证。因此他担任县关工委主任以后，坚持把关心“五老”队伍建设放在首位，坚持用心激发“五老”同志的奉献热情。为了给县“五老”人员提供展示形象的平台，他在县电视台开辟“五老天地”专题栏目，每年树立二至三个先进典型。几年来，县关工委先后制作播出《洒向孩子都是爱》《乐为红烛照后人》《文化老人陈振业》《农民朋友的活财神》等十多期专题节目。为了鼓舞全县“五老”人员，他编写长篇抒情诗《五老天地歌》，除在县电视台陆续播出外，还印发到全县各基层关工委队伍中进行吟诵。为了丰富全县“五老”的文化生活，徐永学又将自己编著的两部书籍《岁月回声》与《和谐之韵》，无偿赠送给大家。为进一步扩大“五老”队伍的影响力，他亲自主持制定工作方案，在全县“五老”中持久开展夕阳竞辉活动。活动的开展，有效激发了全县“五老”讲奉献、比作为、献爱心的主动性。

“在工作中寻求进步，在逆境中寻找动力，在优势中慎思不足，在繁忙中品尝欢乐。”这句话是徐永学的座右铭。他将以持之以恒的奉献精神，倾心推进关心下一代工作的良好局面。

（刊登于《老人春秋》下半月刊）

赤心关爱育栋梁　开拓奋进结硕果

——记商丘市关工委主任庄敬山

曾任商丘市委副书记、市人大常委会主任的庄敬山，自 2003 年接任市关工委主任后，就把关心下一代工作当作党和人民对自己的信任与重托。他不忘初心献余热，牢记使命育新苗。在商丘各中小学校，提起庄敬山，大家都会不约而同地伸出大拇指，称赞他是关心下一代工作的领头人。

科学领导抓关键

庄敬山一上任就轻车简从，深入各县、区、乡镇、社区、中小学校等基层单位进行调查研究，对如何开创关工委工作新局面，形成清晰的思路。庄敬山从建立健全各级关工委组织和最大限度地动员离退休老同志投身关工委工作抓起。他亲自考察后，一次次向市、县、区主要领导汇报沟通，同有关部门协商，与基层单位负责人商讨如何加强基层关工委组织建设。

在庄敬山的不懈努力下，全市有9万余名老同志积极投入到关心下一代工作的行列，共建立基层关工委组织4958个，形成了健全的组织网络。凡有青少年的地方，都建有关工委组织，做到了机构、人员、经费、办公场所“四落实”，这些努力都为全市有序有效地开展关心下一代工作奠定了扎实的基础。

率先垂范办实事

庄敬山十分重视两个特殊群体的工作，一个是贫困学生的帮扶工作，一个是失学、失管、失业青少年的帮教工作。他经常带领市关工委成员奔走于城乡有关单位，配合相关部门组织开展扶贫帮教活动。并多次与宋庆龄基金会联系协调，到有关单位、企业为贫困孤儿争取救助资金，先后为350多名贫困孤儿解决了困难。

近年来，商丘很多农村青年外出打工，但大部分人没有一技之长，只能从事体力劳动，收入不高，难以脱贫致富。为此，庄敬山和市关工委一班人深入基层调研，摸索出与职业教育学校联合、免费培训农村困难青年的新路子。他又多次走访劳动部门，申请培训经费，对广大农村青年进行科技技能培训，帮助他们走上致富道路。这种方式在商丘各县、区全面铺开后效果很好，被河南省关工委誉为“商丘模式”。

城镇社区不少青少年，因家长上班忙疏于管教，一到寒暑假便整天沉迷于网吧，甚至有青少年走上了违法犯罪的道路。庄敬山亲自带领有关人员，深入基层社区、单位家属院总结推广“学校放假、社区关爱、老少共建”的教育模式，广泛开展“传承红色基因、争做时代新人”和读一本好书、帮助一个同学进步、做一件好事、写一篇感受最深的日记等有意义的活动，并及时组织“五老”参与网吧义务监督，配合文化、工商、公安等职能部门，对网吧进行了全面整顿和清理，规范了网吧的经营行为。商丘市已有7000多名“五老”同志活跃在乡、村、社区、楼院，与数万名中小学生开展了“老少共建”活动，该活动收到了良好的效果。

开拓创新结硕果

庄敬山始终紧紧抓住用社会主义核心价值观来教育青少年。如学习贯彻十九大精神和习近平总书记的系列讲话精神，弘扬社会主义核心价值观等，他都积极组织“五老”撰写宣传讲稿，积极在青少年中开展教育活动。庄敬山亲自参加报告团，深入全市各中小学校进行宣讲，顺利实施了“三百”工程，即组百团、讲百场，让百万师生受教育；还积极组织以关工委为主体的“五老”队伍，在青年农民中开展“讲政治、育新人、学科技、奔小康”教育活动。在庄敬山的积极支持和组织下，全市共命名了25处青少年爱国主义教育基地，每年接受教育的青少年达20多万人。

为了使全社会都关心青少年健康成长，庄敬山积极与宣传、政法、教育、共青团、妇联等单位协调，并邀请各单位负责人参加市关工委主任扩大会议，一起商讨工作，请他们根据各自的职能，发挥各自的优势，共同做好全市关心下一代工作。至此，商丘市形成了部门联动、社会参与、齐抓共管、整体推进的新局面。

由于庄敬山经常顶风冒雨奔波在关心下一代工作第一线，导致双膝关节骨膜发炎，时常疼痛难忍。为了不影响工作，他吃点止痛药继续带领大家坚持工作。直到病情恶化行走困难，庄敬山才到医院进行手术治疗。但手术后身体还没完全康复，他就拄着双拐到关工委办公室询问工作进展情况，听取基层工作汇报，组织安排落实重点工作。

在庄敬山的带领下，商丘市涌现出了一大批心系青少年健康成长的先进集体和典型人物。该市关工委先后被评为全国、全省关心下一代工作先进单位，庄敬山也被评为全国、全省关心下一代先进个人。

（刊登于《老人春秋》下半月刊）

文化老人李广谦

75 岁的李广谦是河南信阳人，退休后他重拾爱好与梦想，写字、画画、编书、关心下一代成长，为推动老区文化发展和文化建设不遗余力。李广谦现为中国书画院国画委员会主任委员、河南省美术家协会会员，美术作品在多家报刊上发表，有的入选国内外画展，有的被中国国家博物馆、日中文化协会和国际友人收藏。他书画兼修，出版画集、图书多部，也是非物质文化遗产书法铁线篆书传承人。

大写龙的神韵

早年，李广谦喜欢画钢笔山水画，作品多次参展并获奖。退休后，他坚持钢笔山水画创作，在庆祝建军 75 周年全国书画大展中，李广谦的钢笔山水画《公路修到老苏区》获优秀奖。时任中国美协主席的靳尚谊说，第一次见到这么大幅的钢笔山水画，画得很好。之后，李广谦受日中文化协会和中国驻日本大使馆文化处联合邀请，赴日本参加了纪念中日建交30周年书画展。

为迎接2008年北京奥运会开幕，李广谦暂停原来的创作，一心要赶在2008年北京奥运会开幕之前，出一本中华龙国画集。他连续写出《中华龙文化的核心是吉祥》等数篇有关论文，终于在奥运会开幕之前，出版了由中国书协主席张海题写书名的《李广谦中华龙画集》。北京奥运组委会还安排记者对李广谦进行了采访，推介了李广谦及其中华龙国画作品，同时选用李广谦创作的《银龙戏珠》画，作为相关刊物的封面。

2011年，李广谦画了巨幅国画《龙之传人》。这幅八尺的宣纸大画，正上方是远古时代的龙图腾，“民族图腾，龙之传人”八个篆书字分布在古龙图腾两旁，以点明画的主题。画面是威严的中华龙正面坐像，龙的左右上方画的分别是汉画拓片上古女娲、伏羲的全身像，正面分别是炎帝、黄帝的头像，均为“人首龙躯”，是龙的后裔。炎黄二帝居远古五帝之列，是“始定四海”首次实现中华大统一的盟主，这个联盟的图腾就是龙。中国国学学会鉴于李广谦对中华龙文化研究和传播方面的突出贡献，于2014年授予他“首批文化界国家形象大使”荣誉称号。信阳市命名李广谦为非物质文化遗产中华龙文化艺术代表性传承人。

弘扬传统文化

近年来，信阳市委提出了“固本清源计划”，强调突出“三个引领”。第一个“引领”就是中华优秀传统文化的引领作用。

为让青少年和广大读者朋友得到简明实用的《菜根谭》读本，李广谦从多种版本中精选整理后，编写出版了普及版本《菜根谭精编二百则》。选本在保持原意的基础上，对原文做了增删和改动，文字更加精炼，对仗工整，读起来朗朗上口。为让传统文化在新时期发挥积极作用，帮助广大干部群众和青少年学好用好《论语》这部国学经典著作，李广谦又编写出版了普及型、实用型的《论语精编二百则》。选本的内容少而精，既突出了《论语》的精华，也增强了《论语》的实用性。这是一本让古代圣贤的智慧真正进入百姓生活的通俗应用型选编本，很受读者欢迎。

李广谦铁线篆作品

铁线篆创始人是唐代的著名篆书家李阳冰，其书法线条如细铁丝，刚劲有力，用毛笔在生宣纸上写铁线篆，很不容易。因此，铁线篆书具有独特的魅力。在河南大学教授、古文字学家、著名书法家高文先生的指导下，经过几年努力，李广谦终于创作出包括《千字文》九扇屏在内的十多件铁线篆作品。根据书写体会，他撰写了《铁线篆的书写章法》等六篇有关铁线篆书的文章，由出版社出版。李广谦被信阳市命名为非物质文化遗产铁线篆书传承人。而且，李广谦又培养出铁线篆下一代传承人李亚鹂，李亚鹂的作品也已出版，铁线篆因为李广谦的努力后继有人。

力推老区发展

李广谦是信阳市老年书画研究会常务副会长，区老年书画、诗词研究会会长。他平时画画、写文章、编会刊，还以书画研究会为依托，为爱好书画的老同志举办书画展、诗词大赛，出版新著作等，极大地鼓舞了老同志的创作热情。信阳市平桥区已形成了几十人的老年创作团体，不少老同志在公开报刊上发表了优秀作品。书画研究会还积极组织文化艺术下基层和服务农村的活动，如春季的山区采风活动、年关为贫困户送对联活动，他们把书画作品展办到了山村、小镇，受到了广大农民的欢迎。在重要的节庆日、纪念日，他还组织老同志书画大赛、诗词诵读大赛等活动，并出版专集，为丰富推动老区群众的文化生活不停忙碌。

满腔热情护苗

李广谦退休后，关心祖国未来，积极为青少年的健康成长不懈努力。因为他从事教育多年，在担任关工委工作中，充分展示了教育家的才华，他用满腔热情和一片爱心一直为青少年的健康成长忙碌着。特别是关爱留守儿童、青少年法制教育及挽救失足青少年等方面的工作开展得有声有色，他多次到看守所、劳教所与犯罪青少年交流沟通，勉励其努力改造、认真学习、早日返校、重新做人。他每年为关工委开展活动安排部署制定方案，亲自组织和参加各项活动。到中小学校、社区或偏远山区讲课，举办德育教育、传统文化教育、荣辱观教育、留守子女俱乐部、读书演讲比赛等。他还为青少年写书送书，他编绘的《与青少年浅谈钢笔山水画》一书，就赠送给了许多学校，平桥区关工委多次因此受到国家和省、市关工委表彰。

李广谦的书画作品多次参加国内外展览并获奖。为了传承优秀文化，他编写出版了《李广谦书画选集》《与青少年浅谈钢笔山水画》《中华龙画集·龙图龙书龙缘》《铁线篆书千字文》等十多本著作，在读者中广受好评。

（刊登于《老记者视野》）

扶贫路上不做旁观者

——记河南省西华县退休干部李文琦

在豫东黄泛区腹地，无论是干部还是群众，只要说起李文琦，都会肃然起敬。这位年逾古稀的老干部党员，心系贫困村，胸怀爱民心，引导农民致富，被村民誉为贫困户的“贴心人”、农民致富的“带头人”。

心系贫困村　把自己当作贫困村的一员

2013年初，党的十八大春风吹拂中原大地，习近平总书记铿锵有力的话语，在李文琦的心中激起阵阵涟漪。他不顾孩子们的阻拦，放弃城市的安逸生活，满怀激情地回到了家乡西华县东王营乡吴营村，踏上了振兴家乡经济、带领群众脱贫致富的圆梦之路。

吴营村离县城约 15 公里，位于黄泛区中心，全村 400 多户，1800 多人祖祖辈辈靠种地为生，村民的日子过得紧巴巴的。李文琦把乡亲们的难处记在了心里，暗下决心改变父老乡亲的生活现状。要扶贫，先扶智。李文琦首先找到了村支书了解情况，接着到贫困户家中走访，还组织有影响的农民代表，学习宣讲国家富民惠农政策和“两个一百年”的奋斗目标，引导人们坚定摆脱贫穷、早日过上富足生活的信心。

俗话说，“群雁高飞靠头雁，船载万斤靠舵人”，政策再好、项目潜力再大，得有人先行先试。李文琦决定当这个领头雁。他自费到陕西汉中、安徽亳州、湖北随州以及河南的西峡、灵宝等地考察，帮助农户寻找致富的路子。考察中，他得知香菇是国际市场紧缺的农产品之一。每年需要 200 万吨，而我国出口的只有 15 万吨，他决定选择食用菌种植产业。他拿出自己的养老钱，又从信用社贷款 30 多万元，还多方筹措资金 20 多万元，建起了两座蘑菇发菌房。“第一炮”虽然一波三折，但凭着创新不负有心人的勇气，香菇种植当年便获得了收益。

李文琦和老伴在矮化桃树大棚里

李文琦的举动让群众动心了，十多户村民愿意跟着他搞食用菌种植。于是，他利用村民的股金和自己的收入，共计 100 多万元，建起 2 座蘑菇发菌房、7 座菇棚和多个配套厂棚，购置了必需的机器设备，先后种植了双孢菇、鸡腿菇、香菇等菌种。当年实现效益近 10 万元，第二年盈利 13 万元。乘借国家“一带一路”倡议的东风，他带领村民成立了“西华县营发养殖种植专业合作社”，生产菇棒 20 万袋，香菇销售渠道从国内开辟到东南亚和中欧、东欧等地。菇棒良好的长势和销路，吸引了越来越多的贫困户前来学习种植技术。李文琦投资上万元购买了投影仪，先后举办 3 期培训班，免费培训村民种植香菇，免费给村民发放培训资料，还免费给学员提供午餐。看到更多村民对香菇种植充满热情，他很激动：“只要相信科学，我们就一起开创脱贫之路。”

心系贫困户　把贫困户当作自己的亲人

吴营村土地贫瘠，农作物种植粗放，经济效益低。有的村民以极低的价格转包种植，还有的土地几近荒芜。李文琦以土地流转为契机，经多方奔走，流转 70 多亩飞沙地，建起了家庭农场。他从上海果蔬研究所引进矮化桃树 300 棵，建起 2 个桃树大棚，头年栽树，第二年就挂果了。此后，他每年新增 3 个大棚，在后期流转的 40 多亩飞沙地里种上 1000 多棵桃树，还采取“麦桃套种”“桃套花生”的种植方法，实现了一年三熟三收，经济效益倍增。

一花独放不是春。为了以实际行动响应习近平总书记提出的“小康路上一个都不掉队”的号召，李文琦针对不同的贫困户，采取了不同的帮扶办法。对特困户无偿帮扶：村民刘全中，因患病花光了家底，李文琦直接挖好 26 棵桃树苗送到他家里；李胜因患脑血栓行动不便，生活十分困难，李文琦也无偿提供 32 棵桃树苗，还雇人帮他种植和管理。对贫困户优惠帮扶：刘岗岭上有老下有小，李文琦先垫资 2 万元，帮他种植一万袋香菇，刘岗岭承诺待香菇有了收益后再把钱还上。对有劳动能力的用工帮扶：村民李秀英等人年龄较大，李文琦就安排她们干一些剥花生、切蘑菇片等力所能及的活，按天给她们结算工钱。在村党支部的带领下，全村贫困户逐年减少。

心系扶贫事　把未来发展摆在重要位置

黄泛区种植的大部分是小麦、玉米、大豆等农作物。收获后秸秆遍地都是，当年沤不烂，还会生虫，给下一季农作物带来病害。另外，秸秆里面还带有很多草籽，会增加地里的杂草。焚烧又会污染环境、引起火灾、影响航空。所以秸秆处理问题成了困扰政府和农民的难题。如何将秸秆变废为宝？李文琦再次踏上取经之路。他先后数次自费到武汉、郑州等地考察，并通过货比三家，选中了上海的宝秸秆制炭设备，为保护头顶这片蓝天迈出了坚定的第一步。李文琦在农场培育了 500 棵栾树苗、2000 多棵香花槐，送到村里栽植，村容村貌得到了改观。同时，为找到更多帮助农户致富的路子，他们和省里有关部门签订了花生高产无公害种植合同，并在农场试种成功。他还拜师并引进了“河阴软籽石榴”，目前也已有农户批量种植。

李文琦和全体村民脱贫攻坚、决胜全面小康取得了累累硕果。他的家庭农场每年种植香菇 20 万袋，发放农民工工资 20 余万元，取得经济效益 30 多万元。他创办的养殖种植专业合作社，被河南省认定为“无公害基地”，被周口市农业局认定为“市级示范社”“三品一标示范基地”，被西华县政府确定为“精准扶贫基地”。

不忘初心，牢记使命。李文琦时时刻刻践行着共产党员神圣的职责，带领村民致富奔小康的脚步永不停歇。在他的计划中，未来的吴营村将建起民俗园，他将逐步把家乡打造成可以采摘水果的旅游基地，让村民的日子越来越好。

（刊登于《老人春秋》上半月刊、《河南日报》）

余晖倾洒夕阳红

——记邓州市夕阳红艺术团团长李可海

李可海2004年年底从邓州市政协副主席的职位上退下来后，2006年被市委老干部局聘任为夕阳红艺术团团长。这个艺术团演员们大多年过花甲，却依旧充满活力。在李可海的带领下，他们每年义演多场，用喜闻乐见的节目，宣传党的方针政策，讴歌日新月异的幸福生活，引领生活时尚，促进社会和谐，被大家称为“传送精神文明的使者”。

对工作热心　不断发展壮大活动队伍

李可海刚当团长时，面临着三个问题。一是他从领导岗位一下变成群团负责人，要听从昔日的部下老干部局的领导，怎样放下架子？二是他是艺术门外汉。艺术团自1994年成立以来，不断发展壮大，在社会上反响很好。而他自己这个从来不喜欢看戏看电影的外行，是否能让艺术团继续发展？他有一定的压力。三是老干部局本身经费不足，无力给予更多的支持，而艺术团的服装、道具、设备都严重缺乏。但作为一个受党培养多年的老党员，他决定迎难而上。首先，李可海先认真地在电视上看文艺演出，找专业人士求教，与团员、骨干们谈心了解，迅速转换角色。同时，李可海又健全艺术团领导班子，修改章程，广揽贤才，建立新的艺术团工作制度和例会制度。在原有戏曲队、器乐队、健身操舞队、宣传队的基础上，又组建了时装表演队和创作组。

各队伍初步安排好后，李可海自己先拿钱购买办公家具、服装道具，并积极找市长、跑财政局、上企业搞赞助。很快，团里有了一些活动经费，李可海马上给团员添置服装道具、乐器和音响。

装备有了，团员们干劲更足了，仅在 2007 年和 2008 两年中，艺术团就组织了大小活动 80 多次。在这其中就包括廉政文化专场及巡演、新农村颂巡演等演出，涉及市区、农村、学校、军营，观众达 13 万人次。同时，艺术团成员也由初建时的 8 人发展到 2000 余人，下辖创作组、合唱团、13 支表演队和 28 个乡镇艺术分团。

对团员贴心　激发全体成员的参与热情

实践证明，要想抓好这项工作，就必须和团员们交朋友，处处事事关心爱护他们，帮助他们排忧解难，有病看望慰问。每年，组织骨干们外出参观学习，开阔眼界。同时，常常与外省、市的艺术团体交流沟通，如此才能有效地激发艺术团成员创新、排练的热情。

李可海默默定下这些标准，他把这些放在心里，落实在行动上。时间久了，大家对这位团长十分信任。团员有什么心里话都愿找他说，李可海帮他们卸掉各种思想包袱，团员也更加主动、积极地为艺术团的发展献计献策。

副团长邹改梅编导的敬老爱老的曲剧表演《三妯娌》、小品《过生日》、劝人戒赌的三弦书《顶灯》、歌颂改革开放30年的小品《录像》等，深受城乡观众的喜爱；副团长许丽编导的舞蹈《好日子》《红旗歌谣》，曾在河南省第一、二届老干部艺术节上获奖，泰迪健身球《健康歌》在河南省第八届老年人运动会上荣获最佳奖；音乐剧《文武赞》《张老汉问路想雷锋》到各中小学演出，使许多中小学生感动得鼓掌流泪，争先恐后地撵着“雷锋”战友求签名。另外，创作组还为廉政文化编写了荒诞剧《包拯做客访邓州》和山东快书《冯坡换了新气象》，深受群众的喜爱。

对事业痴心　努力创造新辉煌

2011年，随着形势的发展和为满足艺术团的发展需要，市委老干部局进一步调整了艺术团领导班子，市里原有的13个表演队，在28个乡镇分别组建了艺术分团。艺术团以崭新的格局和精神风貌，实现了网络化、规范化的转折性跨越。

与此同时，李可海重申了“抓队伍、提素质、抓创作、提水平、抓新品、建品牌、抓创新、增动力”的工作思路，要求全体成员统一思想、团结协作，保持团队的凝聚力和战斗力，强化品牌意识，注意品牌打造，增强责任感和创新意识，认真提炼、打造一批融思想性、艺术性、观赏性为一体的优秀作品。

近年来，艺术团在李可海的带领下，人老心不老，退休不退志，不计报酬，无私奉献，发挥群体作用，紧紧围绕市委、市政府工作中心，以“面向社会、宣传邓州”为宗旨，以群众喜闻乐见的各种艺术形式自编自导节目390多个，演出460多场次，观众达42万人次。每逢大型庆典和重要节日，艺术团都要组织各类大型活动，2012 年，还承办了“金秋颂”大型文艺演出，现场观众达5000 多人，南阳及邓州电视台都做了全程直播，《中国老年报》、人民网等新闻媒体分别予以宣传报道，在社会上产生了强烈的反响。

在庆祝建党 90 周年红歌比赛中，艺术团受到了南阳市、邓州市奖励，并连年获南阳市“广场文化活动”先进单位称号；曾被省委老干部局评为“组织老干部发挥作用先进集体”；在河南省第三、四届老年人健身操舞比赛中夺得第一名；在河南省第一、二届老干部艺术节中荣获优秀表演奖、银奖等；获全国第六届老年人健身操舞比赛第五名。为三大文明建设、构建和谐邓州发挥了不可替代的积极促进作用。

艺术团的名气越来越大，李可海的劲头也越来越足。他天天看电视、电脑，对各种晚会和健身形式格外关注，目的就是为了掌握艺术界的最新动向，好对创作人员、各表演队队长提出具体要求。谈到艺术团的发展与成绩，李可海说：“老有所乐、老有所为使团员们实现了自身价值，他们在表演中不仅自身能感受到快乐，而且给社会大众带来了欢乐，这就是组建艺术团的主要目的。其次，我们艺术团必须出精品、创品牌，用实力来让大家看到属于老年人的活力与精彩。将来，我决心带着这支团队继续奋发进取，再创新辉煌!”

离而不休　老有所为

——记驻马店市委办公室离退休干部党支部书记欧阳忠宽

欧阳忠宽从2009年开始担任驻马店市委办公室退离休干部党支部书记至今离而不休，奉献不止。他所带领的党支部先后被评为河南省离退休干部“双争双创”先进党支部、驻马店市先进基层党组织。他个人也被中组部授予“全国老干部工作先进个人”，被国家体育总局表彰为“全国群众体育工作先进个人”，还荣获“全国老区优秀工作者”先进称号和思源功勋奖章。

加强学习，坚定信念。在欧阳忠宽的带领下，市委办公室离退休干部党支部始终按照《党章》和上级党委的要求，认真落实“三会一课”、主题党日、集体学习等各项制度，并按时收缴党费。党支部能做到每月召开一次支委会，组织两次集体学习，每季度召开一次支部党员大会，每半年组织一次外出参观考察。此外，欧阳忠宽还在党支部订阅了十多种报刊，给每位离休干部增订了报刊。通过专题学习、个人自学、座谈讨论、交流心得等多种方式，加强政治理论学习。

落实政策，解决困难。在落实老干部生活待遇方面，欧阳忠宽严格执行相关政策措施并及时落实到位，使党支部真正成为老同志心里的“家”。他为每个老干部建立了健康档案，便于在紧急情况下及时伸出援手。陈中花退休后患重病，欧阳忠宽先后从市直工委、市民政局、市红十字会、市慈善总会等单位，为其筹措资金2

万余元，缓解了这位老党员的生活压力。近100岁的离休干部王吉瑞，常年居住在外地，欧阳忠宽安排支部委员定期去看望。

建言献策，出智出力。2011年，欧阳忠宽在调查研究的基础上提出了对驻马店市革命老区10个重点村实行重点帮扶的意见，驻马店市委、市政府进行了批转，并决定在“十二五”期间，市财政每年拿出50万元支持这几个村的民生工程建设。

驻马店市是大别山革命老区。最初的《大别山革命老区振兴发展规划》中只纳入一个新蔡县为扶贫连片开发县，还有3个县区未被列入。欧阳忠宽积极向上级有关部门反映情况，在2015年国务院出台的新的发展规划中，驻马店市九县一区全部纳入其中。

此外，欧阳忠宽组织老干部积极参加市委、市政府组织的各种行风评议活动，担任“五老”网吧义务监督员，定期对市区网吧监督检查。欧阳忠宽还努力争取有关部门的支持，花费近300万元建成了驻马店市老年体育健身活动中心和人造草坪门球场，为老年人锻炼身体提供了场所。

（刊登于《中国老年报》）

退休不褪色　当好领班人

——记孟州市西虢镇老干部党支部书记姚守文

姚守文退休后，被选为孟州市西虢镇老干部党支部书记。近十年来，他带领支部一班人，以加强制度建设为抓手，以夯实基层党建为载体，以发挥老党员作用为目标，积极搭建活动平台，组织老党员发挥正能量，用实际行动展现共产党员“为人民服务没有退休时”的高尚情操。

“三靠”措施　凝心聚力　西虢镇辖23个行政村，有党员47人，年龄最大的86岁，最小的70岁，党员居住分散。为加强党员管理教育，在姚守文的倡议下，支部采取“三靠”措施，使工作步入了规范化轨道。

靠学习坚定理想信念，在党支部原订阅报纸、杂志的基础上增订党报，做到人手一份。一有时间，姚守文就组织大家学习。在党的十九大召开之际，他组织党员集中收听收看开幕式盛况，了解新形势、新任务、新要求。许多老党员戴着老花镜，一笔一画地写下观看心得，支部专门举办了学习十九大精神体会展。

靠制度加强教育管理，坚持“三会一课”制度，建立完善党员学习制度、联系群众制度、党费收缴制度等。每月15日固定召开支委会，每季度最后一个月的25日召开支部党员大会。姚守文按照支部成员居住地，编了5个党小组。学习地点安排到卧病在床的老党员家中，使行动不便的老党员足不出户就能学习。

靠交流凝聚思想共识，为让老同志紧跟形势发展，支部经常举办学习报告会，邀请镇党委成员为老同志讲党课。通过组织学习，使大家坚定党性观念，增强党员意识，始终保持思想常新、与时俱进。在“两学一做”学习教育中，姚守文在支部组织开展了“过去入党为什么，如今在党干什么，今后为党留什么”讨论活动，使原来曾有“船到码头车到站，舒舒服服求清闲”想法的老同志重振精神。老党员张德惠患病在外地住院治疗，但坚持每月向支部写信汇报思想。老党员李有让重病中颤巍巍地拿出50元钱，向党组织交最后一笔党费。

抓好细节　丰富学习　如何让离退休干部从不适应中尽快走出

来，姚守文创新服务模式，根据大家的需要和特长，抓好开会、唱歌、养生、才艺等活动细节。

每月例会集中学习时，让大家轮流阅读有关文件，并围绕热点问题展开讨论。每次例会前齐唱革命歌曲，回忆过去的峥嵘岁月；例会后抽时间，交流养生之道。从医疗战线退休的张国凯、李承跃经常给大家讲解如何预防老年疾病，为提高老同志的健康水平提供了帮助。在民主生活会上，不仅积极开展批评与自我批评，而且对党员上次活动以来在思想上、行动上的表现进行点评，对个别党员思想滑坡、不愿奉献、工作不到位等进行批评教育。老党员高正国说，批评使人进步，只有找到问题和弱点，才能使大家思想进步、行动自觉。

落实政策　温暖人心　为更好地从政治、生活上关怀和温暖老同志，姚守文带领党支部一班人做到了五个坚持：每逢传统节日，坚持邀请镇党委领导逐一登门慰问看望老党员；坚持定期召开表彰会，表彰模范党员；70 岁以上党员生日时，坚持带礼品前去祝寿；老同志生病时，坚持第一时间去看望；党员家中有困难，坚持协调有关部门，及时给予帮扶。

西虢镇有一位从破产企业退休的老同志去世后，抚恤金没有及时落实到位，姚守文及时到其家中了解具体情况，并写成材料向上级有关部门汇报，使拖欠问题得到圆满解决。姚守文关心爱护老党员，维护老党员的合法权益，使大家的心和党支部贴得更近了。

彰显优势　奉献社会　围绕中心、服务大局，协助党委、政府开展工作，是离退休党支部义不容辞的责任和义务。“人生的价值不在索取，而在奉献。”党支部活动室墙上这句话，正是姚守文带领离退休党员干部服务大局、奉献社会的真实写照。

在三夏、三秋大忙时节，姚守文组织老党员、老干部成立了

“秸秆禁烧工作队”，统一佩戴红袖箍，分包田间地块，轮流值班。在村级组织换届时，姚守文带领支部成员主动参与维护选举秩序，制止歪门邪道，确保成功选举。姚守文还组织老党员、老干部成立了“夕阳红报告团”，经常深入学校进行革命传统教育。到了寒暑假，他又与党支部成员把返乡师范专业大学生召集起来，为村里中小学生免费举办各类辅导班。几年来，有 58 名大学生开办了 28 个学习班，辅导学生达 1260 余人次。

为帮助村民尽快走上富裕路，姚守文带领党员利用农村远程教育媒体，组织青年农民学致富技术，与工业集聚区结合，为年轻人就业牵线搭桥；组织党员在各村文化中心担任图书管理员，组建青年篮球队、老年舞蹈队等，丰富了村民的业余文化生活；与镇党委结合，在全镇开展“敬老工程”，制定村规民约，规定老年人赡养标准，开展争做“好子女、好儿媳、好老伴”评选活动。近年来，全镇各行政村共开展义务为老年人服务活动 2300 余次，组织孝贤媳妇做报告 45 场，为 70 岁以上老人登门祝寿 320 人次。针对西虢镇农村的一些不良风气，支部组织老党员在各行政村组织开办“和睦家园”大讲堂，讲文明、树新风逐步开展起来，有效地防止了不良风气的蔓延。

桃李不言，下自成蹊。姚守文是西虢镇离退休干部党员的“领头雁”。在他的带领下，该支部连续 10 年荣获孟州市先进党支部称号，多次被焦作市评为先进党支部、关心下一代工作先进单位，先后两次被评为“全省先进离退休干部党支部”和“全省关心下一代工作先进集体”。姚守文也被评为焦作市关心下一代工作先进工作者、焦作市关爱楷模、孟州市模范人大代表、孟州市关心下一代工作先进个人、孟州市和西虢镇优秀共产党员。

（刊登于《老人春秋》上半月刊）

党建领航　红心向党

——记濮阳市华龙区黄河办黄河北社区离退休干部党支部书记刘官训

“他为支部的事操碎了心，这样负责的书记不多见。”“要不是他，我们这些老党员还是没人管！”“这个人可靠实在，我们信任他！”……在濮阳市华龙区黄河北社区退休干部党支部，提起刘官训，老同志纷纷竖起大拇指。他为人热情，热心小区的公益事业；他自发担任小区调解员，在群众中有很高声望；他积极引导老同志从家中走出来、学起来、动起来、乐起来，带领离退休党员在社区内搞志愿服务活动、参与维护城市交通秩序、监督辖区网吧等文明城市创建活动，深受居民好评。他就是濮阳市华龙区黄河办黄河北社区离退休干部党支部书记刘官训。

建立党支部，重找组织温暖。华龙区黄河办黄河北社区有离退休党员 45 人，2007 年工厂改制，致使这些党员 7 年多无人管理。老党员们整天无所事事，打不起精神。作为原厂纪委书记，刘官训看在眼里，急在心中。他向上级部门反映情况，说党支部是党组织开展工作的基本单元，是党全部工作和战斗力的基础，是团结群众的核心、教育党员的学校，要尽快成立党支部，把老党员的思想统一起来。市、区、办事处三级党组织非常重视，很快将 45 名老党员的组织关系全部转到黄河北社区。2016 年 12 月 1 日，社区离退休干部党支部成立，刘官训担任离退休党支部书记。

离退休党支部成立后，为便于联系，刘官训按照居住远近和年龄大小的原则，将党支部分成五个党小组。同时，在他的积极申请下，上级部门拨出活动经费，为老同志准备好设施齐全的党员活动室，还有棋牌室、阅览室和乒乓球室等休闲娱乐场所。老党员的心得到凝聚，重新找到回家的感觉。

抓制度建设，确保活动开展。有了活动场地，刘官训马上在党支部订阅不少党报党刊。给每名离退休党员发放了学习资料、笔记本和笔，并在党员活动室给每人准备了专门摆放学习材料的地方，既方便查找也便于保存。

面对离退休干部党支部建设的新形势、新任务和新要求，按照基层组织生活落地工作法的要求，刘官训要求党支部成员以集体学习和自学相结合，真正将“两学一做”做到常态化、制度化。他带领支部成员认真落实“三会一课”制度，定期召开支部委员会、党员大会和党小组会议，认真学习党课，按时按月缴纳党费。用党的理论来武装自己，用党章党规来约束自己。

对于那些行动不便的老党员，刘官训及时将学习材料送到家中，方便老同志个人自学。为保证学习质量，刘官训还会带领支部成员定期到老党员家中走访。当了解到老党员张志峰因病住院治疗时，刘官训立即与支部成员带着慰问品到医院看望。80 多岁的老党员温进升，长期卧病在床，刘官训和支部成员多次到他家中看望，了解其思想状况，生活困难时，逢年过节还会送去慰问品，让他感受到组织的关怀。刘官训的细心得到了老党员的普遍认可，老党员遇事有人管，倾诉有人听，权益有人护，党支部变成老党员心里的“家”。

常组织活动，激发支部活力。刘官训针对社区离退休干部党支部的实际情况，保证党支部活动常开展，又突出趣味性。4 月份组织老党员举办了棋牌比赛，5 月组织老党员到清丰单拐参观学习，6 月开展包粽子活动，7 月组织清洁家园志愿服务，9 月组织老党员赴兰考县焦裕禄纪念馆参观学习。刘官训甚至尝试进入楼幢或家庭开展活动，让行动不便、卧床的老党员也能参加。

组织老党员赴兰考焦裕禄纪念馆考察学习时，刘官训研究路线，承包车辆，联系保健医生随行，还为有糖尿病、低血糖的老党员准备了水果食品药品等。他利用晚上时间，登门入户征求每位老党员的意见。每件事情刘官训都亲力亲为，老党员感激地说："书记把所有的事都想到了，我们怎能不放心！"在焦裕禄纪念馆，老党员仔细聆听焦裕禄同志带领兰考人民战风沙、斗内涝、治盐碱的感人事迹，体会焦裕禄同志迎难而上、敢于担当的品格。在认真观看展品和图片，缅怀这位把毕生精力献给党和人民的模范共产党员之后，大家热血沸腾地重温了入党誓词。老党员们对此次活动大加赞许，纷纷表示要继续发扬革命精神，继续发挥余热，以更加饱满的热情为华龙区事业的发展增添正能量。

刘官训组建起老党员志愿服务队，参与城市创建工作，参与社区管理。通过让老党员参加社区重要会议，组织引导他们做好党的政策的宣传员和群众诉求的收集员，引导老党员给党组织和经济社会发展提意见、献良策，充分发挥广大老党员"智囊团"和"参谋部"的作用。在纺织厂生活区业主委员会改选中，上一届业委会不想交权，新的业委会想参与人数又较多，以至于改选难度加大。刘官训带领老党员积极做居民的工作，与参选人员沟通，最终使得业委会成功改选。

老党员志愿服务队还在开展清洁家园志愿服务活动、宣传文明城市的创建工作方面做出了努力。老党员刘世献在晨练时，发现马颊河有一处暗道正在排污，立即给街道办事处反映，办事处及时处理，避免了污染事故的再次发生。在 2018 年国家卫生城市复审工作中，老党员们不怕炎热、不辞辛劳，亲力开展清洁家园志愿服务活动，带动小区居民自觉加入卫生城市的复审工作中来：清除杂草160余处，清理小广告220多处，居民参与人数达800多人次，充分发挥了老党员的模范先锋作用。

刘官训在平凡的工作岗位上树立起一名离退休干部党员的良好形象，赢得大家的广泛赞誉和组织的充分肯定。党支部的自我组织、自我管理、自我教育、自我监督能力，在他的带领下不断增强。华龙区黄河北社区离退休干部党支部先后被评为区级先进离退休党支部、市级先进离退休党支部示范点。回望从前的工作，刘官训笑着说："要当好一名党支部书记，首先要做好一名优秀的共产党员！"

（刊登于《中国老年报》）

真诚的品格　求实的作风

——记许昌市公安局离退休干部党委书记杨炳占

许昌市公安局现有离退休干部486人，党员干部405人，约占离退休干部总数的83%。2012年改选换届后，杨炳占同志担任了离退休干部党总支书记，当月就采取分级管理方法，按照"统一领导、分工负责、精细服务"的原则，结合离退休干部工作实际，将工作调整为由政治部和老干部离退休前所在单位共同服务和管理的模式，形成齐抓共管的局面。2016年，许昌市公安局离退休党总支升级为离退休党委，下设2个党总支、26个党支部。在杨炳占的带领下，选举产生新的支部书记和支委，选派在职人员担任专职副书记。之后，他又将3个老干部活动室进行升级改造，实现了老干部活动场所的制度化、规范化，为离退休干部党委开展各项活动创造了便利条件。

营造支部氛围，夯实工作基础。如何激发基层党组织的活力，营造良好的基层党支部文化氛围是重点也是难点。杨炳占给自己提出了四个要求，做党性原则的“明白人”、关爱干部的“贴心人”、以身作则的“带头人”、廉洁自律的“公家人”。

“没有规矩，不成方圆。”行之有效的工作制度是加强各个支部建设和党员管理的重要前提，杨炳占紧密结合实际，向市局领导反映，并征求老同志的意见，在此基础上逐步形成一套比较齐全、规范的离退休干部党委工作制度。首先做好“一册”，即整理各个党支部老党员、老干部花名册，登记清楚老同志的健康和家庭状况。其次是“二联”，即由支部书记联系各支委成员，再由各支委成员联系离退休人员的联系制度。然后是“三走访”，即老同志住院必走访、遇到事情必走访、传统节日必走访。最后做到“四登记”，即各种学习要登记、各种活动要登记、各种花费要登记、好人好事要登记。

老同志行动不便，杨炳占以离退休干部党委的名义向上级建议，每月定期安排理发师到活动室为老干部理发，警官浴池每星期四全天向老干部开放，每月的报纸杂志和报销的医药费也由老干部工作人员送上门。保证让每位离退休党员组织有归属、活动有人管、困难有人帮，真正把离退休干部党委建设成为“离退休党员之家”。

坚持思想建设，提高政治素养。思想是行动的主导，杨炳占十分注重老党员、老干部的理论学习。为使老同志做到离岗不离志、退位不褪色，杨炳占坚持落实“三会一课”制度，认真开展“不忘初心、牢记使命”主题教育，并围绕党和国家的重大事件及时组织学习、开展活动，使老同志都能了解掌握科学发展观新的理论知识，提升老党员的理论政治素养。他还创新学习方法，精选学习材料，确立宣讲课题。讲完课后，由组织支部书记谈认识、说看法、讲体会，使大家的思想得到升华；再由支部书记召开会议，将学习内容传达给离退休人员，切实增强离退休干部的政治荣誉感、组织归属感。2018 年就有 10 名离退休干部被许昌市公安局评为优秀党务工作者，39 名离退休干部被许昌市公安局评为优秀共产党员。

丰富文化生活，积极发挥作用。组织开展符合老年人身心特点的健身活动，促进老党员、老干部的身心健康，保证他们老有所乐是党委的重要工作之一。杨炳占在老同志中倡导“文化养老，趣味健身”。他以离退休党总支为依托，按照老干部党员的兴趣爱好，先后成立了老同志自我管理、自我服务的文体小组。组织的健全使老干部文体生活成果丰硕，退休民警多次在市警察协会举办的活动中获奖。

杨炳占号召老同志把离退休后的岁月作为自己的第二青春，积极奉献社会，在奉献中创造价值。退休党员黄玉栋自退休以来十几年如一日，在城市管理督导工作中发挥积极作用。退休党员、原刑侦支队支队长骆盘根，利用自己丰富的刑侦经验，先后参与侦破 28 起在全省乃至全国有重大影响的案件，被聘请为全省刑侦专家。退休党员郭德卯、毛宗顺，根据亲身经历参与《许昌公安史志》一书的编写，十易其稿，填补了许昌公安机关没有历史专著的空白。

从杨炳占任离退休干部党委书记以来，他为老干部党员解决生活思想等实际问题无数件。老党员把离退休党委、党支部看成自己的家，有心里话愿给组织说，有困难愿找组织帮助，杨炳占靠真诚和实干赢得了老干部的信任和拥护。许昌市公安局老干部工作和支部工作多次受到省委、省公安厅、市委老干部局的表彰。他作为一名基层党支部书记，没有什么丰功伟迹，只有踏踏实实扎根基层、牢记使命的身影。

愿以余热暖人心

——记河南省舞阳县姜店乡离退休干部党支部书记刘玉录

2013 年 7 月，热心肠的退休教师刘玉录被推选为河南省舞阳县姜店乡离退休干部党支部书记后，扎实推进党支部制度化、规范化建设，并带领支部树立起新时期老党员的良好形象，使老党员组织观念常存、工作生活常乐、为民之心常在，同时为建设美丽乡村多做贡献。

抓机制，强管理。姜店乡地处偏僻，现有离退休干部党员 29 人，再加上后来各个企业退休回到原籍居住的 17 名党员都归到党支部统一管理，这些老同志分布在全乡各行政村，工作阅历、思想状况参差不齐。为了不让组织观念淡漠、思想褪色等现象在老同志身上发生，刘玉录从加强组织建设、健全管理机制着手，确保每一位老党员政治立场坚定。

刘玉录根据老党员在职时的工作属性，将支部党员分成教育、企业、党政等不同小组。支部每月定期召开党员学习会，各党小组坚持每季度召开一次生活学习会，年底召集离退休人员开一次年会。这样既便于支部活动的组织，也大大增强了支部的凝聚力，老同志因此更主动参加组织生活。在支部各项活动中，刘玉录认真履行工作职责，精心组织实施，不少事情都亲自动手，既不推诿，更没怨言。

为主动架起老党员与乡党委之间相互理解、相互支持的桥梁，刘玉录建立了“双向沟通”机制，乡党委书记和党委委员经常参加离退休干部党支部的学习和会议，及时向老同志通报乡里的重大事项、重要工作，虚心听取老同志的意见。刘玉录也定期将老同志的建议向乡党委反映，并积极配合乡党委，做好离退休党员的思想工作。每年春节期间，刘玉录都同乡党委、政府领导到老同志家中慰问，平常的生日祝贺、患病探望，从未遗漏间断。

抓活动，增活力。自担任支部书记以来，刘玉录在支部实行学习活动日、主题党日、党费收缴日“三日合一”。每月主题党日，按照上级党委确定的学习活动主题，带领老同志一起学习。从重温入党誓词，到谈变化、话发展，从学习十九大精神和习近平新时代中国特色社会主义思想，到引导老党员自觉地紧跟时代步伐，刘玉录始终与党中央保持高度一致，并一一认真地做出安排。

对因居住较远或行动不便而不能参加学习的党员，刘玉录不顾自己年迈，骑着电动车，一家家把党报党刊或学习资料送到老同志手中，同时也把支部有关工作要求传达给每一个党员。居住在九街镇的88岁离休干部李寿卿，因居住较远不便参加学习，从刘玉录手中拿到学习材料后，一个劲儿地说：“我得赶快看看，学习上我不能掉队。”

丰富的娱乐生活是实现老有所为的重要途径之一。考虑到老党员的身体状况，刘玉录从实际出发组织活动，以“简便、易行”为宗旨，增强党员队伍的活力。建设党员活动室时，他多方呼吁，争取乡政府资金支持。在室外为老同志修好了门球场，配备了各种健身器材。

根据老同志的兴趣爱好，刘玉录在老同志中成立了不同的兴趣小组，月月有活动开展。他还担任了乡老干部门球协会会长，积极做好管理和服务工作。姜店乡门球队连年在县老年人门球比赛中获奖。刘玉录组织老同志参加县里的钓鱼、象棋比赛，也都获得了较好的名次。

献爱心，送温暖。离退休干部党员大多年迈体弱，很需要组织的关心。为此，刘玉录专门建立了自我关心、自我服务工作机制，坚持做到“学习、交心、解难”三位一体服务管理方式。他专门制作了“联系卡”，将支委成员的姓名、电话、住址印到卡上发给每名老干部；将每名老干部的生日、身体状况、兴趣爱好、联系电话等信息印到卡上发给支委成员，以方便支部与老党员随时联系。老同志说，有了这张卡，就像有了常年跟在身边的儿女，心里踏实多了。

自担任姜店乡离退休干部党支部书记以来，对患病住院、家庭困难的离退休干部，刘玉录或带头捐款，或帮助寻医问药，协调解决实际困难。2015 年，当他听说一位老党员的儿子因病去世，家里还有两个尚未成年的孙子孙女，一家人生活陷入困境时，刘玉录立即在党支部开展爱心救助活动。短时间内，收到捐款 2000 元。后来，他又向县民政、关工委、宋庆龄基金会等部门反映。得到了救助后，老同志一家感动万分。刘玉录曾先后向慈善、工会、妇联等部门反映、申报，为 5 名遭遇重大变故的老党员家庭提供助学、医疗救助资金超过万元。

讲奉献，展风采。“在群众眼里，党员形象就代表了党的形象，因此我们的一言一行都应该注意，要做到立党为公、一心为民。”刘玉录这样说，也这样做。他带动全体离退休党员为家乡建设贡献力量，老有所为成了老党员们展现风采的重要方式。

冻庄村地势低，乡里修围村公路时，没有处理好村口路面与公路连接的地方，高低悬殊，致使村民出行受到影响。刘玉录买来水泥，找来水泥工，自费修路，为村民提供方便。麦收时节，刘玉录常在田间地头巡逻。有一天，刘玉录发现一片长势良好的未收的麦田，不知何故已被火烧了 30 多米，火势还在蔓延，后果不堪设想。他及时打电话通知镇村干部，反映这一情况。有关人员迅速赶来扑救，为村民减少了经济损失。

在刘玉录的影响下，离退休干部党支部的老同志也在为家乡发展贡献自己的力量。支部成员董国欣是董寨村老村党支部书记，他协助新书记搞好 800 多亩土地流转，使村民每亩地增加 300 多元收入。乡党委书记张奇峰多次说，姜店乡的经济发展和社会事业的进步，包含着全乡老同志的默默奉献与耕耘。

以党建，促关建。在做好离退休干部党支部工作的同时，刘玉录还带领老同志积极开展关心下一代工作。

李湾村地理位置特殊，姜九路从村庄中穿过，乡实验学校背靠澧河，校门正对公路，交通、溺水事故时有发生。刘玉录组织老同志义务充当“交警”，轮流值班，帮助孩子们安全上学放学，且不定时到河滩巡视。从 2016 年 11 月巡视开始，再未发生一起交通事故。夏季，为了预防青少年溺水事故的发生，尽管村委会已经在河边挂出了警示标志，刘玉录还是安排老同志轮流值班，不定时到河滩巡视。由于防护得力，村里两年多没有出现一次险情。

2016 年，在河南省关工委、河南省关心下一代基金会、郑州市第一人民医院联合组织开展的“精准扶贫护苗行动”活动中，刘玉录带领支部成员，半个月时间跑了 32 个村子，统计全乡 1～4 岁患有心脏病的婴幼儿，最终促使 5 个患有心脏病的婴幼儿得到了免费救助。留守儿童的关爱工作也不能忽视，刘玉录与老同志认真摸清各村“留守儿童”的情况，详细了解他们的生活、学习和家庭情况，制定“留守孩子”档案，结对关心其生活及学习情况，解决实际问题，促进他们的健康成长。

刘玉录为党的事业奉献着心血和汗水，他多次被评为县乡先进老干部工作者和优秀共产党员。姜店乡离退休干部党支部多次被评为县老干部工作先进单位，2014 年荣获全省离退休干部先进基层党支部，2018 年被评为漯河市老干部工作先进集体。

（刊登于《老人春秋》上半月刊）

老骥伏枥　勇当先锋

——记河南省卢氏县东明镇离退休干部胡有方

胡有方退休前是河南省卢氏县东明镇中学校长。当年，凭着一颗对党忠诚、服务群众的热心，胡有方被选举为东明镇离退休干部党支部书记。十多年来，他组织党员创先争优，切实发挥先锋模范作用，进一步增强了党支部的凝聚力，各项工作做得有声有色。2016 年，他所在的支部被三门峡市委组织部表彰为“五好”党支部。胡有方也多次被上级党组织评为优秀党员，被省委组织部、省委老干部局表彰为离退休老干部先进工作者。

建章立制，强化政治学习。东明镇地处城乡接合部，全镇下辖 21 个行政村，仅离退休干部职工就有 270 余人，其中党员 49 人，是卢氏县离退休干部职工人数最多的乡镇。为了全体离退休老同志都能有效地参加学习，胡有方根据现状，采取了集中、分散、微信平台互动以及下村入户送学四种形式开展学习活动。

党支部下设3个党小组，每月15日确定为党员活动日，每季度召开一次党员大会。按照就近连片的原则，全镇建立了8个学习小组。他建立了“东明镇离退休干部微信群”，利用微信平台发布活动信息，进行互动学习交流。对于年老体弱、行走不便的老同志，他将订阅的《老人春秋》《老人报》等邮寄上门，使他们可以随时了解党的方针政策和时事新闻。

胡有方和支委成员梁建民、王忠旭，经常到各组了解老同志的学习生活情况，及时掌握他们的所思所想所需。年逾九旬的离休干部刘希贤，长期卧病在床，胡有方为他送去学习资料，并与他交流谈心。每当刘希贤接过学习资料，脸上总会露出兴奋的表情：“老胡想我所想，送我所需，给我送学习资料，让我感受到自己仍是组织的一员，仍然生活在集体之中。”

在胡有方的倡导下，在镇党委政府的大力支持下，镇离退休干部党支部每年都会举行一次主题活动。2017年建军节，党支部组织老同志们到本镇东营村、北苏村，参观新型农村产业升级典型，让大家亲身感受了新时代农村农业的变化和给农民带来的好处。2018年“七一”前夕，他们又组织全体老同志重走长征路，到豫陕交界处红二十五军长征军部旧址——兰草，感受老一辈革命者建国创业的丰功伟绩。激发老同志的热情，让他们力所能及地发挥余热，为新时代添砖，为改革开放加瓦。

党的十九大胜利召开期间，胡有方组织全体党员收看电视直播，认真学习。他要求每个老党员都要发扬党员的先锋模范作用，积极参与协助各村党支部开展活动。为使全体离退休党员干部加深对十九大精神的理解，支部开展了“学习十九大、认识十九大”知识竞赛活动，49 名党员全部参加。通过知识竞赛，大家提高了对习近平新时代中国特色社会主义思想的认识。

胡有方带领支部成员组成宣讲团，深入村组宣讲十九大精神。去距离县城十余公里的行政村宣讲时，正值雪后，道路被大雪覆盖，行走十分困难。胡有方冒着严寒徒步，按时赶到会场，与会听众深受感动。胡有方带领宣讲成员跑遍了全镇 21 个行政村，受众达万余人次，160 多人在宣讲后谈了心得体会，收到良好的社会效果。此举激发了当地群众学习十九大精神的热情，他们决心脚踏实地，勤劳致富，遵纪守法，为东明镇的经济社会发展做贡献。

量化考评，营造良好风气。胡有方的七个子女都尊老爱幼、团结和睦，他以自己良好的家风在孩子成长过程中的重要导向作用为范例，创新教育方式，把宣扬良好的家风融入党建管理工作中。他带领支部一班人深入探讨，率先在东营村搞试点，将此工作作为农村党员考核管理的一个方面。把遵纪守法、孝亲敬老、家庭和睦、邻里和谐、办实事好事等内容分成条目，分项记分，村支部每月考评一次。每个党员每年积分为 10 分，年度考核加 10 分的，视为优秀党员给予评先表彰；扣 4 ~5 分的，责令整改。通过积分量化管理，将全体农村党员的积极性充分调动起来，改善了村里的风气，新气象不断出现。

赵聪理的母亲生病住院，本该由兄弟三人一起承担的护理照顾义务以及住院花费，他一人承担。母亲去世后，父亲的衣食住行他仍细心照料，亲力亲为。赵聪理孝敬父母之心被乡邻称颂，成为大家口口相传的榜样。常年在县城打工的赵雅怡，人在外心在家。她发挥有文化懂电脑的优势，经常帮村里打印材料，收发邮件，整理档案。周末回村，她还主动为村里的高龄老人洗脚剪趾甲、拆洗被褥等，群众夸她是助人为乐的好媳妇。妈妈怎么做，孩子怎么学，赵雅怡的孩子也被学校评为“最美孝心少年”。

贴心关怀，情暖党员心田。组织开展适合老年人的文体健身活动，促进老党员、老干部的身心健康，保证他们老有所乐，是支部的重要工作之一。这项工作倾注了胡有方很多心血。十几年来，他跑资金，要项目，建球队，组织比赛，把离退休干部的文化娱乐生活搞得有声有色、精彩纷呈。

在胡有方的多方联络协调下，总投资 28 万余元的江渠村灯光文化体育广场建成了，他自己也为工程捐赠了 1000 元。现在，这里可以同时开展篮球、门球、乒乓球等多种体育项目，不光老年人在这里健身活动，村民也把这里当成了文体活动中心。如今的东明镇，共分布着 9 个体育广场、6 个标准篮球场、4 个乒乓球活动室。镇里 5 个行政村被评为县级全民健身示范村。胡有方带领党员组成 11 个老年文艺活动团体，活跃在当地的赛场上，成为农村农民文艺活动的一张亮丽的名片。有了好的活动场地，胡有方先后策划了四届县农民运动会，丰富了群众的文化生活。东明镇先后被评为省、市、县文化体育活动先进镇，胡有方也被评为市、县文化体育先进工作者。

逢年过节是胡有方最忙的时候。他要想方设法，跑前跑后为长期生病的离退休老党员解决实际困难。仅 2017 年，胡有方就多渠道筹措了 9000 多元。他在调查中了解到，离退休干部中有 6 人多年卧病在床，需专人护理；有 15 人行走不便，需有人给予照顾；还有 18 人家庭经济比较困难，子女给予帮助有限。于是过年过节时，胡有方都会带上慰问品去探望他们，使这些老干部感受到组织的关怀。

2017 年腊月二十三，胡有方拖着病体，随同镇领导冒着漫天飞雪走访慰问离休老干部。当他们把党和政府的温暖与关怀送到郭炳卢家里时，90 岁高龄、有着 60 年党龄的郭炳卢热泪盈眶，把新一年的党费郑重地交到胡有方手上，以此表达他对党的忠诚。

胡有方已年近八旬，曾多次住院治疗，但只要病情稳定，他便又投入到老干部党支部工作中，以一个共产党员的坚定信仰，践行着对党的事业的热爱。

（刊登于《老人春秋》上半月刊）

当好领头雁　做好掌舵人

——记南阳市水利局离退休干部党支部书记王明州

南阳市水利局老干科退休干部王明州，自担任离退休老干部党支部书记以来，始终保持退休不退志的干事创业热忱，忠于党的事业，热心南阳水利事业发展，积极组织引导老干部党支部工作，为社会发展贡献力量，为公益事业发挥余热。王明州不辞辛劳，多年如一日，一心扑在党的事业上。在他的带领下，南阳市水利局离退休干部党支部多次被省、市评为基层先进党支部。

老有所学，学有所得。在南阳市水利局离退休党员干部中，80 岁以上的有 20 多人。为了创造良好的学习氛围和培养健康向上的生活态度，王明州根据老干部的年龄结构、身体状况，制定了组织制度和学习制度，及时组织大家共同学习。离退休干部党支部以“三会一课”制度落实为依托，严格党内生活，做到开展正常、规范有序。坚持每季度至少召开一次支部党员大会、一次支委会，每月组织党员上一次党课，每半年召开离休党员扩大会议，重大节日再召开座谈会。

离退休党员学什么？如何学？这也是王明州关注的问题，他把习近平系列讲话、十九大精神等学习资料发放到离退休党员手中，每次集中学习他带头谈学习心得体会。离退休党员干部中80岁以上的人有20多个。现在，学习时间安排合理，学习内容丰富多样，绝大多数老同志都能准时来参加。

支部采取集中学习与分散个人自学相结合，研读文件与撰写心得相结合的学习方式，让绝大多数老同志都能准时来参加党支部的活动。老同志在一起，不仅能谈谈学习体会，还能会会老友。他们纷纷表示，我们国家正在走向繁荣富强，一定要珍惜这美好时光。王明州的做法有效地稳定了老干部的思想。

不忘初心，思想坚定。南阳市七一路街心公园位于闹市区，是供市民休闲娱乐的场所，来这里活动的退休干部很多。王明州在此晨练时，听到几个他认识的退休干部在议论共产党的干部如何腐败。王明州走到他们中间，笑着说："我说几位老哥，咱都是党员，在大是大非问题上要有坚定的立场，对背离党性的言行要有鲜明态度，这是每个共产党员应有的基本政治觉悟。懂规矩才有定力，守规矩才不乱方寸。自党的十八大以来，中央对腐败采取强高压态势，反腐力度明显加大，成效卓著。党中央都做出打铁还需自身硬的庄严承诺，以猛药去疴、重典治乱的决心推动全面从严治党。咱入党时间长，受党教育多年，尤其应在守纪律讲规矩上起到引领作用。现在社会风清气正、人民生活稳定，咱们是从苦日子走过来的，要珍惜美好生活，传播正能量。这才能提高社会正气，益人益己。"王明州一番话讲完，几个老同志竖起拇指表示赞同，"老王讲的是这个理，咱们一定不传谣、不信谣，坚持传播正能量"。

在王明州的影响下，离退休干部党支部充满正气，积极向上。

支部副书记张英德在职时从事信访工作，因工作出色，退休后被返聘到原岗位。他不计报酬，一如既往地认真负责，及时化解矛盾，水务系统信访工作始终平稳有序、和谐平安。学习委员赵俊才在微信上看到不良信息时，会及时发布正能量消息，进行抵制与批驳。

关注水利，热爱生活。2008 年以来，随着国家基础设施建设力度的加大，水利事业进入前所未有的发展机遇期，水利工程发生了翻天覆地的变化，水利基础设施的保障作用得到了极大的加强和提高。那些早年退休、没赶上参加大建设的老同志仍然心系水利事业，更希望看到这些大变化。

王明州了解老同志的所想所盼，积极向南阳市水利局党组建议，组织老同志到南阳水利工程一线参观，感受水利事业所取得的成就。南阳市水利局党组十分支持，连续多年有计划地组织老同志到各大水利工程现场参观考察，满足老同志的所想所盼。

2017 年，南阳医专二附院迁到新址后，医疗设施、医疗水平均属南阳市一流。了解到院方有加强宣传、提供义诊服务的工作计划，王明州便组织水利局离退休干部到此院进行参观学习。医院本着“关爱离退休人员”的宗旨，以高度的热情和责任感积极地为老同志服务，不仅为老同志提供了优质的免费检查服务，还派院内专家为老同志讲养生课，不少老同志还与医院专家建立了沟通渠道。86 岁的刘铎荣说：“还是王书记为我们考虑得周全，他才知道我们最需要什么。”

充满爱心，助人为乐。王明州老家在唐河县农村，每年春季他都要回去住一段时间。村上的老人们都欢迎他回去，因为他在村里有威信，谁家矛盾他都能解决。村里有个 90 多岁的老太太，她儿子 70 多岁，对老母亲不管不问。王明州年年回老家都专门去劝说她儿子，对他说，孝道靠传承、靠身教。王明州的苦口婆心真的起到了效果，如今他孝敬母亲，家庭生活美满幸福。

一位退休干部患有老年脑退化症，爱人也已 80 多岁，体弱多病，生活比较困难。王明州与他家是邻居，不仅向有关部门反映，帮他申请救济帮扶，还主动承担他家部分家务。他家有事，王明州随叫随到。有时有力气活，王明州便叫上儿子一起来帮忙。

2016 年开始，一位社会爱心人士在南阳市文化路举办“爱心粥”活动，为环卫工人和流浪者提供免费早餐。王明州听说后，马上过去找老板，“你这是善举，我今天先放 200 元在这里，就算我把明早的爱心粥钱先掏了。以后，我还要多多来你这里捐款”。离退休干部党支部的同志，还有王明州的家人也都积极参与到此项活动中，通过各种途径踊跃捐赠爱心款。

在王明州的影响下，离退休老干部党支部的老同志个个充满爱心，助人为乐。现年 80 多岁的党员时明凡，退休后学会了刮痧技术。王明州碰到相关书籍资料，都及时提供给她，还帮她创造提升技艺的平台。时明凡刮痧技术日渐成熟，义务为社会人士刮痧 200 多次。党员赵载吉一直担任老干部大学的班长，课程安排、签到、报名、打扫卫生，他都包了。每次老同志要来上课，他第一个来学校开灯，给老同志准备茶水，下课时还要再检查一遍才会离开，刮风下雨也如此，从来没有任何怨言。赵载吉说：“我们的书记把工作放在第一位，生病了仍继续坚持工作，我为大家服务就是向他学习。”

王明州的工作得到了老同志们的一致好评，各级领导对他的工作也给予了充分的肯定。他本人连年被评为南阳市老干部先进工作者、水利局优秀党员。“为人要正气，做人要诚恳，办事要认真，待人要真诚，这是我一贯的办事原则。”王明州说到做到，他用无私的精神践行了一名基层党支部书记的责任与担当。

（刊登于《老人春秋》上半月刊）

小组织有大作为

——记信阳市平桥办事处机关离退休干部党支部书记周凤云

周凤云已经在信阳市平桥办事处机关离退休干部党支部工作十多年了。他根据离退休干部党员点多、线长、分散的实际，积极创新老干部党建工作思路，发挥党小组的“神经末梢”作用，筑牢基层堡垒，焕发离退休干部党组织的新活力。办事处机关离退休干部党支部多次被省、市、区评为“先进基层党支部”。

选好党小组长，提高基层党组凝聚力。平桥办事处位于信阳市平桥区委、区政府所在地，有 14 个居委会，共 10.7 万人，办事处机关离退休党员干部共有 46 人。其中年龄最大的 88 岁，最小的 56 岁。支部成立于 1993 年，老干部党员居住分散，大多数老同志处在“双高期”，组织学习教育和党员集体活动存在行动难、集中难的问题，党支部开展工作有一定的难度，离退休干部党员好似断了线的风筝。面对这些问题，周凤云认为，创新工作方法，探索延伸离退休干部党建工作触角，加强离退休干部党小组建设是关键。

按照有利于教育管理、有利于发挥作用、有利于参加活动的原则，周凤云根据地域、兴趣、功能建立了 3 个党小组。每组十多人，消除了老干部党组织覆盖盲点。在综合考虑、科学设置党小组的同时，按照党性强、威信高、身体好、经验丰富、乐于奉献、有一定特长的“六有”标准，选出了 3 名党小组组长。在党小组组长中深入开展主题实践活动，引导党小组组长当好学习教育的“召集人”、组织活动的“牵头人”、社情民意的“收集人”、化解矛盾的“协调人”、困难群众的“贴心人”、党与群众的“联系人”。切实保障了办事处46名离退休干部党员日常活动有人管、工作有人抓，真正起到了“选准一人、引领一群、带动一片”的效果。

街道的党员群众基础广泛，是联系群众的桥梁和纽带。在周凤云的带动下，党小组组长及时了解自己小组成员的思想、工作、学习和生活情况，不断发挥党小组的政治功能，引导老干部牢固树立“四个意识”，坚定“四个自信”。为了保证到外地跟子女一起生活的党员也能不忘政治学习，周凤云每次都要把学习资料整理好邮寄给他们，并保持经常联系，以有针对性地做好他们的思想政治工作。这些老同志回到家乡后，都会主动到支部汇报情况，进一步密切了党员关系，增强了党支部的凝聚力。

对生病住院的老党员老干部，不论住在哪个医院，路有多远，周凤云都会组织支部“一班人”前去看望。80多岁的老党员刘本立，常年住在外地，得知他患病住院的消息后，周凤云和办事处分管领导、党小组组长专程到他居住地的医院看望，送去党组织的关怀和温暖。刘本立十分感动，对医护人员说：“我娘家党组织派人专程来看我，党就是我的娘。”支部18位70周岁以上的老同志每年过生日，周凤云都和小组长一起带着礼品去祝贺。一件件小事，让老党员感受到了党的温暖。

开展微型党课，提高基层党组影响力。周凤云充分发挥党小组体量小的优势，把党员教育管理、服务监督等功能分解到每个党小组。每月5日是固定学习日，由于人员较多且居住分散，有的小组没有合适的专供老同志集中学习的场所。周凤云结合实际，组织老党员在老干部活动室、老干部家中、社团组织内开办“小板凳、小圆桌”微型党课。如此一来，既推进了“两学一做”学习教育常态化，又落实了“三会一课”制度，老同志们身心都回到了组织，有了真正的归属感。

为丰富老同志的精神生活，周凤云充分发挥党支部的独特优势。离退休干部党支部兼顾办事处老促会、老体协、关工委和妇工委等工作，辐射面广。周凤云便依托党小组的组织带动作用，让老同志走出去、乐起来、动起来。14 个社区居委会都成立了“老体协”组织，组建了腰鼓、太极拳、健身等中老年健身队，由办事处购买服装、音响、唱机、锣鼓等物品，累计投资近 10 万元。在春节、重阳节等传统节日到来之际，都会组织开展比赛活动，办事处老促会年年被平桥区评为先进单位。

此外，周凤云根据党小组的区域位置，让每个党小组分别联系一所学校，开展革命传统教育。每学期都要组织老干部、老党员到学校讲传统文化教育课，开展“小手拉大手”活动，并让学生家长也参与进来，大力弘扬、宣传社会正能量。用“优秀传统文化进校园”这一形式，组织辖区内学校的学生诵读中华经典。开展“寻找道德细节，进行自我教育”活动，营造浓厚的传统文化教育氛围。周凤云多次受到市、区关工委的表彰。

服务中心工作，提高基层党组生命力。周凤云注重发挥党小组的基础带动作用，使办事处离退休干部党员思想教育、政治学习走向正常化，组织活动经常化。周凤云认为，离退休干部党建工作只有融入党委、政府中心工作，才能更具生命力。所以，他以促进离退休干部党员发挥自身的独特优势为着力点，并将其融入党建工作，引导他们为当地的经济发展和社会和谐做出新贡献。

为认真贯彻落实新时代党的建设总体要求，周凤云积极建好平台，选好载体，紧紧围绕党委政府中心工作释放正能量。首先指导每个党小组开通微信，通过网络平台传播党的声音，宣传党的路线方针政策。然后分别组织党小组成员和社区老干部、部分党员群众开展学习座谈活动，把传递党的十九大精神作为着力点，点赞中央重大决策部署和改革举措，点赞重拳反腐、“一带一路”、脱贫攻坚等重大成就。同时组织支部老同志就近参观工农业生产，通过参观调研发现问题、研究问题。近年来，支部共撰写了16篇调研文章，为党委、政府做出决策发挥了参谋作用。

平桥办事处位于老城区，经济社会发展任务重，拆迁安置矛盾纠纷多。在街道集中整治活动中，周风云主动请缨，带领支部委员和党小组组长，协同办事处调解矛盾纠纷，使拆迁任务在规定时间全部完成。

周风云带领的平桥办事处机关离退休党支部，发挥党小组的基层基础作用，为传统做法赋予了新内涵。这位70多岁的老人心里始终坚持一个信念：任何时候都要“不忘初心、牢记使命”，用爱心、细心、耐心为老同志服务。他以实际行动践行着党的根本宗旨。

（刊登于《中国老年报》）

青山不老　夕阳正红

——记洛阳市公安局离退休干部“银发志愿服务队”

洛阳市公安局离退休干部“银发志愿服务队”自2010年成立以来，坚持以“学雷锋”为主题，以“奉献、友爱、互助、进步”为宗旨，积极投身志愿服务活动，受到社会各界广泛好评。目前，他们累计服务社会群众2000余人次，先后荣立集体二等功1次、集体三等功2次，多次受到省市表彰。2014年，洛阳市公安局离退休干部党支部被中组部表彰为“全国离退休干部先进集体”。

传播牡丹文化 服务中外游客

“中国洛阳牡丹文化节”是一个融赏花观灯、旅游观光、经贸合作与交流为一体的大型综合性经济文化活动，已升级为国家级文化盛会。它是洛阳经济发展的一个平台、展示城市形象的窗口，更是洛阳走向世界的桥梁和世界了解洛阳的名片。因此，牡丹文化节期间，保障治安有序和交通通畅非常重要，也是“银发志愿服务队”最忙碌的时候。他们以饱满的热情和高度的责任感，积极投身到宾客迎接、应急支援、交通协助等活动中，义务为国内外游客提供力所能及的帮助，为创建平安洛阳和牡丹文化节的顺利召开贡献力量。

2016年4月16日上午，“银发志愿服务队”的队员们穿着统一服装，戴上小红帽，来到王城公园这个最主要的观光景点之一，有条不紊地布置服务点，把开水桶、旅游地图、安全防范宣传册、平安建设宣传册有序地摆好。

正在这时，一位日本游客拿着地图来到服务点，从零星的、碎片式交流中，队员们大概了解到这位游客下一站要去洛阳博物馆，但不知道怎么走。此时，有个游客说了句“不要帮助这个人”。服务队却对围观游客说：“不管是哪个国家、哪个民族的客人，只要带着友好目的来到洛阳，就是我们的朋友，我们应该热情接待、周到服务。”服务队担心这名游客迷路，干脆把他送到附近公交站点，又送他一张交通地图。这位日本游客频频鞠躬致谢，上了车还向

“小红帽”们竖起大拇指。

志愿者为日本游客指路

一位游客把捡到的提包交到服务点，队员们做了详细登记后，打开提包查看，里面有两本法国护照，是一位法国朋友不小心遗失的。服务队立刻到游客中心，通过广播寻找失主。连续播放很多遍之后，依旧没人认领。这时，一名队员突然想到，会不会这位游客听不懂汉语？可是广播员又不会法语。另一名队员便给出入境管理处的民警打电话，让他们录段法语语音发了过来。法语录音播出不到5分钟，一位法国游客急匆匆来到游客中心。提包失而复得，这位法国朋友从包里拿出现金表示感谢，被服务队员婉言谢绝。

服务队队员帮助外国游客的事被《洛阳日报》、洛阳广播电视台等媒体报道之后，队伍不断壮大。洛阳市公安局原副局长王心杰说：“洛阳是个充满魅力的城市，随处可见的银发志愿者更能代表洛阳的形象。”

挽救失足青年　爱心浇灌花朵

杨留富被洛阳市公安局派驻市工读学校，一干就是 19 年。他曾经帮助过 1000 多个孩子，退休之后仍然付出极大的心血帮助这些孩子成才。

缺少父母关爱和家庭温暖的 14 岁男孩姜某成了泡吧喝酒打群架、小偷小摸不断的问题少年。他父亲觉得丢人，痛打孩子一顿后，把他送进了工读学校。谁知没几天，姜某就从三楼窗户跳上围墙，又借助围墙旁的设施逃离了学校。杨留富听说后，撂下一句："这孩子叛逆心太强，得赶紧找。"几天后，他终于在一家游戏厅将蓬头垢面、衣衫不整的姜某找回。杨留富没有责备、打骂他，而是打来热水，让姜某把脸洗干净，又买来了可口的饭菜让他吃。吃着吃着，姜某突然抽泣起来。他说从来没有人这样关心过他，在别人眼里他早已无药可救。他自暴自弃，做出一些怪异的、破坏性的行为，就是为了引起大家的注意。杨留富很理解这个孩子。这孩子本质很好，只是因为缺少教育和引导，才染上不良习惯。之后的四年里，杨留富定期去看望孩子，教导他、鼓励他，还做通了孩子父亲的思想工作，一起帮助孩子成长。

杨留富觉得这孩子其实很有正义感，也不怕吃苦，便问他想不想当兵。姜某眼睛一亮，不假思索地说"想"。于是，在征得其家长同意后，杨留富跑社区、派出所、武装部问政策、说情况、求帮助。功夫不负有心人，杨留富终于帮孩子办好了入伍手续。入伍那天，杨留富把姜某送到火车站，姜某突然拨开人群跑到杨留富跟前，趴到他耳边说："爸，我要在部队好好干。"杨留富热泪盈眶，他相信这孩子一定能变好。

果然，到部队后，姜某经常给杨留富打电话、写信，说他在部队的情况。不管受到表扬或批评，姜某都第一时间告诉杨留富，杨留富时常予以鼓励和开导。在部队，姜某获得了军事四项全能、神枪手、优秀士兵等荣誉，入伍第三年，还光荣地加入了中国共产党。如今，姜某已经复员回来，他成家那天专门把杨留富请到婚礼现场，向所有的嘉宾介绍说，杨留富是他的恩人，是他的第二个父亲。

帮助困难群众　四年雪中送炭

李锡瑞原是洛阳市公安局老城分局副局长，退休后却比上班还忙。单位、社区有任务，他第一个积极响应；群众有困难，他第一个施以援手。有人说：“老李，你一分钱不多拿，忙前忙后，傻不傻？”李锡瑞总是说：“啥叫傻？实实在在做点事，对得起良心，对得起组织。”

一位退休民警瘫痪卧床多年，他女儿自幼患小儿麻痹症，家庭十分困难。李锡瑞知道后，便主动到他家帮忙。老民警屋里光线昏暗，摆设凌乱。李锡瑞说：“今后，我会经常来看你，尽力帮你。”那些天，老民警又感冒发烧了，李锡瑞忙里忙外张罗着为他看病，并主动帮他找护工，将分局发放的救济金按时送到他家中，还定期送些柴米油盐。

几年来，李锡瑞已成为这位民警生命中不可缺少的人：冬天背他出门晒太阳，夏天帮着他翻身擦背。他家的重活累活李锡瑞都帮着干，从未有过怨言。多年的照顾，让两人结下了深厚感情，一有什么难事，这位退休民警就打电话找李锡瑞。提起李锡瑞，他总是赞不绝口。

家人受李锡瑞的影响，也时刻牵挂着这个特殊的“亲人”。儿子发了工资就给他家买水果，老伴专门去市场买鱼买肉，让李锡瑞送过去。被照顾的民警一家对李锡瑞感激不尽：“这些年多亏了老李，不知道怎么报答他。”李锡瑞却说：“我们现在是一家人，照顾自家人是应该的。”李锡瑞用无私的奉献，展现了一名老党员的本色。

自费印制卡片　助力传播美德

“银发志愿服务队”里有位老民警，老伙伴们说他是“永远年轻的革命人”，年轻人称他为“受人尊敬的好叔叔”，小朋友们喊他“可爱的‘雷锋侠’爷爷”，街坊邻里叫他“老雷锋”。他就是洛阳市公安局交通警察支队原教导员马银爵。

每到秋冬季节，总能看到马银爵拿着个大扫帚在家属院里清扫落叶、积雪。等到开春天暖和了，他又利用晨练时间到公园里清垃圾、搞卫生。夏天天热，他让老伴熬绿豆水送给街上的环卫工人。天冷了，他总会熬一大锅姜茶，送给环卫工人暖身。马银爵还时常为道路两旁的树木浇水、整土。

年逾七旬的马银爵每次坐公交车，总会有人给他让座。他觉得自己应该做些什么，让帮助他的人感受到温暖，这样才能把正能量传递出去。经过几天考虑，马银爵决定印制“答谢卡”，表达自己的谢意。他在答谢卡上写道：崇尚中华文明，弘扬传统美德。谢谢您的关照，愿好人一生平安！第一个拿到答谢卡的人，脸上的表情从诧异到慢慢露出会心的笑，伸出大拇指给他点赞。马银爵觉得自己做卡片很有意义。他说：“传播雷锋精神要从自身做起，要从一点一滴做起，小小卡片虽不起眼，但它传播了正能量。事儿再小，只要有益，咱们都要用心做。”就这样，马银爵自费印制了1500多张“感谢卡”，传递爱心。

雷锋精神作为良好的社会风尚，激励了几代人的成长。洛阳公安局离退处负责人付蕾说：“雷锋精神任何时候都不过时，我们的‘银发志愿服务队’尽自己所能为人民做好事，良善虽小，却可暖心。学雷锋，我们的社会便充满爱心，社会也越来越和谐。”

（刊登于《老人春秋》上半月刊）

光荣的使命

——他们是这样进行爱国主义教育的

洛阳市关工委爱国主义教育团有成员26人，都是来自驻洛阳部队各干休所的老红军、老八路、老解放军，平均年龄69岁，最大的94岁。他们对党、对祖国有着深厚的感情，具有坚定的理想信念，热爱教育工作，结合自己的亲身经历和体会，以“爱学习、爱劳动、爱祖国”的活动为载体，认真撰写教育教材，“讲历史、讲传统、传思想、传精神”，教育引导青少年把实现中国梦的满腔热情转化为报效祖国的实际行动。截至目前，爱国主义教育团为青少年购买捐赠《中华魂》读本11440册，组织撰写爱国主义宣讲材料27篇，共做教育报告92场次，受教育人数达98000人次，被洛阳市精神文明建设指导委员会和洛阳市志愿者联合会授予“优秀志愿服务示范团队”称号，被中央文明委评为2016年全国志愿服务“四个100”最佳志愿服务组织。

缅怀革命先烈　悉心教育后人

退休后加入爱国主义教育团的曹秀平，曾两次参加国庆大阅兵，接受过毛泽东、刘少奇等党和国家领导人的检阅。他后来担任陀螺技师，在西北大漠参加我国“东风一号”导弹的成功发射，后调入武警郑州指挥学校任校领导直至退休。曹秀平善于学习，发明的“催泪弹枪口发射器”荣获国家专利，已在部队使用。他说：“青少年是祖国的未来、民族的希望！我要尽我所能，使他们成为中国特色社会主义事业的接班人。”

每年清明节期间，爱国主义教育团在洛阳烈士陵园组织举行祭奠活动；同时，充分发挥这一爱国主义教育阵地的作用，对青少年开展爱国主义教育。清明节这天，教育团的老同志身着当年的军服，佩戴军功章，同大中专院校的学生、解放军指战员、武警官兵、企事业单位的职工等4000多人一起向烈士默哀并敬献花圈。

2016年的清明节，由曹秀平代表爱国主义教育团做《缅怀革命先烈，为实现中国梦而努力奋斗》主题报告。为撰写讲稿，曹秀平到图书馆找资料，让家人帮忙在网上查，还冒雨到烈士陵园纪念馆向工作人员求教，甚至到战役发生地实地走访体验。为力求准确、生动地反映革命先烈解放洛阳的英雄事迹，曹秀平对讲稿多次修改，逐字逐句地推敲。

2017年公祭那天下着雨，曹秀平冒雨给同学们做报告。报告中，曹秀平回顾洛阳战役的壮烈场面：洛阳守敌工事坚固，号称“金城汤池”。面对强敌，解放军攻城部队不怕流血牺牲，前仆后继、浴血奋战，全歼国民党嫡系部队青年军206师19000多人，俘虏中将师长邱行湘，洛阳首次获得解放。1948年4月5日再次解放洛阳，从此古都洛阳回到了人民的怀抱。这次战役，我军6300多名英雄的热血洒在了这片土地上，有近千名烈士长眠于洛阳烈士陵园。曹秀平语重心长地告诉同学们，革命烈士的事迹和精神是中华民族共同的历史记忆，国家和人民永远铭记他们做出的牺牲和贡献，英雄精神永垂不朽。报告结束后，同学们纷纷与曹秀平合影留念。洛阳理工学院一位同学说："曹老的报告使我更加明白，现在的幸福生活是无数革命先烈用鲜血和生命换来的。我们要继承先烈遗志，努力学习，报效祖国。"

在2016年学习雷锋活动中，曹秀平以"弘扬雷锋精神，积蓄成长正能量"为题，先后给5所小学做报告。他在做报告时，处处为同学们着想，50分钟讲课时间，不坐椅子、不喝水，一口气讲完。在讲到雷锋的钉子精神时，他还拿出事先准备好的木板、钉子、锤子，言传身教，让同学们体验，启发大家要刻苦钻研、坚韧不拔。

讲好党史国史　坚定理想信念

曹曾玉离休前任中共三门峡市委党校党委书记、副教授，1996年加入洛阳市关工委爱国主义教育报告团。20多年来，他先后撰写党史、国史等报告文章几十篇，到部队、学校、企业、爱国主义教育基地等做报告100余场，被中国关工委授予"全国关心下一代先进工作者"，两次被河南省关工委表彰为"河南省关心下一代先进工作者"，多次被评为"洛阳市关工委关心下一代先进个人"和"五老先进个人"。

曹曾玉有丰富的教书育人经验。1997年香港回归前，曹曾玉写了篇题为《迎接香港回归，促进祖国统一》的文章，引起了较大反响，从此请他做报告的单位就排起了长队。2016 年为纪念长征胜利 80 周年，他撰写了《弘扬长征精神同心共筑中国梦》。2017 年，为纪念中国人民解放军建军 90 周年，他克服不会电脑的困难，手写完成 5000 余字题为《功高盖世，誉满中华》的教育报告手稿。党的十九大胜利闭幕后一段时间，曹曾玉因病住院急救，一天一夜后才脱离生命危险。身体稍有好转，他就开始给病友和医务人员讲党史，讲党的十九大报告精神，大家深受感动。一位医院工作人员说："曹老对十九大报告理解得深刻透彻，为我们做出了榜样。我们今后一定按照总书记讲的'撸起袖子加油干'!"曹曾玉铿锵有力地说："作为党员，我要活到老、学到老、讲到老!"

西工分团 80 多岁的军队师级离休干部王钧，查阅资料、引经据典，撰写出《拔掉鬼子黄河口据点》等三篇宣讲材料，教育孩子们爱憎分明，立场坚定。老城分团副团长秦大志，因参加过珍宝岛战斗，深感生长在和平环境中的幸福生活来之不易，撰写了《讲好红军故事，传承红色基因，做好长征路上活雷锋》的教育报告材料，殷切希望青少年要学习艰苦朴素的精神，在顺境中不贪图安逸享受，在逆境中意志坚定。高新分团的李亚非配合收集的多张图片，向洛阳理工学院机械工程学院的学生做了《牢记嘱托，不辱使命》的教育报告，同学们听后纷纷谈体会、写感想，表示一定要努力学习，早日完成中华民族伟大复兴的历史使命。

名誉团长郭兴离休前是北疆军区司令员，国家抗日"一级杀敌英雄"，电影《平原游击队》中李向阳的原型。他虽已 90 多岁高龄，但仍不顾体弱多病带头学习，亲自给全团讲自己学习十九大的体会，推动了十九大精神的贯彻落实。

开展国防教育　增强国防观念

谢建新退休前是空军飞行学院的飞行教员，转业后在洛阳理工学院从事了多年的教育工作，有着丰富的教育工作经验。他知道听众最不喜欢空洞的说教，需要调动听众的情绪，吸引听众的注意力，才能让报告收到最佳的效果。所以他格外注意这几点：事先调查研究，了解听众的情况；给不同对象讲，要用不同的版本；结合自身体会，避免空洞说教；利用多媒体，做 PPT 课件；讲时精神饱满，保持老军人形象。

纪念抗战胜利 70 周年期间，谢建新从自己最熟悉、听众最想了解的角度入手认真备课，讲抗战中的中国空军和现代人民空军：从抗战初期没有完整建制的空军部队，发展到如今多兵种合成的战略军种；从一无所有到自主研制新一代战机；从飞行员严重不足到飞行员培养制度的日趋完善；还有抗战过程中取得的丰硕战果和涌现出来的英雄。

党的十九大提出，坚持走中国特色强军之路，全面推进国防和军队现代化。根据党的十九大精神，谢建新在河南科技大学和洛阳理工学院分别以《学十九大，立报国志》和《学习宣传十九大，放飞青春理想梦》为主题做报告，加强国防教育，激发青少年的爱国热情，也为实现中国梦、强军梦凝聚起强大力量。一个多小时的报告赢得了 11 次热烈的掌声，还有学生听后觉得不过瘾，专门找他请教，交流心得。河科大农学院学生李晨晨说："听完退伍老军人的讲解，作为当代大学生，我们要努力学习，与祖国同发展。相信祖国的明天会更加辉煌灿烂。"农学院学生曹家榕说："谢老师在讲座中带我们回顾了中国背负的那段屈辱和心酸历史，中国抗日战争胜利来之不易，中国空军的发展也是如此。看着谢老师带来的各种现代飞机的图片，我感受到了祖国的强大。”洛阳电视台、《洛阳日报》《洛阳晚报》还就此做了专门报道。

洛阳市关工委爱国主义教育团团长袁海潮说：“我们要在青少年中开展深入、持久、生动的爱国主义宣讲教育，让爱国主义精神在广大青少年心中牢牢扎根。”

（刊登于《老人春秋》下半月刊）

为党工作无尽期

平顶山市公安局有离退休干部 732 人。这些老同志具有丰富的政治智慧、工作经验和人生阅历，是半个多世纪以来公安事业发展的奠基者和见证人，他们身上蕴含着强大的正能量。长期以来，他们把责任镌刻心中，初心不老，发挥余热，演绎着为党工作无尽期的壮志豪情。

火眼金睛的痕迹专家

退休干部马鸿臣 1970 年入警，1972 年从事公安刑事科学技术工作，退休前曾担任平顶山市公安局卫东分局刑事科学技术室主任，所带领的 15 人团队中，先后有 9 人（次）荣立三等功，并创建了全国一级技术室，在物证管理工作方面领先全省。2004 年，马鸿臣被人事部、公安部评定为痕迹高级工程师，被河南省公安厅和平顶山市公安局特聘为“刑侦专家”。谁道人生无再少？门前河水尚能西。南方某省向退休的马鸿臣抛出高薪厚待的橄榄枝，他婉言谢绝。2009 年，他被返聘，毅然选择坚守鹰城岗位，守护百姓平安。

马鸿臣负责的辖区一位姓韩的孤寡老人，遇害三年后，人们才从塌陷的红薯窖内找到她的遗骨。面对这个无儿无女的悲惨老人，面对当地群众的激愤情绪，马鸿臣发誓一定让这位遇害老人瞑目九泉，给当地百姓一个交代。然而展现在马鸿臣眼前的只有一堆白骨、一根皮带、一双凉鞋、两件衣物，侦破难度非常大。马鸿臣仔细检查，在死者贴身衣物左前侧发现一处孔洞。经过观察，他认为，孔洞是刺切形成的。孔洞便被确定为杀人证据。很快，马鸿臣出具了全国首例纺织品刺切痕迹鉴定结论，揭开了韩某失踪三年之谜，使这起毫无头绪的“白骨案”成功告破。在审讯现场，当马鸿臣告诉犯罪嫌疑人杀人使用的是单刃刀具时，犯罪嫌疑人惊讶不已，终于低下罪恶的头颅。此案例受到国家公安部专家的高度评价，还被中国刑警学院列入典型案例教材。

那年，平顶山市区发生一起命案，疑犯具有极强的反侦查能力，实施犯罪后，还严重破坏了现场，几乎没有可以利用的物证，仅在一个洗脸盆内留下被烧得已经碳化的纸屑。马鸿臣凭着职业敏感，将这些纸屑一片一片拣出来晾干，又借助仪器认真细致寻找。果然，在几百片纸屑中发现了只有硬币大小、呈碳化状的半个指纹。当时他判断这是一枚血手印，但完全失去了 DNA 检验条件。为了印证它是不是血手印，马鸿臣把自己的手指扎破印在纸上，点燃后放入水盆做现场实验，结果与现场手印的质量完全吻合。马鸿臣认为，这枚残缺的“血迹手印”具有很高的侦破价值，但苦于没有其他证据，马鸿臣便将此保管。四年后，马鸿臣成功破获辖区另一起抢劫杀人案件。根据犯罪嫌疑人的心理特征，他敏锐判断该犯罪嫌疑人与四年前命案现场的作案手段如出一辙，但狡诈的犯罪嫌疑人拒不交代。他及时调取四年前保存的那枚“血迹手印”。经初步检验认定，那枚手印为该犯罪嫌疑人左手食指所遗留。

马鸿臣给年轻干警分析案情

当马鸿臣把精心保存四年之久的残缺血手印放在犯罪嫌疑人面前时，他的心理防线被彻底摧垮了。残缺血手印不仅直接破获了这起沉积四年的疑难命案，也迫使他不得不供认，从而得到了法律的制裁。此案例被央视一套《科技博览》栏目以《碳血手印》为题，对马鸿臣进行了专题报道。公安部专家们感慨地说：“没想到，这样的案件竟然告破在一名基层技术人员身上；没想到，当地居然能检验出技术含量这样高、检验难度这样大的物证；没想到，一个不起眼的被烧得已经碳化的小纸片，竟然能存放四年之久。”堪称全国首例通过物证鉴定技术破获的案例。

几年前，马鸿臣接到市公安局赋予的新警初任培训授课任务，而此时老伴确诊为重病，需要住院手术治疗。马鸿臣陷入两难境地，患病老伴需要照顾，积累了几十年的实践经验需要尽快传授给年轻同志。为做到两不误，马鸿臣带着笔记本电脑，利用照顾老伴化疗的间隙，在医院完成了近3万字的课件编排。老伴在病榻上忍着化疗的痛苦，仍坚持支持他的工作，直到他完成全部授课任务，没有抱怨过一句。长年累月奔波在打击犯罪、保护群众安危的刑侦第一线，是马鸿臣这位共产党员不忘初心、坚持信念的真实写照。

坚守一线的信访专家

局长说他是为领导分忧、给群众解难、让群众满意的老黄牛；年轻同事说他就像父辈和老师；信访群众说他时刻把群众的诉求挂在心头；基层同志说他是个爱岗敬业的老专家……他就是从事公安信访工作30年的人民警察杨圈。

在平顶山市的公安干警中，杨圈算得上是资格最老的信访民警。他累计接待信访群众4000余次，亲自参与化解信访案件上千余件。他虽然退休，但思想永远不脱岗，继续关心、关注公安事业的发展，开启人生的“第二个黄金期”。

鲁山县张良镇的宋某坚持去省里上访，反映其父被害一事处理不当，要求严惩凶手。杨圈接手处理了这起上访。经了解得知，该案县公安局已认定是他杀案件，但信访人对此不服。经汇报同意，杨圈第一时间调阅该案卷宗，感觉到该案在侦办过程中存在诸多疑点，需要进一步调查核实。通过对事发现场的实地察看和走访当事人，杨圈发现此案某关键证人有做伪证的嫌疑。后经重新调查取证，该证人承认了完事。案件侦查终结后，法律的公平正义得到彰显，受害者家属宋某等接受了处理结果，对杨圈的工作和付出表示感谢。

类似这样的事例还有很多，比如远赴陕西安康解救被拐妇女，到河南信阳解救3名被拐初中生，成功化解鲁山、宝丰、叶县等地数起长达十余年的疑难信访积案。“信访工作部门是直面民众的窗口单位，我们要把来访民众当成亲戚朋友来接待，把他们的困难问题当成自家的事情来办。”杨圈这样说。他其实在用爱心化解群众的心结，用正义维护着法律的尊严，用默默无闻的奉献营造着社会的和谐。

理论过硬的侦审专家

杨福昌是一名奋战在公安战线多年的“老战士”，侦审业务熟练，经验丰富。退休后，他运用工作期间经手的近千个案例、事例，参考《心理学》《犯罪心理学》及《孙子兵法》等有关理论，紧密结合公安刑事侦查办案实际，撰写出了《侦审谋略与取证技巧》一书；以心理学意义上“疑”的概念为主线，撰写出了《侦审攻心斗智》一书；以哲学“矛盾规律”的概念为主线，撰写和出版了《悟到深处尽哲理》一书。国家公安政法战线知名学者冯树梁教授亲自为《侦审攻心斗智》作序，并特别指出：“此书已远远超出了一般业务总结，它把侦审技巧的要点通过大量古今案例上升为理性概念，展现在读者面前，还以兵家之语境，紧扣心理学之原理，令人耳目一新，颇具创意。”此书荣获公安部第七届金盾文化工程金盾图书奖。

做过刑事侦查审讯工作的很多同志感受颇深地说：“侦查、审讯真是一门硬学问。”因为侦查、审讯的过程，自始至终充满和贯穿着侦查与反侦查、审讯与反审讯的矛盾和斗争，只有依靠和借助于侦审人员的谋略、方法与技巧，才能解决这种矛盾。杨福昌把自己编撰的业务书籍，无偿赠送给年轻的民警，并给他们传经送宝，传授积累多年的侦审经验，讲解侦审过程中怎样跟有头脑、有心计、具有多变特点的审查对象打交道，怎样用计谋、讲策略，与审查对象拼谋略、比智力。杨福昌不只是给年轻的民警介绍某一种侦审计谋或策略，而是帮助他们从中领悟并掌握侦审心理战术的方法和技巧，使之成为攻心斗智、有效制服犯罪者的思想武器。

平顶山市公安局信访接待大厅里，还有不少义务来服务的离退休干部。这些老同志排好班，每天保证5个人在岗。他们对群众说话和气，耐心倾听，绝不激化矛盾。近几年，老干部们平均接待信访人员900人（次），解答咨询各类问题300余个。他们认为，信访是为人民群众排忧解难的工作，解决群众反映的实际问题是信访工作的基本职责，也是维护社会稳定的根本性措施。这些老干部把责任扛在肩上，把群众装在心里。平顶山市公安局政治部离退休干部处负责人张怀正说：“老干部退休前大都工作奋战在第一线，退休后继续为平安鹰城再立新功，为党和人民的事业增添正能量，鹰城社会安定就是他们立下的赫赫战功。”

（刊登于《老人春秋》上半月刊）

丹心照夕阳　当好五大员

——记河南省宝丰县老干部联络组

河南省宝丰县老干部联络组由30多位党性观念强、工作热情高、充满活力、乐于奉献的老同志组成。他们年龄上三结合，进一步优化结构；行业上三结合，联络更有针对性；活动形式上三结合，调查研究衔接更紧密。联络组自成立以来，积极响应县委的号召，围绕有利于社会和谐安定、有利于经济快速发展、有利于国计民生三大主题，发挥“五大员”的作用，为党和人民的事业增添了正能量，为建设富强、文明、平安、美丽的新宝丰增添了浓墨重彩的一笔。

坚持当好党的政策的宣传员

老干部联络组以活动中心和老年大学为主阵地，并深入到老年朋友经常聚集的生态园、新世纪广场等公共场所，积极宣传习近平新时代中国特色社会主义思想，宣传改革开放的伟大成就，使大家牢固树立爱党、爱国、爱社会主义的思想观念。党的十九大闭幕后，老干部联络组立即将老同志们集中起来学习十九大精神。大家一致认为，党的十九大对鼓舞和动员全党全国各族人民继续推进全面建成小康社会，坚持和发展中国特色社会主义具有重大意义。联络组成员还结合宝丰县的实际情况，畅谈发展变化，展望美好未来。

赠书是老干部联络组扩大宣传的一种特殊形式。近年来，多名成员把讴歌党、展示改革开放成果、铭记当地历史的文章或诗篇，集印成册，馈赠给老同志，起到了很好的宣传效果。

89 岁的丁金水是宝丰县水利局离休干部，身体硬朗，思维敏捷，反应快速，精神矍铄。他不仅热爱新闻报道写作，而且热爱文艺创作。他反复阅读习总书记十九大报告后，挥笔写下一首表达心声的长诗，还创作了一出欢唱十九大的小豫剧。他将曾在媒体上发表的各类文章，精选编印了一册《水声华章》。2016 年。他离休后，又在多家报刊发表过的 500 余篇作品中，精选编印了一册《夕阳壮歌》，免费赠送给县老干部局、老干部学校、宣传部等 10 余家县直机关或亲朋老友。大家都说，老丁同志的文章语言朴实、通俗易懂、接地气，长文章不空，短文章有味。丁金水离休 29 年来，连获省、市、县殊荣46项，5次被评为平顶山市离退休老干部发挥作用先进个人。他说：“荣誉只说明过去，我要不忘初心、继续前进。”

平顶山市新华区滍阳古镇是应国之都。退休干部梁铭心用7年时间查阅资料，走访百余人次，编印了《应都滍阳》，使因修建水库而被淹没的应国古都的面貌重新展现在世人面前，抢救了滍阳的历史文化。离休干部张长安在党的十九大前后写了大量诗歌，赞颂祖国的大好河山，并自己出资万余元印成《长安诗篇》两册，赠给老同志阅读。年过八旬的离休干部杨松华，为了学习和宣传党的政策，自费订阅多种报刊，剪贴汇集文章近2000篇，印制成几本册子，赠予老年朋友阅读，与大家一起回顾党和国家的历史，重温党的历次代表大会盛况和老一辈无产阶级革命家的光辉形象。

坚持当好民情民意的调研员

老干部联络组经常深入机关、企业、农村座谈，了解民情民意。他们吃透情况，看准问题，然后再商讨解决办法。前些时候，联络组成员在调研中发现群众对县城交通秩序混乱、事故频繁发生的状况十分担忧。联络组成员认真调查，了解了问题的原因：一是车辆逐年增多，仅在城区就有公交车、出租车、摩的2000多辆；二是交通管理工作不到位；三是部分司机素质差，不遵守交通规则，为了争生意，抢道行驶。针对多数车主属于下岗职工和无地农民的状况，联络组认为可以通过审验淘汰一些不合格的车辆，另外加大管理力度，加强对司机的安全教育。经过沟通，有关部门马上制定了车辆管理条例，目前该条例已在全县实施。

老干部联络组对全县离退休干部中的老弱病残及困难遗孀都及

时看望慰问。宝丰县广电局退休干部王雪勤身患残疾，常年坐在轮椅上。生活不能自理。联络组成员杨松华、梁铭心经常自带礼品到她家看望，她逢人就说："联络组的老同志没有忘掉我，我深受感动!"离休干部何宪志常年住院，每年重大节日，联络组成员都专门去看望他，他总是热泪盈眶："联络组的同志这样关爱我，我的心情无以言表。"

坚持当好化解矛盾的协调员

老干部联络组当好协调员，迎着矛盾上，力争把问题解决在萌芽状态。宝丰县有 51 名企业离休干部，有些企业经济效益不佳，不能及时向社保部门缴纳医疗统筹金，造成这些老同志吃药看病难。老同志们多次反映问题，但问题仍未得到妥善解决。联络组了解情况后，及时向县领导反映，引起有关部门的重视。经研究决定，从 2011 年 1 月起，将困难企业离休干部医药费全部纳入县财政支出，彻底解决了他们的后顾之忧。

联络组成员在走访中，还发现粮食局离休干部曹万福也需要帮助。曹万福是外省人，在宝丰县工作了几十年。曹万福常年有病，卧病在床，经济也不宽裕，老两口还住在两间跑风漏雨的公房里。联络组成员立即跟粮食局领导协商。很快，粮食局为曹万福改造房屋，整修一新，曹万福全家十分感激。

坚持当好下情上达的信息员

老干部联络组把下情上达，当好信息员，作为经常性任务。凡是群众意见和要求，都能及时反映给县领导和有关部门。宝丰县城西北处的滨河公园，河水清澈，绿树成荫，小桥流水，环境优美，那是人们休闲娱乐的重要场所。但这偌大的公园里居然没有垃圾箱，也没有公厕，游人感到很不方便。厕所虽小，却关系着民生，牵连着文明。联络组及时同有关部门做了沟通，“厕所、垃圾桶革命”随之启动。

相关部门改造了滨河公园，不仅建了干净卫生、功能完善的公厕，还设置了公厕标识和导向指示牌，方便了游人如厕。另外，还在公园主道两旁、人流量大的区域摆放了垃圾桶，改善了公园的卫生，新建的厕所掩映在绿树丛中。前来游玩的人们眼前一亮：厕所造型美观，一点异味也没有。这样的滨河公园真是漂亮干净。

坚持当好经济运行和城乡建设的督导员

宝丰县委、县政府领导强调全县各个部门必须接受老同志的检查和监督。在县领导的大力支持下，联络组积极发挥督导作用。

河南大地水泥集团是宝丰县唯一的国家大型企业，是当地第一纳税大户，为宝丰县经济发展做出了贡献。但生产水泥属于高污染高耗能产业，也会造成大气污染、粉尘污染等。大地水泥集团“干法水泥生产线”上马后，联络组曾多次到现场检查督导，发现该厂“生产车间不见人，厂区环保无烟尘，余热发电综合用，节能减排最先进”，给予了热情赞扬。这也让企业倍受鼓舞，他们制定了合理的《环境与卫生管理制度》，凭良心生产，保证经营生产符合国家法规的要求，无愧于老百姓寄予的厚望。

火车站广场扩建工程涉及数百户居民的搬迁。联络组成员多次走访座谈，本着“先安置后拆迁”的原则，使赔偿资金到位兑现，住房安置顺利落实，拆迁工作顺利完成。

老干部联络组组长郭殿水说："我们首先以身示范，使老干部群体保持稳定和谐、团结奋进、快乐幸福的精神状态。我们要为党和人民的事业增添正能量，在广大离退休干部及人民群众中传递正能量。"

（刊登于《老人春秋》上半月刊）

拳拳赤子心　浓浓鱼水情

——安阳市"金色阳光拥军服务中心"侧记

安阳市文峰区有个"金色阳光拥军服务中心"，是安阳市拥军模范张艳芳倡导并自费创办的，是经市民政局批准、正式注册登记的安阳市第一个民办非企业爱国拥军社团机构。这个由个人发起、逐渐发展到八百余人参与的"拥军团队"，关心国防事业，服务人民军队，搭建军民连心桥梁，传播国防理念。拥军项目从开始的送物、送鞋垫到慰问演出，从走访军烈属到看望现役军人家庭，从慰问部队官兵到关心军队离休干部。凡是涉及军队和军人，都是这个团体的服务对象，他们共同演奏出新时代"人民军队爱人民、人民军队人民爱"的鱼水新曲。

铸造强军　心理盾牌

安阳市中科职业培训学校校长张莉是国家二级心理咨询师，2008 年曾被中科院心理所和中国心理学会聘为"心理志愿者"，赴北川参加抗震救灾心理援建工作，对参与灾区救援官兵的心理健康进行筛查，参与灾区撤回的救援官兵创伤后应激障碍的心理治疗。张莉认为，要在传统拥军送温暖的基础上表达对军人的热爱与敬重，还可用心理学做更多的事，丰富新时代拥军内容。于是，她通过“金色阳光拥军服务中心”这个平台，开始了拥军新征程。

张莉结合专业心理知识和部队官兵的具体情况，根据心理健康的标准、心理异常的表现、影响心理健康的因素，在驻安阳部队开展心理咨询、健康讲座、心理游戏等多项心理服务活动，受到部队官兵的高度称赞。驻安阳部队战士张某因为学习压力过大出现情绪低落、失眠等焦虑症状，通过张莉一对一的心理疏导，心里的阴霾一扫而净。官兵们亲切地称张莉是“走进心灵深处的大姐”。

倾情演出　暖人暖心

“简直太精彩了，没想到在部队也能欣赏到这么高水平的演出。”看完整场演出时，驻安阳部队战士小余激动不已。翻开节目单，声乐、舞蹈、相声、小品等多种表演形式共 20 多个精彩节目呈现在眼前。赵凤梅说，给驻地部队官兵送去一道道精神大餐是慰问演出的主要目的。

赵凤梅是安阳市凤舞美韵艺术团团长，也是市老干部大学的舞蹈老师。加入“金色阳光拥军服务中心”之前，小有名气的她每年都有很多“商演”。加入这个队伍的几年间，她倾情投入，为子弟兵带来许多欢乐。2018 年的“学雷锋活动日”，按原计划团队要到部队演出，出发前赵凤梅意外摔伤了胳膊。为了不耽误演出，她只在家做了冰敷，演出结束后才去就医，后被确诊为韧带严重拉伤。演出虽然苦，但赵凤梅心中明白，相对于一线官兵，她的辛苦其实算不了什么。

银行退休人员高建华的父亲是位抗战老兵。在父亲的影响下，她对军人有种特殊情感。于是，她常用歌声表达对军人的情感。2013 年春，高建华加入“金色阳光拥军服务中心”，无论是去部队包饺子还是演出慰问，她都积极参与。一次去部队慰问，刚出发，高建华便得知父亲突发急病被邻居送到医院。为了不影响演出，她不露声色，演出结束才去医院看望父亲。高建华跪在父亲病床前说：“您生病了我很担心，但部队战士们的父母远在千里之外，我要把大家对军人的爱传达到他们心里，相信您也能理解我。”病床上的父亲听到她的话，欣慰地点了点头。

军民融合　深度发展

“金色阳光拥军服务中心”曾同安阳市各小学组织开展以“中国梦、强军梦”为主题的手工制作活动，号召全市中小学生通过制作贺卡或写信等形式，把真诚的祝福送给最可爱的解放军叔叔。活动开展短短十几天，收到 1300 多封信和 100 多张贺卡。在他们的精心组织下，这些礼物通过邮局寄到驻安阳部队官兵手中，让广大官兵感受到了驻地中小学生对军人的热爱。

2017 年春节前，“金色阳光拥军服务中心”还邀请卜凡昌、陈保平、俞大风等 6 位当地小有名气的书法爱好者，给驻安阳部队某连战士家人写春联。从中午 12 点一直到晚上 9 点，共写出 100 多副春联。一位新入伍的小战士说：“来当兵就知道过年不能回家，可心里还是非常想念父母。现在有写好的春联寄回家，父母一定很开心。”

部队里也有入伍前生活在离异家庭或单亲家庭中的孩子，这些孩子是“金色阳光拥军服务中心”特别的照顾对象。某部战士小郑，父母离异，从小在自卑中长大。后来他患了腰疼病，每次训练都很痛苦。因为赶不上战友，他很沮丧，心里更加悲观。张艳芳每次来部队看望战士，都要找他谈心，告诉他一定要用阳光的心态面对生活，这样大家才更乐意跟他在一起。经过半年多的谈话沟通，小郑终于从低谷走出来，慢慢地融入集体中。如今他的精神状态非常好，正为考军校做准备。

拥军爱军　不忘初心

在服务中心这个团队里有许多热爱艺术的志愿者，他们也在用自己独特的方式默默奉献。台上是演员，台下当老师。在部队慰问演出结束后，他们常常利用闲暇时间教士兵们唱歌，为连队辅导文艺骨干，帮连队创编节目。

安阳市曲艺协会秘书长韩明礼，不光快板说得出色，编写和表演也非常优秀。有一次去县区武警驻地巡演，天气特别冷，韩明礼感冒了。但是一说要给部队演出，马上整装出发。两天时间，从汤阴到内黄，从滑县到林州，韩明礼辗转奔波。舞台上，她脱掉棉袄换上旗袍，演出结束后还要教战士们打快板。中原吉他学校校长雒红喜，得知部队有战士想学吉他，专门帮战士挑选购买，还教战士弹奏。他和战士们交朋友，打成一片，其乐融融。魏超英是安阳市曲艺协会主席，王保健是安阳市剧协副主席，他们的拿手节目是喜剧和相声，部队外出表演需要指导，两人推掉所有工作去帮助排练节目。官兵们高兴地说，希望他们多到部队来，送来更多的“精神食粮”。

“金色阳光拥军服务中心”为官兵送去的自制鞋垫3000余双、

绿豆皮保健枕600余套，慰问官兵、军属及退役军人的物品折合人民币10万余元，组织人员到驻军慰问演出以及为各学校开展国防教育宣传百余场。在安阳这块热土上，“金色阳光拥军服务中心”这朵双拥之花，将会绽放得更加绚丽多彩。

（刊登于《老人春秋》上半月刊）

头雁回归　用党性唤醒沉睡的山村

在党中央精准扶贫、脱贫攻坚的号召下，河南省鹤壁市淇县的“头雁回归”计划汇聚起广大老干部群体的力量。这些在山村长大后，在外务工经商、退休退伍、事业有成的老人，甘愿放弃优渥的城市生活，重新回归家乡，利用自己环境熟、人脉广、工作经验丰富的优势，让太行深处的贫瘠山村改变模样，使当地群众走上了致富之路。他们以实际行动诠释了共产党人始终如一的忠诚担当、为人民群众谋福利的初心。

让穷山村变成“八美”村

2014年12月，退休的冯增智毫不犹豫地推掉多家企业的高薪聘请，应淇县县委书记邀请回淇县担任贫困村第一书记，指导推进实施扶贫攻坚计划。65岁的老人沿着崎岖的山路走进阔别多年的故乡，映入眼帘的是令他揪心的一幕：饮用水管道年久失修，乡亲们吃水仅靠村头的一眼水井；庄稼熟了靠肩挑背扛，没有任何农业机械辅助；道路坑坑洼洼，一下雨便泥泞不堪，无法行走；经济作物极少，百姓靠着几亩旱地和几棵花椒树维持生计……

“外面的世界日新月异，为什么家乡还是如此贫困?”冯增智看在眼里、急在心里。从那一刻起，一团烈火在他心头燃起：要助乡亲们过上富裕幸福的日子。在挨家逐户访贫问苦后，他总结出家乡贫穷的主要原因：缺水路、缺思路、缺道路、缺财路！于是，打井、建自来水网管、修路、搞旅游等一项项计划在他的脑海里浮现。

冯增智一趟一趟地去向水利部门申请协调，一个多月后，两个自然村500口人安全饮水管道的更新入户工程顺利完工。之后，他又协调两家爱心企业投资上百万元，劈山凿石，经过三个多月的艰辛工作，开通了与外界相连的通村公路。这条道路的修建，不但让村里的孩子们能够顺利上学，也使干群之间的矛盾得以化解，这条路成了一座党和人民的“连心桥”。接着，冯增智又开始修建多条农机路，并协调农机部门捐赠农业机械三套，成立了农机服务合作社，结束了鲍庄百姓肩挑背扛、靠天收的历史。

冯增智在与村民交流

群众的基本生活有了保障，冯增智开设道德讲堂，让先进文化占领百姓的精神阵地。协调文广、教体部门建设文化广场，配置健身器材，还特地从市里请来专业的舞蹈教师，教授群众舞蹈。昔日沉闷消极的穷山沟，变成了欢天喜地的乐园。整个鲍庄村呈现出干群团结、群情激昂的大好局面。

随着考察的深入，冯增智越来越觉得，家乡的6000亩荒山是个庞大的聚宝盆。鲍庄村山秀林美，古寺院、古军寨、古柏树、古民居、古山洞、古山泉等“八古”资源独具特色，开发旅游业的条件得天独厚。山上生长着许多名贵的野生草药，可食用野菜遍地都是，开发潜力巨大。土壤肥沃的山谷可以搞农业机械化种植，山脚种果树，山腰发展林业，山顶栽耐旱的柏树，梯级开发，带状布局，把鲍庄村建成立体生态农业示范区。

美妙的设想需付诸行动。冯增智开始组织群众建成有机谷子、油葵生产基地，通过采取“荒山入股，利益分成”的合作机制，招商引资，并安排了仁用杏秋后直播种植计划。最终实现山地变工厂、农民变职工、农业收入变工资性收入、农村变城区的美丽梦想。除此之外，冯增智带领地质专家攀山越岭，为建设白虎岩文化旅游景区考察水源、钻井选址定位；带着投资设计人员攀登古军寨考察，建设罗汉山旅游观光休闲度假区；带着相关部门规划设计沿河45亩水上乐园。

村头的千年古柏下，这位睿智的老人遥望远山，凝眉沉思，一幅山美、水美、田美、业美、村美、人美、路美、景美的“八美”山村蓝图正在他的手里诞生。

让绿水青山变成金山银山

曾经的荒山秃岭，如今群峰耸翠，花香鸟语；昔日的悬崖峭壁，如今山道弯弯，风景如画。这一切源于一个叫徐光的共产党员、退休干部。

徐光当过军官，任过地方干部，曾受到胡锦涛、习近平等党和国家领导人的亲切接见。2016 年，退休后的他告别舒适的省城生活，回到阔别多年的家乡淇县大石岩村任第一书记。群众风趣地说，他戴了一辈子大盖帽，换来一顶破草帽。

比起大山深处的鲍庄村，大石岩村地理位置相对优越，靠近城镇。但相同的是土地贫瘠，经济结构单一。大石岩村共有 8 个自然村，360 户人家，1320 口人，贫困人口较多。大山上荆棘遍地，遍布其间的红山古石群、北魏石刻等各种景点因道路不通成了传说。徐光开始向大山宣战，徐光带领党员和村组干部逢山开路，遇水造桥，力争把荒山变成宝山，把山区变成景区，把穷路变成富路。

党员带起头，群众迈开步。年过七旬的村民申怀林，领着几位老人，把 13 面红旗插到大石岩村的 13 座大山上，竖起大石岩村民的精神高地和信仰标杆。年过半百的村民杨义清垫资近 10 万元修路栽树，为家乡建设贡献力量，功不可没。看到这些积极因素，徐光把村里的老党员、老模范、老教师、老军人、老家长、老骨干、老干部聚集在一起出谋划策，共商村事，并给他们起了一个响亮的名字：七老团队。七老团队成员每天举着红旗唱着歌，翻山越涧，早出晚归，成了大石岩村一道靓丽的风景。一些有时说点闲话、讲点怪话的老人也转变了观念，渐渐靠近七老团队，把负能量变成了正能量，一曲改天换地、奋发图强的乐章在这里奏响。

凝聚产生力量，实干兴村富民。山里的中药材资源丰富，花椒、核桃、柿树漫山遍野，红薯种植产量大、出芡率高，山野菜一年三季生长旺盛，非常适合旅游业附属天然资源的开发利用。徐光专门修建了“大石岩土特产集贸市场”，为山区特产提供了良好的展销平台，也为村民们带来了新的商机。他又带领干部群众探山寻路，用半年时间修建打造了“蜘蛛山”风景区和“龙凤岩”景点，并拓展了仙人峰等观光旅游线路，让沉睡千年的深山区绽放光彩。

徐光说："是淇县的山水养育了我，是太行山革命根据地的教育使我成长为一名优秀军人。人生活好了不能忘本，更应感恩回馈家乡。推进太行山革命老区的建设，实现新农村中国梦，用实干的爱心行动和奉献精神让家乡的人民都过上幸福生活，才是我的初心和目标！我要用一生时间，去建设家乡的幸福之路！"

打造"艺术东掌村"

蜿蜒的小河从村边流过，一座座石头房子古朴自然，各家各户的墙壁上画着琳琅满目的彩塑。东掌村已是小有名气的艺术写生基地。

东掌村现有1300多人，其中贫困人口548人。长期以来，由于土地贫瘠，没有经济支柱，青壮年大多外出打工，老百姓只能依靠些许庄稼与山货艰难度日。为了帮助东掌村脱贫致富，2016年3月，王之玺来到这里担任第一书记。"本打算退休后当个乡村教师，没想到却被'委以重任'。"这里曾是他的老家，父辈们都在村里长大，他和东掌村有难以割舍的渊源。

如何才能改变现状尽快脱贫？这里适合什么路子？这是王之玺上任之初常常苦思冥想的问题。通过考察，他发现这里群山环抱、山水俊秀，村中还保留着较好的明、清古民居，其他零散古民居也有30余座。有景深、有水流、有清代民居、有秀丽山体。在王之玺看来，这是一条捷径。依托东掌村山水俊秀、古民居众多等优势，搞"写生基地"，通过吸引艺术家、学生前来创作，发展绘画、摄影等艺术服务业。古建筑为爱好者研究其构造、力学性能、受力机理，提供了课题和研究实物。此外，古建筑上的门额、楹联、门楼等也都精美考究，在艺术、民俗等领域具有研究价值。通过打造

“艺术东掌”这一特色品牌，发展乡村旅游，能尽快实现脱贫。于是，王之玺马不停蹄地带领村委班子上山考察旅游路线、做整体规划。并利用自己的人脉资源，联系省内美术学院的院长、教授来此体验，大家一致认为，走这个“路子”可行。

为了营造良好的环境，王之玺先在村里治理环境卫生。为了匹配旅游，他号召农户把自家的房屋进行改造升级，比如开宾馆、建餐厅等。接下来，王之玺又请来专业人士创作大型壁画，设计造型新颖别致的村庄图标、导引指示牌，对全村进行艺术改造。村民王小五积极响应，家里很快建成能容纳 200 人的标准农家旅馆。“王书记说，今后我们村不仅有学生来，还会有很多游客。他们吃好住好，我们才能有经济效益。王书记是村里的能人，他说啥我们听啥。”

在王之玺的带领下，东掌村的面貌发生了较大变化，吸引了众多艺术家、学生到这里创作、写生，促进了村里的商业和服务业的发展，增加了村民的收入。如今，几乎每个周末都会有师生队伍来此绘画写生，一幅幅作品将东掌村的景色描绘出来。在此基础上，东掌村与多所院校的艺术院系初步达成合作意向。2017 年，东掌村被列入美丽乡村示范带。

王之玺家住郑州，回乡以来，他来回驱车奔跑于淇县与郑州之间，苦累中夹杂着辛酸。妻子常年身体不好，家里很需要他。但为了家乡父老，他甘愿如此。虽然很多工作还任重道远，但看到老百姓们能尽快地融入新事物，王之玺感到十分欣慰。党员干部群众无不感谢王之玺，跟他一起以饱满的热情、冲天的干劲向建设“富裕之村、美丽之村、幸福之村、文明之村”的目标前进。

“问题村”蝶变记

庙口镇马圪垱村位于镇北部，毗邻鹤壁淇河。该村是一个有着500多户2400余人的大村，以前曾是全县出了名的“信访大村”“经济弱村”“环境差村”。信访问题十分突出，两委干部矛盾激化，逢会必吵、议而难决、决而难行，村里也没有可支撑经济发展的产业。2017年3月，庙口镇党委结合马圪垱村的实际，积极落实县委“头雁回归”创业计划，请来了“老支书”朱国忠，他给马圪垱村带来了转机。

年近70岁的朱国忠，脸庞黑瘦，饱经风霜的面庞刻满桃核般的皱纹。他声音洪亮，很有精神，基层工作经验丰富。面对上级的信任和乡亲的期盼，他不顾亲友阻拦，放弃“读书写字种花草，听雨观云品酒茶”的生活，回村任职。朱国忠在其位、谋其政，来了就凭党性、凭良心，为改变这里的面貌奉献余热。

马圪垱村乱，根源在哪里？朱国忠为吃透情况，连续30天吃住在村里，采取“只听不表态”的方式，访遍村“两委”，干部、老村干部、大家族族长等五六十人，终于理清了思路，找到了贫困的主要原因。原因就是领导班子不团结，家族势力盘根错节，导致人心涣散，组织瘫痪，群众对干部有意见，信访事件不断。

农业、农村、农民问题是关系国计民生的根本性问题，必须始终把解决好“三农”问题作为全党工作的重中之重。理出了明晰的工作思路，工作就好做了。朱国忠默默地在心里列了计划：吃透情况、稳定局势、开展工作、配强班子、扶上一程。怎样拔起、斩断乱根？朱国忠将“稳定局势”作为根本点来抓。但俗话说：“宁管三军，不管一村。”基层工作是非常考验干部的。找到了根源，具体工作依然很棘手。

朱国忠将“稳定局势”作为根本点来抓。从此，朱国忠吃住在村里。先找家族族长谈话，说服他们配合党委工作；又与“两委”干部逐个谈话谈心，消除思想包袱，增进理解，相互团结。他要求两委干部做到“三不”：群众反映问题，不准说“我不管”；不能犯自由主义，会上不说，会下乱说；不准胡乱发牢骚，办法总比困难多。用朱国忠的话讲：“马圪垱村有得天独厚的优势，未来的发展需要大家共同努力，要把心思放在村子的发展上来。”

通过4个多月的努力，马圪垱村两委班子及村民们团结一心。朱国忠驻村仅4个月，2.6公里的村主干道建设完成，美丽乡村建设项目收尾工作全面铺开。很快，在淇河南岸的马圪垱村段，还建成了一座1200平方米的文化广场，硬化了5000平方米巷道。干部群众气顺了，村里各项工作也都有了明显起色。半年来，这个村未发生一起群众上访事件。

如今的马圪垱村，正在朱国忠的带领下，实现由“问题村”向“和谐村”转变。今后，这里还会打造集休闲、文化、游憩、观赏为一体的淇河畔乡村旅游、“诗画淇河”的品牌。

老同志们在参与“头雁回归”计划以来，打造了多个致富项目，找来上百万资金，他们修路、打井，引进经济作物，开发旅游业，让农村焕发新颜。原来的乱村稳定了，过去的穷村变富了，一个个蒸蒸日上、稳定祥和的新农村呈现出来。

一份“计划”何以在农村产生如此正能量？老同志们都说：“中国共产党人的初心和使命，就是为人民谋幸福。咱既是党员，群众需要咱，家乡需要咱，咱就得义无反顾。”话语虽简单，但非常朴实。人生的价值不能用金钱、物质去衡量，对家乡的情怀也要付诸实践。看着熟悉的乡亲的日子越过越美，家乡赶上民族复兴的大潮，那种成就什么都无法替代，这或许就是他们甘愿放弃优渥的退休生活回家乡扶贫攻坚的目的。

（刊登于《老人春秋》上半月刊）

蚕老丝不断　奉献步不停

——濮阳市重华社区离退休老干部侧记

濮阳市重华社区是市委、市政府离退休干部和职工居住相对集中的社区。辖区内有离退休老干部 120 多人，这些老同志在职时为国家建设做出了贡献，退休后始终保持着共产党人的坚定信念，仍然用火热的激情继续乐于助人、奉献社会。

还民以爱　还爱于民

李爱民是濮阳市委党校退休干部，他把满足人们的精神文化生活需求作为自己的出发点和落脚点，把感恩作为一种社会责任，积极传播正能量。

2014 年，李爱民拿出 10 万余元积蓄，把老家宅院建成了“爱民文化大院”。他还在村里组建了文艺表演队，通过秧歌、戏曲等形式传播忠孝传统文化，丰富百姓的文化生活。此外，李爱民又租用一套民房，建立起“爱民文化园”。他邀请知名书画家现场泼墨，精心打造书画展厅，将收藏的上百幅书画作品免费向市民展出，社会影响很好。参观的人认为，这里的每件作品、每幅图片都能让参观者受到教育。2017 年，李爱民又将自己位于市区内的住房改造成“感恩文苑”，探索在社区、在家庭传播感恩文化的新方式，带动更多老干部、老党员参与其中，影响教育身边的人。

近几年来，李爱民组织书画界老艺术家深入县区、学校、村镇、广场等地，把文化送到基层，开办书画作品展 40 场，现场赠送书画作品 4000 余幅。他广邀爱心人士，写出 128 字的感恩词，受教育者达万人。李爱民关心濮阳的发展，多次写调查报告，为市委、市政府做决策提供依据。他还在社区参与老干部党支部和老年志愿者活动，宣传党的方针政策，调解矛盾纠纷，用阳光心态影响和带动身边的群众。

2014 年，李爱民被市委党校评为优秀共产党员；2015 年被华龙区评为“关心下一代先进工作者”；2016 年，被濮阳市评为“最美老干部”。2017 年，他被河南省委老干部局表彰为“时代老人”。

普法宣传　众人称赞

崔华增原是濮阳市市直机关工会主席，退休后一直在做普法宣传工作。他萌生了一个想法：组建一支能走村串户进行法治宣传的业余艺术团体，用人民群众喜闻乐见的形式宣传党的依法治国方针和法律知识，增强人民群众的法制观念和依法办事的自觉性。崔华增这个想法得到了有关部门的大力支持，提供场所、抽调人员协助办理各项事宜，使组建艺术团的各项工作得以顺利实施。

崔华增拿出近 5 万元的积蓄，作为组建艺术团所需费用，又说服十几名爱心人士加入艺术团。这些人中，有的是国家一级演员，有的是濮阳市著名艺术家，还有河南电视台《梨园春》擂主，以及一些致力于普法宣传工作的退休干部。这个艺术团是一支高水准的业余文艺队伍。

演什么节目？怎样演出？如何做到既体现普法宣传主题，又使广大群众爱看爱听能接受？这是崔华增考虑最多的问题。他先后创作出戏曲合唱《法制观念要增强》，宣传《继承法》和《刑法》的戏曲小品《清官能断家务事》，小戏剧《接婆婆》，河南坠子《司机一壶酒害苦三代人》等十余个法律节目。党的十九大闭幕后，崔华增创作了戏歌《举国同庆十九大》；全国两会胜利闭幕后，他又排出小戏剧《一家三口学宪法》，宣传宪法精神，普及宪法知识，树立宪法权威。这些节目都受到了群众的好评。

崔华增同濮阳市司法局有关人员还整理出100多道最贴近人民群众生活、体现党的重大方针政策的问答题，每次演出现场与观众互动，用“法治知识有奖问答”形式活跃气氛，提高普法宣传的艺术性和趣味性，收到了良好的效果。

演出期间的搭台、撤台，崔华增总是第一个到达，最后一个离开，既不能按时吃饭，也不能按时休息。崔华增连年被濮阳市直工委评为优秀党员，被濮阳市总工会授予五一劳动奖章，被河南省委宣传部评为先进思想政治工作者。

书写党章　牢记使命

濮阳市政协离休干部、八旬党员张介明历时两年，完成了一个“壮举”：用传统书法书写中共一大至十八大党章的内容。自费5000多元装裱，共计18卷，16万多字。

说起书写党章，张介明说自己是书法爱好者，是有60多年党龄的老党员。一个从旧社会走过来的人之所以能对国家、对人民有用，得益于党的培养和教育。退休后，张介明在老年大学学习10

年，担任了濮阳市关工委副主任，还任过濮阳市爱国主义教育报告团团长。在不断工作、学习过程中，张介明深感党史知识欠缺、党性修养还需提高，于是从 2013 年春节开始，放弃诸多爱好，一心书写党章。这不仅使他达到了学习目的，还收获了很多感受。党的 90 多年的发展史证明了一个真理：没有共产党就没有新中国，没有共产党就没有人民的幸福和国家的富强。濮阳市委老干部局、濮阳市关工委将张介明的这一书法作品进行了专题展览。后来，张介明将这件作品捐赠给了濮阳市图书馆。

从 2012 年开始，张介明被聘为清丰县柳格镇士子元小学名誉校长。他经常到学校看望孩子们，向学校赠送篮球、足球等各种文体用品，还与该校的特困学生刘某结对帮扶。2015 年，张介明荣获“全省关心下一代工作突出贡献奖”；2016 年，又被评为濮阳市“最美老干部”。

重华社区无私奉献的老干部还有很多，他们用实际行动诠释了人生的价值在于付出，他们的故事感染着身边的每一个人。他们心中有党、心中有民、心中有责，不仅有了不竭的动力，也在不断升华自己的人生。

（刊登于《老人春秋》上半月刊）

179 名老人的爱心传承

——记濮阳市老干部学雷锋志愿服务队

从 2013 年起，濮阳市委老干部局以五个老干部文体协会为依托，成立了老干部学雷锋志愿服务队。服务队的老同志来自全市的各行各业，他们充分发挥自己的优势，立足于互帮互助、以老助老，认真践行“雷锋精神，人人可学；奉献爱心，处处可为；集小善为大善，善莫大焉”的精神，开展丰富多彩、积极有益的活动，在为他人带来欢乐与关爱的同时，也给自己的晚年生活增添了无限生机与活力。

老干部学雷锋志愿服务队成立以来，共组织开展志愿服务活动200余次，其中有一定规模的文艺演出近百场，互助讲座100多期。他们为上万名老年人送上欢乐和精神食粮；为濮阳市福利院的残疾儿童送去几千元的救助资金；为濮阳市特殊教育学校的孩子们购买文具衣物；为濮阳监狱演出；还为敬老院、社区老年人赠送轮椅6辆。老干部学雷锋志愿服务队的活动得到了上级部门的充分肯定，被濮阳市文明委表彰为“文明使者志愿服务示范站”。

舞台惊艳亮相　倾心为民义演

舞台上那一张张自信轻松的笑脸，穿着漂亮的旗袍，走着稳健轻盈的模特步……让人很难看出这是一群六七十岁的老人。成功的背后是付出的艰辛和努力，从排练到结束，这些老人只用了两个多月的时间。参赛人员冒着严寒、忍着疾病的痛苦、受着家人的抱怨，12人中先后有9人生病，有2人医生建议休息治疗、退出比赛。尽管如此，在濮阳市举办的2017首届旗袍大赛中，市老干部艺术协会集体、个人双夺冠。同年9月20日，河南省老干局、广播电视台联合开展的“中原乐龄展风采，喜迎党的十九大”活动濮阳分会场，设在市老干部活动多功能厅。全场节目由濮阳市老干部艺术协会承办，准备时间只有10天。面对压力，全团人员都以大局为重，明确分工，服从安排，积极排练节目。杜彩霞强忍腰部骨折的伤痛，排练《荷塘月色》；朱英杰的孩子回国探亲只有几天时间，但她舍弃与孩子的团聚时间；冯玉香为编排豫剧联唱，一天两晌不休息，唱到嗓子发不出声；队长盖翠兰，更是边输液边坚持排练……10 天时间，她们排出舞蹈、歌曲、戏剧清唱等 12 个节目，展现了老干部的精神风貌。后来的网络投票评选中，舞蹈《军歌声声》荣获二等奖。

濮阳市老干部艺术协会凭着对幸福生活的向往以及对家乡的热爱，坚持为民义演。她们三月学雷锋志愿服务演出、五月赞美劳动光荣、七月欢唱党的光辉、十月歌颂伟大的祖国……利用不同形式到不同场所演出，与民同乐。不管在哪里演出、有多少观众，团员们都根据节目需要化妆穿衣，冬天穿裙绸，夏天穿厚衣，一切以演出效果为主。没有经费，大家争相自掏腰包垫付，道具和服装很多都是自己做的。表演《观北风吹》需要白毛衣装扮，大家就到处找旧毛线自己编。去濮阳市福利院看望残疾儿童时，大家纷纷拿钱奉献爱心。去濮阳市特殊教育学校看望残疾儿童时，她们又自己出资购买各种生活学习用品。濮阳市老干部艺术协会以昂扬向上的精神风貌展示自己，乐于奉献、热心公益，她们展现了雷锋的奉献精神。

反腐倡廉选题　警示教育广泛

濮阳是戏曲之乡，市委党校退休干部孙现璋看到很多戏迷只能在公园里自发演出时，便生出了为戏曲爱好者安一个“家”的念头。经过多方协调，由他牵头成立了濮阳市老干部戏曲艺术协会，成员由获国家银奖、《梨园春》某期擂主及戏曲爱好者组成。孙现璋自己拿出 3 万元退休金作为协会运转启动资金。2013 年起，他们编入老干部学雷锋志愿服务队，开始了自己的学雷锋征程。

有了家，有了钱，有了演员后，孙现璋决定排一部大戏。孙现璋把中国戏曲学会河南省分会会员、范县文化局文艺创作组长郭克柱请到自己家中，详谈了自己的想法，郭克柱欣然应允。3 个月后，一部反映当代包公的现代反腐倡廉戏曲《清河湾》剧本出炉。从排练节目到演出场地的落实，从服装设计到演出剧目的敲定，孙现璋都亲自协调，逐一安排，安排戏的主角更没少费心。原本物色好的主演因病住院，所以思想上有包袱，不想接戏。孙现璋多次做工作，最终主演忍着病痛同意了。

孙现璋在台下看老干部戏曲艺术协会会员演出

一分耕耘，一分收获。《清河湾》首次在市老干部活动中心演出便得到观众的好评。初演成功后，孙现璋带着 40 多个成员踏上巡演之路。后来，这场戏先后在河南省人民广播电台、濮阳电视台等多家电台播出，《河南戏剧》《濮阳日报》等多家媒体对此进行了报道。《清河湾》被称为濮阳市建市以来，以反腐倡廉为主题的第一部戏，濮阳市现代创作中影响力最大、普及面最广、受教育面最宽的一个戏。

濮阳市老干部戏曲艺术协会把自己的生活融入党和人民事业之中，他们体现了雷锋的螺丝钉精神。

致敬经典剧目　力在弘扬正气

在中国共产党建党95周年之际，为让年轻一代重温历史、铭记历史、更加珍惜现在的幸福生活，濮阳市老干部戏曲艺术协会决定将《白毛女》重新改编成现代豫剧进行演出。

把《白毛女》这样的大戏搬上舞台，难度可想而知，但在会长孙现璋眼里，这些困难都不算什么。从筹划创作到正式首演将近半年时间，没资金，会员自己凑；不专业，聘请名师来指导。72岁的国家一级导演张怀堂和75岁的国家一级作曲家吴博艺，是协会请到的两位大师，两位自诩“70后”的大师不计报酬、任劳任怨。台上台下都是戏，每个人都有别人看不见的艰辛。杨白劳的扮演者张向东，为了一个下蹲动作，摔得臀部淤青；喜儿的扮演者武巧菊，无数次练习下跪，磕得双膝红肿。这种不怕困难又积极乐观的心态，是支撑老人们不断前行、实现梦想的最大法宝，他们终于将《白毛女》以豫剧形式呈现在观众眼前。整场表演持续2个多小时，现场座无虚席，部分观众甚至站着看完整场演出。当演员谢幕时，现场响起歌曲《没有共产党就没有新中国》，观众们纷纷起身热烈鼓掌，久久不肯离去。

豫剧《白毛女》分别荣获2016年度濮阳文艺精品创作奖和“濮阳杯”第七届黄河戏剧节大赛优秀剧目奖。在评审会上，诸多评委对《白毛女》赞叹不已。国家一级导演、著名戏剧评论家黄海碧说：“看到你们的演出，我非常敬佩。”中国戏曲学院戏文系主任谢柏梁说：“我们可敬可爱的退休长辈们给我们展现了一台完整的艺术盛宴，在他们身上我看到了理想的精神境界和艺术造诣。”国家一级编剧、著名作家张锡荣说：“声情并茂演经典，青春焕发似当年。旧曲新唱醉知音，老树新花香满园。余热温暖万人心，晚霞染红半边天。不忘初心跟党走，老有所依为新篇。”

老干部戏曲艺术协会用“挤”劲和“钻”劲让经典重现，他们体现了雷锋的钉子精神。

后来，国家非物质文化遗产四平调传人、中国戏曲家协会会员、豫剧唐派再传弟子崔太先，《梨园春》擂主程富贵等一大批艺术家都加入了这支队伍。艺术团排演了大型新编社会伦理豫剧《三娘教子》，深入学校，用传统戏对青少年进行思想教育；2013 年，响应市委号召，自编自演了《文明巷》《接婆婆》《骗财计》等反映“一创双优”、创建全国文明城市的戏曲小品，深入社区巡回演出百余场；2014 年，又与华龙区警示教育基地合作，创办“百姓大舞台，周末戏相逢”大型戏曲基地，每周六无偿为广大戏迷演出，深受群众欢迎。

服从组织安排　释放爱党激情

按照濮阳市委的部署，市委宣传部、市扶贫办、文广新局等部门组织开展了“携手共圆小康梦”濮阳市首轮扶贫文艺巡演。市木兰扁鼓协会整装出发，成为这次巡演团里年龄最大的演员。自 2017 年 8 月 23 日首场启动，到 9 月 29 日完美收官，历时 38 天，尚素爱带着协会的老同志随巡演团奔波在黄河大堤、乡村小路，先后给濮阳市五县一区 32 个乡村送去了精彩演出。不论在舞台上击鼓秀舞，还是在奔波途中，8 个大鼓百来斤重，还有 60 多个中等大小的鼓和鼓架，重量可想而知。协会成员在尚素爱的带领下，还曾代表濮阳市去香港参加世界华人金夕年华邀请赛；参加“群星耀中原”河南省首届乡村艺术展演；参加 2017 年全市庆元旦工人长跑仪式启动；

等等。不管什么活动，老同志们服从组织安排，从未谈及“辛苦”二字。他们把帮助别人看作最大的幸福和快乐，体现了雷锋公而忘私的精神。

老干部民乐协会由丁同群负责。他和协会的老同志编排民乐合奏《花儿与少年》、有教育意义的小品《回家》、情景剧《新时代学习雷锋做雷锋》等节目，到濮阳监狱给服刑人员演出，为稳定服刑人员的思想，促进狱内改造秩序的稳定，起到了亲情帮教作用，让服刑人员感受到党和政府关怀的温暖。老同志们善待他人、奉献社会，体现了雷锋的为人民服务精神。

老干部学雷锋志愿服务队 179 名老同志退而不休，紧跟时代步伐，用自己力所能及的方式践行了“助人为乐、无私奉献、毫不利已、专门利人”的雷锋精神，弘扬了“奉献、有爱、互助、进步”的志愿服务精神。在濮阳大地上，处处可听到他们老而弥坚的唱腔，处处可以看到他们健步舞台的身形。他们是一群老人，更是一群志愿服务人员，他们把离退休这个关口当成一个驿站，然后又从这里出发，唱响更加壮美绚丽的人生。

（刊登于《大河文摘报》）

编外扶贫工作队　书写感人新故事

“小康路上一个都不能掉队”，这是当代中国共产党人做出的庄严承诺，付出的切实行动，令世人惊叹。河南省南召县发挥老干部优势，成立了“编外扶贫工作队”，参与脱贫攻坚工作，取得了令人瞩目的成果，赢得了高度赞誉。

提精神　快扶贫

60多岁的王军是部队转业干部，善于做思想政治工作。他加入“编外扶贫工作队”后，看到村里有孩子因为贫穷失学，甚至染上一些恶习。他认为，只有脱掉贫困的帽子，才能改变人们的精神面貌。

王军牵头组建了南召县关工委文化艺术团。这个文化艺术团先后创编戏曲节目11个，排演传统戏10台。他们经常深入学校、社区、敬老院演出，共演出117场，观众达23万人次。他们还专门去扶贫村演出，用文艺形式教育村民，提高扶贫意识。七月份演出时，没有流动舞台，演员们不顾炎热的天气，自己搭建舞台。2014年创编演出的曲剧《育苗》和话剧《未婚妈妈》，为进一步推动南召县精准扶贫工作营造了氛围。2018年，艺术团又把南召县退伍军人高志林以扶贫为主题创作的剧本《麦仁飘香》搬上了舞台。这台戏在全县巡回演出15场，观众达到27万人次，在观众中引起了强烈的反响。观众普遍认为，这台戏通俗易懂，符合农村实际。县委书记刘永国看了这台戏后指出：这种宣传形式好，在经济上扶贫，在精神上扶智，双重力量，双管齐下，确保扶贫工作取得成效。

送关怀　保扶贫

王会因病不再担任村干部，可后来的两三年间，为了扶贫工作，他一刻也没闲下来。

南召县姬村东上坪组的贫困户王如江，两个儿子都在边防服现役，妻子患病住院，还有个 10 岁的女儿上学无人接送，家境相当困难。王会便资助孩子上学，给她买书籍、各种学习用具，还每天接送孩子，几年间不管刮风下雨从不间断。

宋家沟组的孤寡老人宋长明，70 多岁，无儿无女，身体也不好，家里的房子还是草房，下雨天外面下屋里也下，属于扶贫对象。王会向当地政府反映了情况，很快，由政府出资 10000 多元，改造了宋长明的住房。此外，王会给宋长明讲党中央对贫困户的扶贫政策，让这位孤寡老人对党倍加感恩。宋长明说："没有共产党就没有我的今天，我早已感受到了党的温暖。"宋长明编出了很多表达心声的顺口溜，写在家里的墙上。

皇后乡的邱金玉是乡政府退下来的干部，也主动加入了"编外扶贫工作队"。他给本村小学购买桌凳，连续几年救助本村 12 个贫困学生，还安排村里的贫困户去他儿子厂里打工。此外，邱金玉每年拿钱给村里贫困户购买化肥种子。朱庄村沙门组的贫困学生苗小龙，父母双亡，是爷爷带着他和弟弟一起生活。邱金玉每逢过节都去他家看望，过年还拿出现金 1000 元，让他们能过个好年。他说，我现在日子好了，有能力拿出一部分工资做善事，我肯定坚持做下去，这才是报答党的恩情。

频调研　促扶贫

吴明晓从县体改委退休后，一直在家读书写文章。72 岁时，应当地林业部门之邀当了"编外扶贫工作队"队员。他擅长文字工作，先后四次深入南河店镇郭营村进行调研，通过走村进户和召开不同类型的座谈会等形式，全面了解该村为贫困户建档立卡后的变化，捕捉该村扶贫脱贫的闪光点，写出了有针对性的脱贫调研报告。后来，该村先后争取到发展资金500万，修渠12条，塘堰清淤4座，建设了文化广场、幼儿园、卫生室等18个项目。党员们为群众办实事，村容村貌焕然一新，了解到这些情况后，吴明晓撰写出《扶贫扶出好日子》的调研报告。该村发生这些变化，源于全村69名党员同70户贫困户结成帮扶对子，开展了“帮思想扶精神、帮技术扶智慧、帮解困扶项目”活动。吴明晓又写了《着力抓党建，助力攻坚战》的调研文章。这两篇文章都被《南阳日报》采用。

郭营村2016年建档立卡贫困户228户900人，在2018年的精准识别回头看中，15名党员干部主动从贫困户中退出，最终建档立卡只剩70户180人。另外，该村在实施基础设施建设项目中，村民都不同程度地受到了损失，但无一户人家申请补偿，显示出郭营村党群一家、为大局考虑的集体意识。吴明晓围绕“党员心有贫困户、村民不要补偿款”深入调研，分别撰写《郭营村党群全是一股劲》和《细针密缕绣新图》两篇文章，被南召县扶贫开发办公室作为经验在其他村交流。同时，吴明晓还给该村工作队提出了建立党小组、多慰问80岁以上老人、评选脱贫攻坚好人好事、开展向抗洪烈士学习等建议。

吴明晓说，60岁退休后，多数老同志身体还很健康，时间也很充足，是发挥正能量的最佳时期。此外，多数老同志长期从事农村工作，对三农非常了解，积累了不少经验。他们参与扶贫工作，和年轻干部在一起相互学习、取长补短，还可以搞好传帮带。

找项目　助扶贫

退休教师席清尊和退休干部席动才同村，两个人主动承担了扶贫中的核查工作。在调查中，他俩发现有的贫困户有“向下看”的不思进取心理。生活还可以的向贫困户看齐，一般贫困户就向特殊贫困户看齐。席清尊和席动才不厌其烦，带着标语去给这些村民宣传党的扶贫政策，宣传脱贫攻坚的措施，帮助他们扫清思想障碍，使他们认识到，勤劳才是脱贫的唯一方法。贫困户席云生，一家六口没人挣钱，生活艰难，又不懂技术。席清尊和席动才根据他家的实际情况，帮他选择致富项目，申请贫困户补助。后来，席云生家通过养鸭和养猪脱掉了贫困户的帽子。

党中央号召要打赢脱贫攻坚战，老同志积极参加力所能及的扶贫工作，成为有独到优势的一支主力军，为精准扶贫书写着感人的乡村故事。

（刊登于《老人春秋》上半月刊）

发挥“五老”作用　实施精准关爱

南阳市关工委在基层开展“五老进万家”活动，让参加关工委工作的老干部、老战士、老专家、老教师、老模范对自己所在区域中，有青少年的家庭有计划地实施帮助。市关工委执行主任解朝来在全市关工委创新发展暨“党建＋五老进万家”经验交流会上，就两年来开展此活动、创新关工委工作成效和取得的经验做了总结性发言，并对下一步的工作提出了建议。

进万家门　党建工作打基础

南召县关工委把工作纳入党政工作议事日程，统一安排部署，统一选聘程序，统一督查指导，统一考评标准，统一年度奖励；根据实际情况，坚持因人联户，实行针对性帮教；还组织乡村“五老”骨干人员，逐村逐组逐户摸清，统一登记造册，重新印制“五老”人员、“五老”联户、青少年留守儿童、城镇流动儿童、特困中小学生和“五失”青年花名册样表300份，力求精准到户到人。

淅川县关工委制定了主任包片培点制度，不光建立了“五老、村、校、企、家”五联动机制，还建立了部门联动机制，以创新促进“党建+五老进万家”活动的开展。金河镇中心小学关工委以“三爱教育”为载体，广泛开展“爱父母、爱长辈”活动，组织学生利用节假日到敬老院为爷爷奶奶们打扫卫生、洗脸洗脚洗衣服。不光爷爷奶奶们开心，家长们也普遍反映，通过活动，孩子一下懂事了。

宛城区关工委借力文明城市创建，在城乡各地大力实施公益广告宣传工程，设置宣传栏、广告牌、“五老”善行义举榜1340多块，在电台、电视、宛城网开辟专题专栏，刊发“党建+五老进万家”活动报道260多篇；运用微博、微信公众号等新媒体平台，制作微视频、动漫等，开展爱国主义教育、社会主义核心价值观教育、法制教育；建立关工委工作群、结对帮扶等微信群60多个，实现了上下联通、区域互动，巩固工作成果。

知万家事　打造法制新平台

新野县关工委通过“组织发动、典型带动、亲情感动”等形式，组织“五老”人员定期对学生进行法制宣传教育。联合新野义工联五防讲师团，在全县各中小学校开展以“防溺水、防意外、防灾害、防暴力、防性侵”五防为主的系列主题安全教育活动，织牢未成年人的“安全网”。“五老”成员符光禄退休前在县司法局工作，他创办了“一人普法说唱团”，用快板、单口相声、鼓儿词等多种形式向师生宣讲法律。符光禄数十年如一日地进行普法宣传，还登上了《半月谈》杂志的封面，被评为“河南省十大法治人物”。

方城县关工委组织“关爱明天，普法先行”“法制宣传进校园”活动，联合政法委和教体局对县、乡、村 300 余名副校长进行专题培训；还从公、检、法、司部门精选 49 名优秀干警，建立一支“五老”与司法干警相结合的普法教育队伍，统一编写青少年法律知识教材，每学期对在校学生进行两次法律知识授课；2017 年还开展了全县中学生法律知识电视大奖赛。

排万家忧　理想信念做主题

桐柏县关工委开展“传承桐柏英雄精神”教育活动，制作《英雄桐柏》文献纪录片，编写桐柏英雄故事资料，与开展“五老进万家”活动有机结合起来。“五老”组织学生参观桐柏 124 处红色教育基地和革命遗址，开展“小雷锋进社区”“家庭小助手”“日行一善”等志愿服务活动，把价值观的构建从课堂延伸到社会。

据不完全统计，全县“五老”已累计开展大的教育活动577场次，受教育青少年30余万人次，参加各种社会实践活动4万余人次，涌现出道德小模范360人、学雷锋标兵780人。

镇平县关工委开展了传承红色基因社会实践活动：2016年开展了“讲党的故事、感党的恩情、听党的话、跟党走”活动，2017年开展了“铭记两史、践行三爱”主题教育活动，参与面广，实效显著。镇平县关工委充分利用镇平县是彭雪枫将军的故里、全国爱国主义教育示范基地等有利条件，以“弘扬先烈革命精神，争做时代青少年先锋”为主题，组织青少年学生瞻仰彭雪枫纪念馆，打扫彭雪枫故居，举行宣誓仪式，教育引导青少年学生铭记英烈、热爱祖国、立志成才。

社旗县关工委开展了“追寻先烈足迹重走长征路”活动，举办了“童心向党”歌咏比赛、千人走访老党员主题征文、迎十九大“大手拉小手”书法绘画比赛，利用本地的红色资源和人文景点，组织全县青少年参加各种寓教于行的观摩体验、道德实践和志愿服务行动。各项举措寓教于思、寓教于乐、寓教于行，使社会主义核心价值观在青少年中落细、落小、落实，使孩子们明确理想信念。

西峡县出台了《西峡县关心下一代工作委员会关于参与净化社会文化环境工作方案》，组织“五老义务网吧监管小分队”，对全县35个网吧进行集体督查。“五老”成员还会同县教体局在全县青少年中开展了“传承好家风家训”活动。五里桥镇黄狮村发动“五老”人员，协调村委建起了全县第一个家风家训展馆。城区四小六年级学生龚睦贺深受宽容、孝顺的家风浸润，每天主动承担力所能及的家务，还帮助父母照顾病重的外公，荣获“河南省美德少年”荣誉称号。

暖万家心　特殊群体享关爱

卧龙区关工委立足辖区优势，编织全社会服务下一代健康成长的爱心网络，建立“留守生”“农民工子女”专项档案，开展多种关爱活动，对留守儿童提供心理健康辅导，与留守儿童结对子“一帮一”。蒲山镇姚亮小学为留守儿童设立“特别教室”，为留守儿童过“集体生日”，还配置了爱心视频电话，经常让孩子与父母进行亲情联络，以此弥补这些孩子在亲情方面的缺失，走出了一条特殊家庭未成年人思想道德教育的新路子。

内乡县关工委选出具有示范带动作用的王沟村作为试点，组织建立完善了《留守儿童登记簿》《五失青少年登记簿》《“五老”进万家登记表》《“五老”帮扶贫困青少年活动记录本》。“五老”成员于正秀了解到云坡山组一对夫妻7年前外出打工与家庭失联，留下两个未成年的孩子与70多岁的爷爷奶奶一起生活。他立即向支部反映，给这两个孩子报上低保，并动员商户为这两个孩子捐款12000元。“五老”入户助困的做法在群众中引起了良好的反响。

唐河县关工委把“五老进万家”同精准扶贫关爱工作相结合，进一步摸清全县留守儿童、孤儿、困难家庭儿童的底子，使帮扶有的放矢，更加精准；还成立了青少年弱势群体帮扶工作委员会，动员爱心企业为全县中小学校，特别是正昌孤儿学校、城郊乡刘马洼村孤儿集中供养地、县特殊教育学校等募捐资助，三年来共募集钱物计500多万元；还协调、组织爱心人士、慈善企业家资助贫困大学生200多人。

（刊登于《老人春秋》下半月刊）

壮士暮年　志在千里

——记商丘市工信委离退休干部“金辉文明团”

商丘市工信委是在2004年9月由原来的经贸委、重工业局、轻工业局、乡镇企业局等局委合并成立的。工信委成立了4个老干部党支部，有离退休干部124人，搭建了文化组、健身组、科协组、专利技术咨询服务中心等活动平台。老同志依靠自身优势，把老有所学、老有所为、老有所乐有机地结合起来，坚持围绕中心服务大局、坚持突出重点力求实效、坚持因人制宜分类指导、坚持从实际出发务实节俭、坚持自觉自愿量力而行，为党和人民的事业增添正能量，大家热情地称他们为“金辉文明团”。

经济服务　促进发展

援藏干部、商丘市乡镇企业局原副局长王鸿润，被商丘市委老干部局聘为“老干部工作联络员”。从此，他走到哪里就把正能量发挥到哪里。

为积极开展工作，王鸿润经常到商丘市技术监督局、商丘市食品药品监督管理局等自己联系的局委开展调研工作，传达上级关于老干部工作的指示，反映老干部的需求，充分发挥联络员的参谋助手和桥梁纽带作用。他以多种形式宣传党的路线方针政策，帮助社区进行综合治理。他还多次到商丘市委党校及宁陵、夏邑等县讲授民营企业管理知识，帮助民营企业发展。王鸿润的付出大家有目共睹，多次被商丘市老干部局评为“老干部先进个人”。

叶成玉从商丘市经贸委技术科退休后，仍热心科技工作，全心为企业服务，还曾负责过市专利技术义务咨询服务方面的工作。2009 年，叶成玉为贾寨一家豆制品公司引进资金 14 万元，促进了该企业的发展。2014 年，叶成玉与人合作在贾寨种植富硒小麦 1050 亩，产量提高到每亩 1000 斤，受到农民的欢迎，被大家誉为“科研迷”。

叶成玉身患糖尿病，他积极查找资料，虚心请教研究，终于与老中医合作，经过多年努力，发明了 3 项防治糖尿病的专利，为解除糖尿病患者的痛苦做出了贡献。2014 年，叶成玉在商丘市老干部局举办的增添正能量活动中，被推选为“阳光老人”。

政治宣传　提高认识

丁哲明是工信委离退休干部第四党支部书记，在部队服役期间，被推选为国庆观礼代表，受到毛主席的接见。转业后，他一直坚守“共产党员责任永在、担当犹存”的信念，积极参加为党的事业增添正能量活动。他积极组织老干部学习党章党规，为搞好老干部工作建言献策。近两年来，丁哲明认真学习习总书记的系列讲话，学习党章党规，深刻理解习近平新时代中国特色社会主义思想，先后撰写了 50 余篇稿件，分别发表在《人民微博》《强国论坛》《商丘日报》等媒体上。抗战胜利 70 周年时，他撰写的《毛泽东思想的伟大胜利——纪念抗日战争胜利 70 周年》在《强国论坛》发表，受到网友热捧。2017 年，老干部系统组织的“畅谈十八大以来的变化，展望十九大胜利召开”活动中，他连续撰写了

《畅谈十八大以来的变化，展望十九大胜利召开》反腐篇、建党篇、强军篇、经济篇、科技篇、生态篇、文化篇、民生篇和《铸就里程碑砥砺新征程——试论党的十九大的伟大意义》等稿件，发挥了一个老党员应有的作用。随后，他又撰写出多篇关于学习习总书记十九大报告的体会。

此外，丁哲明积极参加有益的社会活动。2014 年春，他参加离退休干部调研组，对当地一时兴起的所谓“投资担保公司”情况进行调查研究，并撰写出调查报告，为规避风险、保持稳定建言献策。2016 年，丁哲明被评为河南省离退休干部优秀党员，也被同事们誉为“模范领头人”。

商丘市乡镇企业局原科长李振庭有 50 多年党龄。他为了教育新党员增强党性观念，发挥先锋模范作用，现身说法撰写体会文章，谈如何在“两学一做”活动中争做合格党员并将文章发表在《商丘日报》和《京九晚报》上，使新党员受到教育和启发。大家都夸李振庭是不忘初心、牢记使命、全身都是正能量的优秀共产党员。

体育健身　阳光向上

60 多岁的商丘市工信委退休干部白建平完成了一个“壮举”，他跑了 150 多场马拉松，累计赛程 4600 多公里，是河南省唯一跑完百场马拉松的人。

2017 年 11 月 12 日，白建平参加了第 35 届希腊雅典马拉松赛，以 4 小时 54 分 24 秒顺利完成了心中的梦想。当白建平高举五星红旗奔跑在雅典马拉松赛道上时，不同肤色、不同国家的参赛者用不同语言、不同手势向他表达赞扬之意。然而更值得赞扬的，是白建平见义勇为的事迹。

白建平和跑友去陕西参加渭南国际马拉松的返程途中，在火车上被一阵嘈杂声惊醒，白建平看到一对年轻男女从他身旁急匆匆地跑过去，在车厢连接处，年轻男子抓住一名50岁左右的男子。从争吵中，白建平得知年轻女孩的手机被偷，这个50多岁的男子正是嫌疑人。此时，广播提示火车到站了，乘客陆续下车。为了查找手机，乘务员暂时没打开这节车门。这时，一名男子悄悄绕到另一个车门下车，然后飞奔跑开，白建平和他的跑友意识到那人应该是嫌疑人同伙，当即追了上去，将其摁倒在地，移交给了铁路警方，围观的人纷纷对白建平和他的跑友竖起大拇指。这件事还被《京九晚报》等媒体报道。白建平笑着说："跑马拉松不仅锻炼了体力，还服务了社会，真是一举两得!"

体育爱好者孙继忠退休后担任了商丘市空竹协会会长。他组织了商丘市"老顽童空竹队"，积极开展抖空竹健身活动。几年来，孙继忠的"老顽童空竹队"多次参加老年体育运动会和国内外大型抖空竹比赛，还获得过多项大奖。2011年7月，孙继忠随河南省文化交流团赴韩国进行抖空竹交流比赛，获得了较高荣誉。2017年，在"中原乐龄展风采，喜迎党的十九大"各市节目评比中，孙继忠团队的空竹表演《龙腾盛世》荣获第一名。

兴趣爱好　繁荣文化

王清民酷爱写作，他的作品大都以忆峥嵘岁月、谈幸福生活，讲好中国故事、讴歌发展变化为主题。他曾创作出网络小说《解放那年我家到底都分了啥》。小说在新浪网发表后，点击率上万。2015年，王清民的事迹同样登上了商丘市离退休干部增添正能量的展板，他还被誉为商丘市“网络小说第一人”。

张贤礼出生在书画世家，善于绘画。在多年绘画实践中，张贤礼不断自我完善，作品曾在省内外参展获奖，并在一些权威书画、报纸、刊物上刊登，深得国内外专业人士的赏识。被世人誉为“书画奇才”的张佰虎，是影响中国当代画坛的十九大画虎名家之一。为了弘扬张氏虎龙绘画技艺，发扬张派画风，张贤礼在河南各地设立了8个“张佰虎画廊”和1个“张佰虎书画院”，不光吸收下岗工人再就业，还收徒近百名，为社会培养了大量优秀的绘画人才。2015年，作为“阳光老人”，张贤礼登上商丘市离退休干部增添正能量展板。

周叶华是书法爱好者，他把书法创作与宣传正能量结合起来，将习总书记的重要讲话、党的十九大精神写成条幅，挂在商丘市工信委离退休老干部处的走廊里。为方便群众，每年春节，周叶华顶着寒风为群众义务书写春联，受到当地群众的欢迎和赞扬。

商丘市工信委离退休干部“金辉文明团”的老同志，从实际出发，根据个人特长、兴趣爱好，组织活动，措施得力，成效显著。工信委离退休干部党组织被评为“2015年老有所为、余热生辉集体”；商丘市工信委老干部处被评为河南省老干部工作先进集体。他们的工作政府满意、离退休干部满意，起到了增添正能量的示范作用。他们坚守信念，发挥余热、奉献不止，以自己的实际行动，证明离退休干部是党执政兴国的宝贵资源，是推动经济社会持续健康发展的一支重要力量。

（刊登于《老人春秋》上半月刊）

让“明天”更美好

——商丘市中级人民法院关工委关爱青少年成长侧记

近年来，商丘市中级人民法院关工委以党的十九大精神与习近平总书记的重要讲话精神为引领，在促进广大青少年健康成长、预防青少年违法犯罪以及教育、挽救失足青少年等方面做了大量工作，取得了较好的效果。商丘市中级人民法院少年庭被评为“全国优秀少年审判庭”，商丘市中级人民法院关工委多次被省关工委、省法院关工委、市关工委评为先进集体，先后有35名同志被省、市关工委授予“先进工作者”荣誉称号。

由点及面　法制宣传制度化常态化

法制教育是加强青少年思想道德建设的重要方面。为把法律的种子播进青少年心田，商丘市中级人民法院关工委，采取多种形式广泛开展法制教育活动。

“走出去”，让法律贴近青少年。两级法院以“一校一法官”为依托，送法进校园，实现法制进校园全覆盖。在“五四”青年节、“六一”儿童节、“九一”秋季开学日以及宪法纪念日等特殊节日，各级关工委组织政法系统离退休老干部组建“关爱工作团”，到学校举办法律知识讲座，普及法律知识。并以发生在青少年身边的真实案例为题材，编写制作图文并茂、通俗易懂的普法画本或手册，向师生们赠送。2012年以来，全市法院在“送法进校园”活动中，共出动法官及关工委老同志1800多人次，到全市630余所中小学校普及法律知识，40多万师生从中受益。

“请进来”，让青少年认识法律。在“法院开放日”活动中。两级法院举办“模拟法庭”，组织青少年走进法院。让他们自己扮演法官、律师等角色，亲身感受法庭的庄严，了解法槌、法袍、法庭等设置的内涵，同时又让他们学习有关法律知识和诉讼审判的基本程序。选择有教育意义的涉及未成年人权益的典型案件，组织青少年参加庭审旁听，让他们身临其境，受到生动实际的法制教育。2015年1月25日、26日，梁园区法院关工委同《京九晚报》联系，先后分4批，组织中小学生参加“法官牵手小记者”活动，1140余名“小记者”走进法院，参观法院文化建设，聆听法官讲解法律，观看法制教育动画片，了解法官的工作性质和任务，用他们稚嫩的小手写出生动活泼的感受文章。

宣教结合 青少年培训基地是载体

未成年人是弱势群体，在涉及未成年人权益案件审理时，两级法院关工委都参与调解，贯穿案件全过程，尽力协助法官，促使此类案件快立、快审、快结、快执，全面维护未成年人的合法权益。

诉前调解，委托具有妇联、教师、心理咨询师等特殊身份或工作经历的调解员，尽量将矛盾纠纷化解在诉前；诉中服务到位，由承办法官、心理咨询师等参与诉讼服务全过程；诉后释法到位，定期开展家庭回访工作，确保未成年人权益不受侵害。严格遵循“教育、感化、挽救”方针，在量刑时依法优先选择轻刑，尽量适用非监禁刑，以便让失足未成年人在家庭、学校及社会的监督下改过自新。对被判处缓刑、管制、免刑的未成年犯，实行定期与不定期的回访帮教，由关工委成员和承办法官一起到被帮教对象家中、学校及辖区派出所、社区基层组织或者采取电话、书信等多种方式进行回访帮教，有效帮助失足未成年人树立信心与勇气，促使他们尽早回归社会。

梁园区法院通过与宏达技校和几家企业沟通协调，建立了“青少年培训基地”，对列入帮扶计划的失足未成年人开展职业技能培训，并帮助其联系就业岗位。2015 年以来，该院先后为 6 名失足未成年人进行了技能培训并推荐就业，减少了重新犯罪，维护了社会和谐。柘城县法院关工委经过多方协调，把一家金刚石企业作为“青少年培训基地”，让被判处非监禁刑的少年犯到该基地免费接受培训，使其掌握一技之长，待毕业后直接到对口企业工作，从源头上杜绝失足青少年再犯罪。不久前发生的一起盗窃案，是 17 岁的朱某所为。其父母均患病去世，兄弟俩由伯父抚养。朱某受他人引诱走上了犯罪道路，庭审中痛悔不已。为了给朱某一次重新做人的机会，法院最终对朱某适用了缓刑。为使朱某顺利回归社会，关工委让朱某去了这家企业，解决其就业问题。后来，少年庭、关工委等部门回访朱某，看到朱某工作积极主动，生活幸福。

寓教于审　圆桌会议感化未成年人

在未成年人刑事审判工作中，商丘市法院在严格坚持“教育为主，惩罚为辅”原则和量刑轻缓化宗旨的基础上，做到将庭审作为教育失足未成年人的人生课堂，将感化、挽救失足未成年人贯穿于庭审全过程，实现案件审理的法律效果与社会效果的有机统一。

涉及未成年人犯罪案件审理时，坚持在庭审前，由法院关工委成员配合少年审判法官做到“四个见面”：与未成年被告人见面、与其家长或监护人见面、与其所在学校或单位见面、与其住所地居（村）委会和派出所见面，详细了解未成年被告人的居住地和社会关系情况、被告人的学习或工作环境、被告人的一贯表现、犯罪行为的后果及影响等。为消除未成年被告人在开庭时的紧张情绪和恐惧心理，两级法院均采取“圆桌审判”方式进行审理。由审判人员、公诉人、法定代理人、辩护人及被告人围坐在圆桌前，缩短未成年被告人与法官的距离，使其在平和宽松的环境中接受审判。

2016 年 12 月 20 日上午，商丘市关工委副主任付元清等赴虞城法院，参与了该院少年庭审理的一起未成年人犯罪案件圆桌庭审全过程。被告人杨某、崔某因盗窃数额较大已构成犯罪，被提起公诉。庭审辩论结束后，分别由公诉人、辩护人、心理咨询师和陪审员及审判长对两个被告人进行情、理、法交融的全面而感性的教育，两被告人均眼含泪水对犯罪行为深表痛悔。市关工委领导对“圆桌审判”的庭审效果给予充分肯定。

帮教回访　预防未成年人重新犯罪

商丘市中级人民法院关工委在未成年人犯罪案件中发现，绝大多数犯罪未成年人都有不幸福的家庭。他们认为，做出判决并不是法院审判工作的结束，更重要的是要帮误入歧途的孩子重新走上正确道路，用真情点亮他们希望的心灯。对于这些孩子，应通过给予更多关心爱护来教育感化，因此，关工委要求承办法官必须特别关注三个细节：注意查看未成年被告人是否缺少衣物等生活用品；注意落实未成年被告人是否能与家人取得联系；注意未成年被告人的心理状态及精神状况。

2016 年 4 月，柘城法院在审理一起未成年人抢劫案的过程中，了解到被告人李某作案时还是高三在校学生，平时表现良好，学习成绩优异，这次犯罪纯属偶然，且有明显的悔罪表现。为此，该院少年庭在对其量刑时依法适用了缓刑，且做了有力的疏导工作，为其争取了一次参加高考的机会。李某重返校园后，不负众望，更加刻苦学习，最终考上了大学。

在审理商丘市某高校 4 名大学新生犯寻衅滋事罪一案时，睢阳区法院少年庭庭长杨建波发现，4 名被告人系因一时冲动误入歧途且认罪、悔罪。他通过多次上门与校方、相关村委会、被告人家长以及被害人家人联系沟通，促使原、被告双方达成民事赔偿协议。在对 4 名被告人依法分别判处有期徒刑且均宣告缓刑的基础上，杨建波又与学校领导中肯地交换意见，竭尽全力为 4 名失足者开启重返校园之路。当杨建波再次踏进校园与 4 个孩子见面后，他们眼含热泪，异口同声地说："杨叔叔您放心，今后我们一定好好学习，重新做人，决不辜负您对我们的期望!"

倾心关爱　保护三留守人员合法权益

由于父母不在身边，亲情的缺失致使一些留守儿童变得自卑懦弱、性格内向、性情孤僻。农村留守老人年事高、文化素质低，基本没有能力辅导和监督孩子学习，导致相当数量的留守儿童厌学、逃学、辍学，甚至打架、赌博，沉溺于网络游戏场所。同时，由于监护人缺乏防范意识，儿童防护能力弱，留守儿童容易受到意外伤害，甚至成为不法分子侵害的对象。两级法院关工委联合学校、基层组织，与农村"留守儿童"结成帮扶对子，开展"关爱留守儿童，城乡孩子手拉手"活动。帮助他们解决成长中遇到的实际困难和问题，引导他们树立正确的世界观、人生观、价值观。

司法为民是人民法院的重要职责。全市法院都在保护弱势群体合法权益方面采取了系列举措。作为此项工作的继续和延伸，两级法院关工委开展了保护农村“留守儿童、留守妇女、留守老人”合法权益专项活动，共办结此类案件1800多件，涉及“三留守”人员3300多人，金额2200多万元。此外，两级法院关工委加大未成年人司法保护力度，坚持每年开学第一天上“第一堂法制课”，累计受教育学生20余万人次。他们将“三留守”人员权益保护列入全市农村工作重点。按照计划，此次活动全市2000多个家庭结成帮扶对子。使“三留守”人员真正感到“心有人爱，身有人护，难有人帮”。

商丘市中级人民法院关工委主任赵云光给孩子们普及法律知识

商丘市中级人民法院关工委主任赵云光说：“我们希望建立学校、家庭、社区、法院四级网络，有效帮助青少年认识法律、尊重法律、遵守法律，使其健康成长！”

（刊登于《老人春秋》下半月刊）

这里的工作有声有色

在辽阔的豫东平原，豫、鲁、苏、皖四省交界处，有一座美丽的城市，它叫永城，这里的关心下一代工作做得有声有色。几年来，在永城市关工委的带领、协调、指导下，各乡镇的工作各具特色、亮点纷呈。在扎实做好爱心帮扶工作的同时，他们发起成立向日葵之家爱心联合会，开展雨亭行动，建立青少年爱心助学会等活动，为青少年做的件件实事、好事，受到上级的充分肯定和表扬。永城市关工委主任欧阳明说："我们的工作就是为青少年服务好！"

向日葵之家——汇聚真情　砥砺前行

向日葵之家爱心联合会是永城市关工委扶贫助学的重要平台，是经民政部门注册，由市文明委主管、市关工委给予业务指导及监督管理的公益助学组织。会长是金博大董事长王伟民，名誉会长是永城市关工委主任欧阳明。多年来，向日葵之家本着感恩、奉献、无偿、自愿的宗旨，秉承扶贫、扶智、扶志、扶植的"四扶"助学理念，采取"一对一"的方式定向助学。现已拥有会员 366 名，资助人 136 名，"爱心妈妈" 92 名。至今，资助学生 152 名，其中初中生 87 名，高中生 65 名。

回望 2017 年，在高考表彰会上，当王伟民以个人名义为每一名向日葵优异考生各发放2000元奖学金时，当爱心人士张遵义、王润涛为十八里镇的刘白、刘智送去亲手制作的书桌、衣柜、床和志愿者们捐赠的被褥、衣服时，当小玉满每天都能吃到志愿者徐林提供的学校爱心午餐时，当太丘的小世保依偎在久违的温暖怀抱中眼含泪水地喊“妈妈”时，在冬季送温暖活动中，当把棉衣150套、棉被50床、食品60件，送给100多名贫困孩子时……有太多的感动萦绕心间，有太多的感慨哽咽难言。看到孩子们在自己的帮助下绽放笑脸，向日葵之家的成员内心比蜜还甜。

向日葵之家的成员热心、无私、奉献的品质得到传承和弘扬！从当初的三五知己勠力同心到如今的蓬勃发展并肩作战，他们的脚步几乎丈量了所有的乡镇和城区，使一批又一批品学兼优而生活困难的孩子得到了资助。可喜的是，2017年11月，在市文体中心董事长张晓永的关心下，向日葵之家在青少年活动中心一楼正式拥有了自己的办公室，为会员们学习、办公、议事、相聚等提供了稳定的场所。为更好地做好公益助学工作，成员们采取“互联网+向日葵公益”的模式，制作了资助人、被资助人与志愿者管理系统，简化了资助流程，提高了工作效率；同时积极利用腾讯公益平台，注册了向日葵之家爱心联合会+腾讯公益，实现强强联手，资源共享。发起人袁珂说：“向日葵之家的成员有信心把这项工作做下去，并做好！”

鲁雨亭家乡——
以雨润才　以亭护才

永城市芒山镇是烈士、抗日民族英雄鲁雨亭的家乡。

鲁雨亭，生于1899年，永城县山城集人（今永城市芒山镇）。

1920年，他毕业于河南开封宏威军士官学校，曾先后在河南陆军、河南督军署和建国豫军担任掌旗官、军法官、军法处长、武安县县长。“九一八”后，出任国民革命军第四十一军驻南京办事处处长兼军长代表；抗战爆发后，出任第五战区永城县县长等职。1938年11月，他冒死在已经沦陷的永城县芒砀山拉起了抗日游击队；1939年8月，他率领游击队改编为新四军游击支队第一总队，担任总队长，并经中共中央批准，加入了中国共产党，开辟了夏永砀抗日根据地。1940年4月1日，在芒砀山李黑楼阵地，他带领部队与多路“围剿”一总队的日寇展开殊死血战，血战数日，打退了敌人的5次进攻，创造了新四军战史上以少胜多的战例。就在黄昏敌人开始退却之时，他不幸被流弹击中，英勇殉国，时年41岁。

为纪念这位英雄，弘扬革命传统，在芒山镇关工委的积极支持参与下，烈士的后人鲁伟漪（鲁雨亭女儿）、翟斌（鲁雨亭外孙）等人于2009年发起组织了雨亭行动。活动以当年鲁紫铭、鲁雨亭父子在故乡芒山办学时“为国储才”的遗训为主旨，原则是“以雨润才，以亭护才”，目的是“羽翼国家，雨露人民”。

多年来，芒山镇关工委同鲁雨亭的后人联合开展爱心活动，共同发起、捐资，动员各有关团体、个人参加社会公益活动，为孩子们的健康成长献爱心。在外地工作的翟斌是雨亭行动的创始人，也是每一次行动的组织者和主要出资人。从2009年9月起，他们年年组织雨亭中学和雨亭小学的学生开展雨亭行动，9年来共出资110余万元，组织150余名学生先后到北京、上海、深圳等地，通过多种方式参观学习，让孩子们开阔视野、增长见识。如2017年，到北京观看天安门升旗仪式、参观圆明园遗址、走进北京大学、游览鸟巢和水立方……在对孩子们进行革命传统教育的同时，让其感受祖国的发展变化。

雨亭中学校长曹长坤告诉记者："每年的雨亭行动，对孩子们来说，都是那么地丰富、愉快和短暂，孩子们通过'体验'和'见识'而成长，通过学会'奉献'和'付出'而成熟。雨亭行动让我无怨无悔地坚定着我的教育梦！雨亭中学的全体教师会并肩携手，为实现'为祖国储才，为社会备才'贡献自己的力量！"

为让雨亭精神发扬光大，在传统节日里，鲁雨亭的后人还多次从外地赶回永城，给雨亭中小学捐献学习用品，帮扶贫困生，带领孩子们祭扫烈士墓，开办教育讲座，引入名校名师，宣讲革命精神，让红色基因得以传承。

爱心助学会——
凝聚力量　捐资助学

永城市陈集镇蒋大庄村东北角有座400年历史的庙宇叫白衣阁。清朝时期，白衣阁很繁华，但周边没有学校。为振兴国家，清朝宣统元年，白衣阁周边主事人蒋效曾，秀才李德麟、梁德冠等提出借庙建学的想法，即在白衣阁内的东、西厢房设立学堂，供周边村庄的适龄儿童读书，使每家孩子有学上并学有所成。这一想法得到广大村民的拥护，大家纷纷捐钱出力，在白衣阁设立学堂，学生曾达60人之多，这件事被清晰地刻在《藉庙建学碑记》上。如今，那通碑还立在原地，向过往的人讲述着蒋大庄村的村民借庙建学的故事。

蒋大庄村的先民捐资助学的优良传统给后人树立了榜样。2004年春节，退休老干部蒋登峰召集村里的部分企业家，与村两委人员欢聚一堂，同庆佳节。席间，他们谈及蒋大庄村今后如何重视教育和增强村民的凝聚力的话题，蒋登峰提议成立一个公益性的捐助机构，奖励品学兼优的孩子，以此回报家乡的父老乡亲和这方热土，这一提议得到大家的一致赞同。而后，蒋登峰又给本村在外的知名人士打电话，广泛听取各方意见，大家认为，通过这种渠道为家乡做点实事是应该的。自此，蒋大庄村成立了青少年爱心捐助会。

爱心捐助会的宗旨是支持蒋大庄村的教育事业，为国家造就更多的栋梁之材，增强蒋大庄村村民的凝聚力和家乡自豪感。爱心捐助会设有理事会，有严格的财务管理制度，确保每分钱都花得明明白白。募捐的资金如何使用才能使它的价值最大化，这在《蒋大庄村青少年爱心捐助会奖励实施细则》里一目了然。捐款用于资助上不起学的孩子，对于每年考上大学的学生，根据一本、二本、大专，奖励金额不等。此外，还对本村的小学优秀教师采取物质奖励，一年奖励一次。

爱心捐助会成立后，使蒋大庄村在外的家人有了凝聚力，有了为家乡奉献的平台，一些多年来和家乡很少联系的在外人士也加入了这个团队。2004 年，爱心捐助会发起了第一次募捐，参与募捐人数 30 多人，捐助额 6.7 万元。退休多年的蒋登岭在市区敬老院疗养，得知这事后专门赶回来捐了 2000 元现金。80 岁的退伍军人蒋善学，退休后依然心系家乡，自 2004 年起每年向基金会捐款 5000 元，他说："我想在有生之年，为生我养我的这片土地贡献微薄之力。"父辈就离开蒋大庄村的蒋友良、蒋友军兄弟，虽然没有在蒋大庄村生活过，但每次村里有公益活动，他们兄弟俩都积极参加，包括为爱心捐助会捐款。爱心捐助会于 2009 年发起第二次募捐时，参与捐款的人员达 60 人之多，捐款数额达 17.6 万，多年来，累计捐助近 30 万元。

爱心捐助会在发展中不仅得到了当地镇关工委和村关工委的支持、帮扶，还得到了河南省宋庆龄基金会商丘分会的支持和肯定，该组织曾多次来村里开展公益活动，共计捐助价值10余万元的图书及学习用品。社会各界的大力支持，使爱心捐助会的影响力越来越大，爱心绵延不断。爱心捐助会成立14年来，已奖励各类大学生168人，其中2名博士、10名研究生、5名留学生。最值得欣慰的是，受过资助的大学生毕业后也加入了这个爱心团体。学生蒋径宇、蒋静参加工作后，就将第一个月的工资捐给了爱心捐助会。

蒋大庄村对教育事业的重视远近皆知，每个家庭都把教育孩子当成头等大事，确实做到“再穷不穷孩子，再穷不穷教育”。蒋大庄村几乎家家户户有大学生，被周围群众誉为“大学生村”，这是村民们的骄傲。奖励资金对贫困家庭来说只是杯水车薪，远远不能解决实际困难，但爱心捐助会对他们给予的精神鼓励无法估量。它让孩子们懂得如何去爱人、爱家、爱国，懂得真正的成功不是向社会索取而是奉献。正如爱心捐助会会长蒋登峰说的那样：“我始终觉得人不能以富有为荣，而应以行善为傲。”

（刊登于《老人春秋》下半月刊，本文系与许卫霞合作完成）

新华网的“信阳方阵”

2008年9月以来，信阳市7位老新闻工作者先后在新华网开设博客，传播正能量，激浊扬清，宣传信阳。他们本来活跃在基层，身上沾满了泥土香，彼此既是生活中的朋友，又是网上的诤友。他们坚持发表博文、点评世事，平均每人发博文500多篇，点击量达200多万人次，引起了轰动效应，被网友称为“信阳方阵”。他们决心用文字把信阳推向更广阔的网络世界，让网友从这里更了解信阳这片红色的土地、英雄的土地。人物传记作家未庄子为“信阳方阵”连写17篇赞扬文章，还把这些文章和“信阳方阵”写的部分博文以及几百位网友的点评，汇编出版了一本50多万字的书《此情长相忆》。他说，读“信阳方阵”的博客，感觉他们文笔不减当年。虽说寒暑催白发，但那颗心仍然激情燃烧。

为红色传承奔波

邵明远是“信阳方阵”成员之一，他从罗山县广电局退休后，依然在搞老营生，舞文弄墨。

邵明远的老家在罗山县，那里是红二十五军长征的出发地。中共鄂豫皖省委于1934年11月11日在光山县花山寨举行第十四次常委会，传达了程子华带来的中共中央文件和中央军委副主席周恩来的口头指示，决定红二十五军立即实行战略转移，13日至15日在罗山县何家冲集结，做好出发前的一切准备工作。11月16日，红二十五军近3000名将士集合在何家冲村边的大银杏树下，宣读完《中国工农红军北上抗日第二先遣队出发宣言》之后，高举红旗出发长征。何氏祠见证了红二十五军的长征。1996年，这里已被批准成为国家级文物保护单位。何家冲也成为爱国主义教育基地，并被列为全国百个红色经典旅游景点之一。为了纪念红二十五军长征胜利77周年，邵明远用“灵山居士”的网名，在新华网博客上发表了《红二十五军长征的前前后后》一文，引起了网友的关注。网友上官正义说：“这位‘灵山居士’把红二十五军的长征写得这般详细，令人佩服。这不光是篇美文，更是一堂生动的爱国主义教育课。”

2012年国庆节前，邵明远随着“信阳老新闻旅游团”到延安革命纪念馆参观学习。展板上的“中国工农红军长征路线图”引起了他的注意，其他三支红军部队长征都有起点和终点，唯独红二十五军长征只有终点，没有起点。邵明远觉得，应该完善历史资料，还原革命历史的本来面貌。鉴于此，他以一个老新闻工作者的名义向延安革命纪念馆写了封信，恳请他们在“中国工农红军长征路线图”展板上郑重地加上红二十五军长征出发地“何家冲”的名字。

邵明远的信受到延安革命纪念馆的重视，问题很快得到妥善解决。他说：“红军长征出发地屈指可数，何家冲是其中之一。我生长于此，有责任和义务宣传它，以此弘扬红军的长征精神，告慰先烈不朽的英灵。”

为绿色发展呼号

杨家山出生在淮河北岸的杨冲寨。他从农村通讯员干起，从信阳县（今信阳市）委宣传部副部长位子上退休后，用一支笔，以“山呼林啸”的网名，为家乡的绿色发展唱赞歌。

明港、郝堂村、鸡公山，是信阳有名的地方，在开发中付出过沉重的代价。就说明港镇吧，过去群众戏言“远看像个县，近看像猪圈。白天老停水，夜晚总停电”。近年来，明港镇为发展公共事业、民生工程、环保项目，对环境卫生进行了整治，配备了路面清扫车，合理规划了垃圾池，还投资上千万元建成污水处理厂，水质各项指标达到国家一级标准。杨家山见证了明港这么多年的发展变化，他写下博文《刮目看明港》，记录了这里的发展经历和家乡人民对美好前景的展望。

此外，杨宗山还在《诗意郝堂》中这样总结：“农村是有价值的，农民是有尊严的，农业是有希望的。”在《震雷山情思》中，他这样祝福：“风驰电掣，如日中天，因为那是古老而又年轻的信阳。”在《鸡公山：大手笔写大文章》中，他无限感慨：“鸡公山这只美丽的金凤凰，历经沧桑，浴火重生！”

杨家山说：“我身上流淌着农民的血，至今仍觉得自己身上还带着泥土和牛粪的味道。我喝着淮河水，吃着信阳米，在家乡温暖宽广的怀抱里长大成人。无论走到哪里，我都与家乡休戚与共。为了让家乡进步更快，让光明、真善美发扬光大，我愿继续奔走呼号，建言发声。”

为养老事业呐喊

“信阳方阵”时常结合社会发展实际，比如养老这个人们离不开的话题进行探讨。在这方面，“江淮闲翁”做得最为突出。他叫李建新，信阳人民广播电台原副台长。

李建新在兄弟姊妹中排行老大。2012 年年初，他年近 80 岁的老母亲生病住院，儿孙辈都来到医院照顾。李建新的三弟说：“妈妈，您虽然生病了，但是您很幸福。儿孙都围着您转，等我们这代人老了可就没这福分了。”三弟的话让李建新陷入深思：中国已经进入老龄化社会，养老将是个沉重的社会问题。

经过认真思考，李建新结合自身经历和感受，在新华网开设的博客中以《话说养老》为专题，一连发表了《七十多岁的老人为啥最幸福》《三十多岁年轻人的养老压力》《居家养老的尴尬》《农村养老指望谁》等博文。这些博文涉及社会面临的养老压力、中国的养老模式、养老金使用管理等内容，引起了网友的广泛关注和热议，有的博文跟帖点评达到 1000 多条。有位全国政协委员根据这些博文和其他资料，在全国政协会议上提出有关养老的议案。中央电视台从新华网上看到这些博文后，联系到李建新，并电话采访了他。

“信阳方阵”部分成员

类似的事例在“信阳方阵”还有很多，如“信阳方阵”的创始人袁维龙歌颂党、歌颂红色信阳的文章，胡思云和蔡霞对农村问题的真情关注，黎峰林用诗词对家乡的描绘，都引起了网友的高度关注。2016 年 7 月，河南省委老干部局和河南电视台成立联合摄制组，拍摄了一部凝聚老干部正能量的大型电视专题片《霞光满中原》。“信阳方阵”作为唯一的网络宣传典型，集体接受了采访。

如今，“信阳方阵”不忘初心、牢记使命，以十九大精神为指引继续前进。“信阳方阵”的成员豪情满怀地歌唱党、歌唱祖国、歌唱信阳，也歌唱着自己快乐的人生。

（刊登于《老人春秋》下半月刊、《老记者视野》）

华发不释卷　悉心弄光影

——信阳市老年摄影协会侧记

信阳市老年摄影协会成立于2009年，成员有270多人，平均年龄65岁。目前，协会专门成立了临时党支部，定时培训以壮大摄影队伍，积极组织多种摄影活动，创办《红叶之光》摄影专刊，还通过创建QQ群、微信公众号等网络交流平台，为会员提供相互点评的第二课堂。

信阳市老年摄影协会紧紧围绕中心、服务大局，用镜头宣传当地的社会经济发展，传播正能量，得到社会的好评和认可。近年来，他们积极参加各类比赛，共有549幅作品获奖，其中获国际奖15幅、国家级奖30幅、省级奖35幅、市级奖60幅。现已有中国摄影家协会会员5人、河南省摄影家协会会员18人。2013年，市老年摄影协会被市民政局评为4A级社会组织，2016年荣获省民政厅“全省先进社会组织”称号，被省委老干部局命名为“全省离退休干部先进社团”。

发扬革命传统　传承红色基因

信阳是革命老区，所辖的2个区、8个县，有近百位健在的红军老战士、抗战老兵，年龄最大的100多岁，最小的也有80多岁。他们都为国家和人民做出了卓越的贡献。在庆祝中国共产党成立95

周年、中国工农红军长征胜利80周年之际，市老年摄影协会决定以“抢救性”的实际行动，用手中的镜头集中对准他们，留下现实的光影资料，以此向抗战老兵致敬。

几经努力，这个方案得以筹备实施。一群六七十岁的老人搜集资料、寻找线索，筹划拍摄80岁、90岁甚至100多岁的红军老战士和抗战老兵的工作和生活。老同志们首先从协调市军分区干休所、地方干休所入手，并取得了民政局、各县区委老干部局等多个部门的支持。从计划这件事到完成，市老年摄影协会走访各家各户、社区乡镇，前后用了3年多时间。会员们克服种种困难，走访拍摄了全市近百位红军老战士和抗战老兵。

市老年摄影协会主席王定一，去市军分区干休所拍摄抗战老兵张计发，去了四五次才找到本人。抗战老兵陈德智长时间独居，不注意家庭卫生，申忠礼带领拍摄小组为他拍摄完后，与张明、陈敏、柴豫海、易国斌等小组成员又帮助陈老清理垃圾，把家中里里外外打扫一遍。邢爱茹和蔺仲武到明港镇拍摄时天下着大雨，尤其拍摄抗战老兵王若松、宁世学等，还是在医院里完成的。通过拍摄，抗战老兵马余珍和失散多年的老战友联系上了，老人们激动不已。有些抗战老兵，因觉得自己没有被党忘记，没有被祖国人民忘记，当场流下了激动的泪水。

拍摄过程也是受教育的过程。抗战老兵张正清，挽起袖子让大家看胳膊上的“文身”，那是一场恶战前，战士们在身体相同位置留下的。抗战老兵徐天保从小习武，曾经在一次战役中用大刀杀死了十几个日本兵，至今仍珍藏着战斗中使用过的大刀。刘存才祖孙三代都是功臣，拍摄完成后，市老年摄影协会又请他为青年们讲述红色历史。他生动精彩的讲述给年轻人留下了深刻的印象。2017年3月刘存才去世时，市老年摄影协会专门记录下这位战功卓著的老人口述的红色历史，成了宝贵的资料。最受教育和感动的是对抗战老兵张计发的拍摄，张计发是全国有名的战斗英雄，也是电影《上甘岭》中张连长的原型。他给大家讲述了上甘岭战役那难熬的7天7夜，张老离休后，还做了1000多场次报告。

王定一和抗战老兵张计发

拍摄结束后，市老年摄影协会决定印制《红叶之光》画册。80位抗战老兵同时出现在画册上，并按年龄大小和参军时间依次排列。王定一用了几天几夜，累得高烧、嘴上起疱。他说："生病算啥，红军老战士、抗战老兵的精神给了我们做好这件事的信心。"画册印成时，又有十几位抗战老兵去世，他们的家人保存的这份珍贵资料，成了永远的记忆。

市老年摄影协会先后在信阳市博物馆、信阳师范学院、市委老干部局，举办了抗战老兵图片展，参观者络绎不绝。很多人热泪盈眶，有的签名，有的留言。还有老同志坐在轮椅上参观，场面十分感人。

记录信阳风光　传播茶乡文化

茶是信阳的名片之一，也是信阳的优势产业。拍茶园是市老年摄影协会的强项，60多岁的黄泽远就是这支队伍的主力军。黄泽远的大部分退休金都购买了摄影器材。他说："我一定要拍出能让信阳茶乡走向世界的作品。"为此，黄泽远整整努力了 3 年。

从 2013 年到 2015 年，黄泽远一直在浉河港生态茶山拍摄。他去茶山拍了很多次，去之前先考虑、构思，此外还要看天气。在温差 12℃、PM 值低于 6、空气好的条件下拍摄效果最好。春天，他凌晨 3 点就得起床，冬天也要赶在凌晨 5 点之前起床。每次他都来不及吃饭，开一个多小时的车后，再跟队友们背着 20 多斤重的摄影器材，负重走半个多小时的山路才到达拍摄地点。对于年逾六旬的老人来说，这实在很辛苦。尽管如此，依然有很多次达不到拍摄条件，他们只好无功而返。但黄泽远心里有目标、有方向、有追求，他从拍摄的茶乡的 10000 多张照片中，精选出 10 多幅，参加了国内外多个影展。其中《茶乡印象》，获美国摄影协会大都会分会首届国际摄影展金奖，另有 5 幅作品分别在阿联酋、罗马尼亚等国际影展中获得铜牌、勋带奖。黄泽远的目标实现了，他把茶乡的美展示给了全世界。

同样 60 多岁的刘高朝是黄泽远的"粉丝"，他常常跟着黄泽远去拍照。他说："黄老师拍照时细心、严谨，去茶山拍摄不怕辛苦。我学到的不仅是拍照方法，还有做人、做事的态度。"

支持生念理念　记录移民搬迁

出山店水库位于淮河干流上游，是唯一的一座在淮河干流上修建的大（I）型水库，建成后不仅具有灌溉、供水、发电等综合效益，还对淮河安澜发挥重大作用，是国务院确定的 172 项节水供水重大水利工程之一。2017 年 4 月 14 日，平桥区平昌关镇 1623 户 5883 人移民搬迁工作全面展开。与此同时，市老年摄影协会受信阳市移民局委托，组成 4 ~6 人的小分队，自费分赴搬迁区域，拍摄移民搬迁和水库建设者的风采。

会员们走进搬迁的数条老街、多个居民组以及移民新村等地，记录移民的生活，并拍摄库区移民的安置近况。首批拍摄中，他们共走访了移民家庭 59 户，访问村民约 110 人，基本采集齐搬迁户的相关信息，掌握了他们搬迁前后的精神状态和生活变化。

70 多岁的蔺仲武每天为此忙碌，无数次骑车到工地给搬迁的人家拍摄。张明体察移民的内心活动，他用“一家人”的思维方式与移民沟通，赞扬他们为水利建设舍小家为大家的情怀。市老年摄影协会还为当地一些有代表意义的“老字号”商铺整理出文字、图片资料。大家颠簸在乡间小道，用镜头记录下库区悠久的历史文献，也展示了移民新区的美好生活。在一座座安置点里，未来的幸福生活越来越清晰。

2017 年，市老年摄影协会根据身边的人和事，自编、自导的两部微电影，代表信阳市参加了河南省离退休干部“不忘红色初心·助力出彩中原”微电影大赛。为迎接党的十九大，积极配合信阳市摄影家协会，举办了庆祝刘邓大军胜利挺进大别山 70 周年图片展。市老年摄影协会副秘书长陈敏说：“好的摄影作品就应该像蓝天上的阳光、春季里的清风一样，能够启迪思想、温润心灵。我们要通过摄影作品传递真善美，传递向上向善的价值观。弘扬时代精神，传播正能量。”她的话道出了市老年摄影协会所有成员的心声。

（刊登于《老人春秋》上半月刊）

专访篇

落实“四个全面”实现老干部工作新突破

——访中共平顶山市委老干部局局长王惠玲

当前，党和国家协调推进全面建成小康社会、全面深化改革、全面推进依法治国进程、全面从严治党的新常态，既对老干部工作提出了新任务、新要求，又为推进老干部工作转型发展、科学发展，提供了新机遇。为落实“四个全面”，全面推进老干部工作实现新发展，笔者采访了中共平顶市委老干部局局长王惠玲。

问：思路决定出路。在当前经济发展和政治建设新常态下，您认为推进老干部工作的新思路是什么?

王惠玲：以习近平同志为核心的党中央从坚持和发展中国特色社会主义全局出发提出，做出的全面建成小康社会、全面深化改革、全面依法治国、全面从严治党的战略布局，是党中央治国理政的总方略，构成了党和国家工作大局的新常态，给新形势下的老干部工作带来了新挑战。我们应以习近平总书记接见全国离退休干部“双先”代表时的重要讲话精神为指导，结合当前离休干部的身体特点、现实生活需要，退休干部的价值取向、服务需求和当前老干部工作面临的新形势，紧紧围绕中心、服务大局，牢牢把握老干部工作为党的事业增添正能量的要求，加强离退休干部思想政治建设，强化基层党组织管理，深化亲情服务，加强政策研究，推进创新发展。

问：新常态应有新作为。你认为在新常态下如何推进老干部工作新发展？

王惠玲：当前，党和国家“四个全面”的战略部署，给老干部工作各项建设提供了深化改革的动力、依法推进的动力，我们应抓住机遇，在加强老干部工作全面建设上实现四个新突破。一是贯彻“从严治党”要求，在老干部思想政治建设和党组织建设上实现新突破。要突出思想建党，组织离退休干部深入学习习近平总书记系列讲话精神，加大社会主义核心价值观教育和理想信念教育，引导老同志坚信党的领导，坚定中国特色社会主义信念。要加强制度治党，以老干部工作部门建立老干部党工委为契机，进一步健全和完善离退休干部党组织设置，落实党建责任制、考核制，推进离退休干部党组织学习、生活、活动等制度化、常态化。二是贯彻“依法治国”总方略，在加强老干部管理服务上实现新突破。以老干部工作政策、法规为依据，以让党放心、让老干部满意为目标，扎实落实老干部的各项待遇，积极提供亲情化、个性化、多样化服务，不断提高老干部工作科学化水平。三是贯彻“增添正能量”的价值取向，在发挥老干部作用上实现新突破。坚持自觉自愿、量力而行的原则，广泛组织开展“展示阳光心态、体验美好生活、畅谈发展变化”活动，更好地充分发挥老同志的优势，为建设和谐平顶山、幸福平顶山、平安平顶山、绿色平顶山献智献力。四是贯彻“共建共享”方针，在加强老干部活动阵地建设上实现新突破。在全面建成小康社会的历史进程中，按照适用方便、安全节俭的原则，整合社会资源，通过科学规划、合理调配，确保老同志能够就近学习、就近活动，就近得到关心照顾。

问：新常态给老干部工作提出了新挑战，你认为当前推进老干部工作的根本是什么？

王惠玲：科学发展、人才为本。无论新常态下老干部工作面临多大的压力和挑战，加强自身建设始终是根本。我们要认真贯彻“三严三实”的要求，加强思想作风建设，努力建设一支讲政治、重感情、业务精、作风好、老同志信得过的老干部工作队伍；要从严开展思想政治教育，深入学习习近平总书记系列讲话和在接见全国“双先”代表时的重要讲话，深刻领会其精神实质，增强做好老干部工作的积极性；要从严持续深化作风建设，扎实开展“三严三实”专题教育，不断巩固群众路线教育实践活动成果，严格执行“八项规定”，切实转变工作作风，真心实意地关心老同志、服务老同志；要从严加强学习培训，组织工作人员认真学习党的老干部工作政策、制度、法规，提高政策运用能力，增强做好老干部工作的本领，更好地融入从严治党、依法治国新常态，构建改进作风、创新工作新常态，形成乐于奉献、忠诚担当新常态。

在新常态下推进老干部工作发展

——访中共安阳市委老干部局局长李瑞霞

随着经济社会发展和退休干部成为老干部队伍的主体，广大老同志对精神文化的需求不断提升，现代文化理念、文化知识和文化活动正在深刻地改变着老干部的生活观念和生活方式，这已成为老干部工作的“新常态”。为新常态下的“文化养老”，推进老干部工作转型发展，笔者采访了中共安阳市委老干部局局长李瑞霞。

问：在经济社会发展和老干部队伍结构变化的新常态下，你对老干部工作的“文化养老”是怎样理解和认识的？

李瑞霞：“文化养老”是社会文明与进步的重要体现。我认为其基本含义是以提高生命质量为核心，以更好地满足广大离退休干部的精神文化需求为主线，以促进老同志的情感交流、养生健体、学习娱乐、文化休闲及发挥作用为重点，在传统的“物质养老”基础之上的更高层次的现代社会养老方式。当前，安阳市委市政府高度重视老干部工作，从政策上倾斜、资金上投入、舆论上强化，先后投资建设了市老干部活动中心、老干部大学、老年文体苑等一大批惠老文化体育设施，为“文化养老”提供了坚实的物质保障。同时，随着城乡社区基础设施建设步伐的加快，老年文化设施更加完善，老年文化活动蓬勃开展，尊老敬老的社会机制逐步建立，“文化养老”已成为全社会的良好风尚。

问：老干部工作部门在新常态下如何顺应时代发展和广大离退

休干部的期待，逐步把工作重点由“落实待遇”向“文化养老”转变，提高老干部工作水平，推进老干部工作转型发展？

李瑞霞：“文化养老”工作是一项系统的社会工程，在新常态下我们应从基础入手，抓住关键环节，开展文化活动，关注精神慰藉，丰富文化内涵，提高服务水平。一要找准“文化养老”结合点。老干部工作部门首先应立足“文化养老”的最前沿，加强理论研究，以科学理论指导“文化养老”，增强工作的目标性；工作人员经常深入基层调查研究，问需于老干部，问计于老干部，找准开展“文化养老”工作与老干部实际需要的结合点，有针对性地做好思想教育，引导老同志解放思想、转变观念，树立科学、文明、进步的现代养老观，增强追求精神文化生活的内生动力。二要夯实“文化养老”基础。以老干部大学为学习阵地，加强老干部基础文化教育工作。各级应围绕老干部大学规范化建设，增设专业班级，扩大教学规模，丰富教学内容，打造特色课堂，提高教学水平，努力使老干部大学成为汇聚人才、培养人才，促进知识更新的学习乐园，成为越来越多离退休干部学习知识、结交朋友、融入社会的精神家园。以老干部活动中心为活动阵地，加强基层老干部文化体育建设。充分发挥依托老干部活动中心、基层活动室和活动站建立起来的老年社团组织、文体组织的作用，组织开展经常性文化体育活动，丰富老同志的精神文化生活。注重利用现代高新技术，提高服务功能。安阳市东区老干部活动中心增设了模拟高尔夫、模拟保龄球以及斯诺克、按摩室、视听活动室等高端活动设施，使服务更加完善，满足了老同志的现代文化需求。三要开展“文化养老”主题活动。在从严治党新常态下，以加强老干部党支部建设，强化党员的思想政治教育为先导，利用党的重大政治活动、重要政治题材和重大节庆日举办主题教育活动，坚定老同志的政治信念。党的十八大以来，我们先后开展了“欢歌载舞展风采，欢庆党的十八大”和党的群众路线教育实践活动理论成果展、学习习近平同志系列讲话心得体会展等主题文化活动，在全市开展了百名“最美老人”评选活动，营造出浓郁的老年文化氛围。

问：当前，离退休干部“文化养老”工作尚处于起步阶段，无论是服务领域、服务内容还是服务手段都有待提高。在新常态下我们应如何把握其内在规律，推进老干部工作转型发展？

李瑞霞：党历来重视老干部的精神文化生活。我们应认真总结工作经验、深化思想认识，加大探索力度，推进“文化养老”，提高老干部工作水平。首先要加大宣传力度，引导包括广大离退休干部在内的社会各界更加关注“文化养老”，形成助推“文化养老”事业发展的强大合力。其次要加强阵地建设力度，大力开展创建示范型老干部活动中心（室）活动，运用现代信息技术，加快构建老干部教育四级网络体系，打造互动交流平台，不断提高老干部学教工作和文体活动水平。同时还要加大部门协作力度，注重与宣传、文化、教育等部门合作，构建“文化养老”的社会协同机制，发挥老干部书法、诗词和摄影及体协的骨干作用，组织开展大型文化活动项目，为老同志提供更丰盛的精神食粮，推进老干部“文化养老”工作转型发展。

用发展的眼光掀起正能量活动的热潮

——访中共南阳市委老干部局局长张何伟

重视发挥老同志的积极作用，激励广大离退休干部为党和人民的事业增添正能量，是党和国家新时期赋予老干部工作的重要使命，是当前老干部工作的重要内容和政治性任务。如何用历史和发展的眼光，深化老干部工作发展规律的认识，扎实开展增添正能量活动？针对这一问题，笔者采访了南阳市委老干部局局长张何伟。

问：开展正能量活动与发挥老同志的积极作用是息息相关、紧密相连的，您如何用发展的观点看待两者的关系？

张何伟：纵观老干部工作 30 多年的发展历程，组织老同志发挥积极作用始终是老干部工作的一项重要内容，先后经历了 4 个不同的发展时期和发展阶段。一是在精神文明领域巩固安定团结，恢复党的优良传统和作风，推动四个现代化建设；二是围绕经济建设这个中心，有组织有领导地发挥老干部的作用；三是由离休干部向退休干部转移；四是在发挥作用的领域上向社会管理领域转移。当前，党中央和领导同志仍然坚持“围绕中心、服务大局”总方针，提出在广大老同志中积极开展正能量活动。我认为，这两个方面既有联系也有区别，发挥作用是正能量的基础，正能量是发挥作用的新发展，但两者的主体和客体不一样，方式方法也有变化，特别是在当前国际国内形势复杂多变，国内改革发展稳定任务艰巨，意识形态领域斗争激烈、暗流涌动的关键时候，特别需要正能量来凝聚人心、汇聚力量、共谋发展，而老干部身上恰恰积累了强大的正能量。所以，正能量活动的主题选得好，开展正当其时。

问：当前，组织老同志开展为党的事业增添正能量活动要把握的基本思想是什么？

张何伟：我认为，现阶段要把握好两点。首先不能以一般的活动看待。组织老同志开展正能量活动虽然是以活动的形式出现，但绝不是一项单纯的活动，不能把它用过去开展的一些活动来对待，更不能局限于老干部工作系统，一定要跳出这“一亩三分地”，站在社会大系统和党的建设的高度，来认识这项活动对弘扬社会正气、引导社会心理、引领社会风尚、团结凝聚广大老同志为实现中国梦而奋斗的重大意义，切实把这项活动作为当前和今后一个时期的重要内容抓紧抓好，抓出成效。其次，也不能仅把它当成正能量来对待。要把握好两项基本要求，既要凝聚老同志充分释放积极因素，又要下力遏制消极因素，增强离退休干部的角色意识和身份意识，进一步调整开展正能量活动的思路，拓宽视野、转变作风，努力提高老干部工作的水平。

问：如何用发展的眼光处理两者的关系，组织老同志发挥积极作用，掀起正能量活动的高潮？

张何伟：正能量活动是新形势下发挥老同志积极作用的重要途径，应着力聚焦独特优势，挖掘其关注点和兴奋点，掀起活动高潮。一是以先进性增添正能量。广大老同志长期受党的教育，经历过各种风险考验，心态积极向上、精神生活多姿多彩，应发挥其示范引领作用，以阳光的心态感染社会老人做和亲睦邻的长辈、崇德向善的模范、促进社会和谐的使者，共同释放正能量。二是以优良作风凝聚正能量。老同志离退休后仍然关心党的事业和国家的发展，持续把为党做事作为最大快乐，把为党和人民的事业增光添彩、为祖国的富强添砖加瓦作为最大幸福，应发挥他们的好思想、好作风，引导党员干部强党性、讲政治、守纪律，使党的事业薪火相传。同时，还应发挥他们深厚的群众基础、工作基础，宣传党的方针政策，疏导群众的情绪，化解社会矛盾，遏制消极因素，为社会发展凝聚正能量。三是以好声音释放正能量。老同志具有良好的道德形象和政治影响，我们将在市电视台、新闻广播和辖区报刊开设专栏，让老同志积极发声，传播好声音，为正能量点赞，为好声音喝彩，唱响中国精神的正气歌、中国道路的进行曲、中国力量的交响乐，引导广大老同志更加坚定中国特色社会主义的道路自信、理论自信、制度自信和文化自信。

形成开展正能量活动的强大合力

——访中共商丘市委老干部局局长王培富

老干部工作为党的事业增添正能量，是事关老干部工作未来走向的重大课题，是组织部门和老干部工作部门必须抓好的大事。在深化“三严三实”专题教育的新形势下，如何全面认识正能量活动的重大意义，进一步形成老干部工作为党的事业增添正能量的强大合力，笔者就此采访了中共商丘市委组织部正处级组织员、老干部局局长王培富。

问：老干部工作为党的事业增添正能量活动的首要条件是社会所需、老同志所愿。您对这句话是怎样理解和认识的？

王培富：当前社会上有些人对正面信息闭目塞听，视正能量为作秀、炒作，而对负面消息则偏听偏信、热衷传播。面对这种消极心理，确实需要正能量来凝聚人心、汇聚力量、共谋发展。前不久，全市组织拓宽道路、植树造林、美化环境等“六城联创”活动，给市民的生活带来了新变化。但有的人不从正能量的角度去看待，反而从负面去理解，说这些工程让一些腐败分子捞着了，这体现了精神食粮的缺乏，在很大程度上阻碍着正能量的“扩散”，促进了负能量的“转正”。当前，类似这种道德失范现象并非个案，像我军参加红场阅兵和“一带一路”这么好的倡议，有的人在网上说三道四。广大老同志长期受党的教育和关心照顾，并都有实现自我价值、获得社会尊重的精神需要，党内和社会上需要正能量之时太需要他们站出来说真话、讲真理，疏导社会情绪，鼓舞群众的士气。这既符合社会发展的新趋势，也满足老同志精神追求的新期待。我觉得正能量活动主题突出、正当其时、恰到好处。

问：开展正能量活动的基本前提是营造良好的舆论环境，您认为应如何加强宣传，使正能量活动形成强大合力？

王培富：目前，正能量活动已从起步阶段进入了稳步推进、凸显成果时期，我认为应进一步加大对离退休干部为党的事业增添正能量活动的宣传力度。我们将在全市开展正能量精神“进口袋、进脑袋”活动，把有关正能量的资料进行搜集汇编成册，各级领导、老干部工作者和广大老干部人手一册，组织大家再学习再提高。同时，积极挖掘离退休干部的典型经验和突出事迹，组织在全市进行广泛宣传，把老干部为党的事业奋斗终生的光辉形象树起来，把他们的先进事迹讲出去，激励更多的老同志发挥正能量，为社会树立好榜样，努力形成尊重老干部、支持老干部增添正能量的良好氛围。在此基础上，定期以实物、图片、文字、音像等方式，展示老同志为党的事业增添正能量的成果，体现他们展示阳光心态、体验美好生活、畅谈发展变化的精神风貌，激励更多的老同志投身到正能量活动中，形成强大合力。

问：增添正能量活动是当前和今后一个时期老干部工作的重要内容，必须长期抓好的大事。那么，我们应如何进一步加强组织领导，形成强大合力？

王培富：我认为需要做到“三个加强”。一是加强思想教育，增强活动的影响力。深刻理解开展正能量的重要意义和思想内涵，不仅要从老干部工作的实际出发，深刻认识正能量活动是老干部工作理论与实践的重大创新，是老干部工作转型发展、服务大局的价值体现，而且从实现“两个一百年”奋斗目标和中国梦的高度，全面认识其政治意义、现实意义和社会意义，引导老同志投身改革发展大业，通过各种形式为党的事业增添正能量。二是加强组织领导，增强活动的吸引力。各级老干部工作部门要把正能量活动作为一项重要政治任务，紧紧围绕党委政府工作中心、重大时间节点，将老同志所能所愿与社会所需所盼相结合，体现活动主题，强化主体责任，搞好工作谋划，创新平台载体，推进活动开展。三是加强机制建设，增强活动的感召力。逐步建立老干部工作为党的事业增添正能量目标考核管理机制、经费保障机制和表彰激励机制，我们还将组织开展“余热生辉·老有所为”年度人物评选，努力在全市营造比学赶帮的浓厚氛围，推进正能量活动的全面开展。

准确把握核心要义　开展正能量活动

——访中共信阳市委老干部局局长张亚军

老干部工作为党的事业增添正能量是当前老干部工作的重要职责，是今后需要长期抓好的政治任务。为准确把握要义，把老干部工作重点转移到最能体现离退休干部特点和最能发挥其优势的领域，为党和国家的工作大局提供最有效的服务，笔者专门采访了信阳市委老干部局局长张亚军。

问：为党的事业增添正能量，事关老干部工作的价值取向和未来走向。请问，开展正能量活动应如何体现老干部工作的价值和使命，如何满足老干部老同志精神追求的新期待？

张亚军：随着时代的发展和社会的进步，老干部工作面临的社会条件、制度环境和内部结构都发生了深刻的变化，特别是公共服务资源均等化，打破了原有的工作模式。当前，我们只有准确把握“老干部工作为党的事业增添正能量”这个新的增长点，切实发挥老干部工作的天然优势，挖掘离退休干部队伍这支蕴含着丰富经验、智慧和巨大正能量的人力资源宝库，发挥其无可替代的政治力量，做出独有的特色性贡献，才能充分利用老干部工作自身的价值，切实肩负起党赋予的重大使命。所以，我认为，开展正能量活动的落脚点和出发点，应聚集到“展示阳光心态，体验美好生活，畅谈发展变化”这三句话上，才能发挥老同志特有的政治优势、经验优势和社会优势，适应社会发展的新趋势，满足日益增长的精神文化需求的新期待。

问：您对这“三句话”是如何认识的？

张亚军：我从全市近一年来的活动中深刻认识到，这“三句话”是紧紧围绕党的事业的需要，结合老同志的特点提出来的，是当前老干部工作的价值取向和基本要求，其中的每一句话包含丰富的活动内容，并且是活动的一个独立载体和重要平台。但是，这三句话又是互相关联、密不可分的，在内在逻辑上是统一的，既符合社会形势发展的需要，又彰显了老同志的精神追求；既符合老干部工作转型发展的规律，又是对新时期老干部工作职责的重新定位，为开展增添正能量活动提供了准确的方向。

问：您认为应如何准确领会和把握这“三句话”的核心要义，扎实开展增添正能量活动？

张亚军：首先要看到，让老同志展示阳光心态是老干部工作为党的事业增添正能量的政治本色和价值需求。广大离退休干部理想信念坚定、党性观念强、心态积极阳光，身上蕴含着诸多优秀品质。在新常态下，他们应继续保持这种金子般的本色美，用阳光心态看待社会发展，分析社会风气，排解社会情绪，为构建和谐社会、法治社会增添正能量。其次要想到，让老同志体验美好生活是为党的事业增添正能量的活力源泉和价值基础，一方面让老同志体验物质生活，充分感知幸福、体验幸福，带动老年群体享受幸福，以实际行动支持正能量活动；另一方面要引导老同志体验社会生活，自觉走出家门，发挥特长优势，为党的事业增添正能量。三是要做到，让老同志畅谈发展变化是老干部工作为党的事业增添正能量的精神追求和价值体现。积极创新载体、搭建平台，让老干部结合亲身经历讲述信阳老区红色好故事，传播正能量；着力加强老年诗词、书画、摄影等艺术社团的培育和管理，组织老同志弘扬老区好传统，宣传正能量；广泛运用传统媒体和网络、微博、微信、微视频、移动通信端等新兴媒体，开辟舆论宣传新阵地，让老同志传播时代最强声，凝聚正能量。为此，信阳市专门成立了“好家风”老年文艺宣传队，采取舞蹈、歌唱、故事会、书法、绘画、摄影、剪纸等家庭才艺，弘扬家庭美德，展示良好家风；组织老新闻工作者建立了“信阳方阵”，以“为红色信阳点赞、为绿色信阳添彩”为主题，在新华网发文近 2000 多篇，促进了全市的精神文明建设，收到了良好的社会反响。

论文篇

老年人物专访应把握好“问”的环节

在当今信息化时代，随着互联网技术在新闻传播领域的广泛应用，无论是新型网络电子媒体还是传统纸质媒体，人物一直是新闻宣传报道的重要内容，备受全社会关注。专访作为获取人物信息的重要新闻手段，不仅能够直面真相、发现真情，全面掌握能报道的现实问题，还能挖掘更深更好的资源，提取重要的有新闻价值的信息，找到容易被遗漏的信息。面对老龄化社会的到来，老年人物专访已成为人物专访的重要组成部分，但由于采访对象生活、生理需求等状况的特殊性，老年人物专访因此受到广大新闻工作者的持续关注，他们对此进行了深入的研究。

一、老年人物专访中“问”的特点

人物专访，是记者请新闻人物就特定问题进行解答的一种方式，是记者带着目的和目标对人物进行的专题采访。专访的特点在于“专”，重点在于“访”，也就是双方以“一问一答”的谈话方式为主，取得直接材料并穿插背景材料而创作的一种特殊通讯，它比一般的人物报道更详细、生动。

由于读者对人物专访的要求和关注程度高，所以要写的人物必须具有鲜明的特点，才能避免文章流于平淡。如果读者看完后能记住这个人物，并与其他人物区分开来，这就可以说是一篇成功的人物专访。而鲜明的人物、典型的事例、生动的细节都取决于成功的采访，记者与受访者的交谈沟通就是最重要的一个途径。如果采访得好、采访得细，对人物就有较深刻的了解，便能够全面准确地把握人物的性格特征、所作所为，从而发现人物的闪光点和与众不同之处，才能更加准确地提炼主题，让读者想看、爱看，觉得可信、可亲、可学。一旦采访时沟通不畅、采访不深，特别是“问”得不全，受访者答得不细，就达不到采访目的，即使再精心运作也写不好作品。所以，记者提问的技巧和提问的艺术显得尤为重要。只有问题提得好、问得准，才有助于打开采访对象的话匣子。

在老年人物专访实践中，由于采访对象年龄较大、经历的事情较多，与年轻的记者存在天然的“代沟”。因此与其他人物专访相比，其采访过程有其特殊性。如采访前必须储备采访对象所处年代的相应知识，采访中善于把提问变成聊天交流，及时引导并妥善应对采访对象的情绪化，同时还要争取被采访者亲人、朋友的帮助和配合。

二、老年人物专访中“问”环节易出现的问题

采访的主要方式是问和答。其中“问”是指记者对受访者提出问题，是老年人物专访中最常用、最普通的方式。“问”是采访的关键，问得清，老同志答得就清。记者就能够问出想要的信息，进而对这些信息进行筛选，从而形成新闻作品，以达到传播和影响的目的。但在老年人物新闻专访中，老年人不像年轻人，遇到听不明白、听不清楚的问题，就让记者再复述一次所问的问题，或者直接对记者说没听明白，而老同志则常常缄口不答、避而不说，从而导致采访抓不住关键，影响采访效果。

记者在老年人物专访中，在“问”的环节容易出现以下三个问题。一是提问过大过空。大多记者采访时喜欢问“你是怎么做的?”

"你有什么感想?""你下一步有什么打算?"等老三问套话，让老年人不知如何回答。二是提问不得要领。提问不能简明扼要，问话不得要领，抓不住关键。有些是轻问重写，提问词不达意，让采访对象不知如何回答。记者大多文字功夫过硬，但嘴上功夫欠缺，在认识上还有偏见，认识片面，认为注重口才是讲花架子，不重实效，常常说了好多话绕不到主题上。比如问某位老企业家下一步的打算，是否有意资助农村教育，是否想帮助老年人养老，可说来说去，记者不仅把被采访者说糊涂了，连自己也不明白问了什么。三是提问主次不清。提问的目的和方向不清楚，抓不住主要矛盾和次要矛盾，不理解老同志的思想感受，对受访者的回答不理解，使老年人在心理上产生反感，与记者拉开了心理距离。这些问题，都会在无形中影响受访者的谈话兴趣。

三、准确把握老年人物专访"问"的艺术和技巧

新闻采访中最常用、最普通的方式方法是提问。记者通过提问获得人物的第一手资料，然后根据新闻宣传的方向和新闻报道所要表达的主题，再依据人物的专业专长、特点、爱好进行取舍。可在老年人物专访中，由于受访者记远不记近、记老不记新等特殊性，要求记者必须遵循适合老年人的采访程序，切实掌握采访"问"的艺术、"问"的技巧，才能抓住要害，提高采访的工作实效。

一是遵循采访礼仪，抓住基本事项访"问"。当记者向老同志提出采访请求时，需要对方腾出时间，提供必要的支持，才能搜集到新闻报道所需要的信息。因此，记者应遵循采访礼仪，让老同志愉悦地接受采访。要以礼相待。当老同志同意接受访问时，记者要礼貌地尊敬地对待。在采访中，对老同志所讲的，记者应尽可能避免表现出同意或不同意的态度，更不要牵扯个人情绪，防止损害新

闻的公正性，确保报道客观、真实。要以诚相待。从采访开始的那刻起，记者要有坦诚之心，不能用虚假伪装的手段采访，除了面对特殊情况，无法用其他方式获取信息，需要采取一些伪装的方式来接近事实真相时，记者首先应征得老年人或其家人的许可，并列出和提供问题清单，提前让受访者知晓。要有敬重之意。在采访期间，如果获知了新鲜的有趣信息，需要跟进采访时，应花足够的时间了解背景，包括所谈及的话题，这有助于了解老同志说什么、为什么这么说。即使推迟采访，也要有尊重之意，不能被个人感受所影响。无论话题是什么、无论对于回答有怎样的感受，记者应该始终保持客观、公平、公正的态度。有时候，由于老年人生理机能下降，精力不能长时间集中，记者应尽量避免摆弄纸张、笔等让老人受干扰的行为，必要时移开大桌子等容易产生沟通壁垒的障碍物，让受访者更能专注于问答。采访后，要尽可能总结采访的主要观点，这是确保采访中出现不同新闻报道视角、具有采访之魂的有效方法。

二是遵循问题导向，抓住关键内容提“问”。记者在采访中善问、会问，把握好问的技巧，问得清楚、问得明白，受访者才能讲得透彻，说得有条理，记者从中得到的信息就更全面、系统。如果提出的问题比较笼统含糊，抓不住关键，受访者的回答就不能切入主题。记者在采访时避免问一些听起来是问题，但又不是问题的问题，如“请您谈一下体会”“请介绍一下情况”。其实这不是在提问，因为话题里没有问号，让受访者无法回答。因此，记者应遵循新闻采访的规律，问的问题要抓住关键内容，紧扣采访的主题，防止大同小异、千篇一律地问。如“你幸福吗?”“你快乐吗?”“你有什么感想?”等共性问题，让老同志一头雾水，抓不住问题的核心，只能应付回答。

三是遵循真相要求，抓住实事发“问”。记者在采访中经常遇到新闻监督和舆情舆论监督等情况，如果写正面人物的表扬稿，大多数人愿意接受采访，遇到的是笑脸相迎、热情接待，但如果写的是反面人物的批评稿，情况则恰恰相反，吃的常常是“闭门羹”。在老年人物专访中，真相显得尤为突出，老同志大多敢于较真，善于说真话、道实事，不管问题提得得当不得当，采访深入不深入，都有可能给记者带来一些麻烦。所以，记者在掌握真相的背景下采访提问时，应树立“打破砂锅问到底”的思想理念，不管是直接的“问”还是间接的“问”，都要让问题以所要撰写的新闻作品为中心，使采访得到的信息“为我所用”。

四是遵循核心意识，抓住核心“问”出水平。记者采访中，向受访者提问时，不要兜圈子，应该围绕社会普遍关心，老年人十分关注的热点、难点和焦点等直奔主题。要问出核心。把核心问题提出来，从对方口中掏出“真金白银”，了解公众最关心的问题。要问出新意。在采访前，记者要根据有关材料认真思考，这是决定提问水准的关键一环。只有经过反复思考、仔细斟酌，提出的问题准确得体，才能够从受访者口中得到许多有用的信息资源。有的采访需要层层推进、步步深入，掏出很多别人得不到的东西。还有的记者追求“别出心裁”，以事实为底线，追求新意，追求新角度，追求别人没有想到、来不及想到的问题，采访出色出彩，水平更胜一筹。要问出人意。善解受访者的心意也是提问题的一种态度，尤其要理解老同志的心情，尊重老同志的习惯，体谅老同志的难处，这样老同志就会产生好感，从而掏心窝子讲出心里话。我在淇县采访“头雁回归，造福家乡”时，有一位老同志爱抽烟，于是我每隔一个小时就让他放松一下，吸烟提提神，聊着聊着，话就多起来了，当时就收获了宝贵的新闻素材，采写的这篇文章先后被《河南日报》《老年日报》转发。

记者在老年人物专访中，“问”毕竟只是一种必要的方式方法，但如何运用好“问”，让问题问得到位、有针对性，值得进一步深入研究和探讨。只有坚持正确的舆论导向，遵循新闻宣传工作的规律，守住报道工作的底线，追求更好更快、更深更细，更接近事实真相的采访，那么，“问”这个环节才会为老年人物专访全程增色添彩。

（刊登于《新闻爱好者》）

掌握老年人物专访的窍门和方法

人物新闻是报纸和杂志新闻宣传的重头戏，因其要求故事是生活中的真人真事，所以记者事先要做好大量的准备工作。其中采访是最基础的准备工作，也是记者的基本技能之一。

老年人由于身体、体力、记忆力和生理机能下降等原因，在接受采访时会表现出迥异的心理状态，导致记者在发现真相、了解真情，更好挖掘和提取有重要的新闻价值，且容易被遗漏的信息中，存在情绪不好理顺、情况不好把握、局面不易控制等问题。记者只有准确了解老年人的思想、心理、兴趣和他们关心关注的热点敏感话题，才能有效把握好专访窍门，提高老年人物的专访质量。

一、老年人物专访中容易出现的问题

大多老年人都有丰富的历史经验，通过记述历史老故事，用老的事实得出新事实，从而揭露社会事实真相，感悟日常生活的新道理。但老年人物专访大多涉及一些久远的历史事件、人物故事，受思想感情的影响，局面不易掌控，常出现三个问题。一是情绪波动难理顺。接受采访时，大多数老同志心情都是紧张的，尽管主观上很想配合采访，但由于情绪紧张或激动，便会找不到头绪，理不出思路，开不了口，这种问题在基层采访中经常遇到。二是思想应付难引导。有的老同志面对记者提问，总是偏离主题，有意识地回避某些话题，记者得不到想写的东西。三是信马由缰难控制。尤其是采访老领导时，记者常常遇到被受访者牵着跑的情况，接受采访的老同志信马由缰、头头是道，不管不顾地讲下去，记者却不能控制局面，采访费了不少时间，看似记了一大堆，真正用得上的材料却不多，费工费时又费力。

二、有效控制老年人物专访局面的窍门

仁者见仁，智者见智。新闻采访是记者最常用、最普通的手段，既可坚持问题导向，也可以写作需要为目的，根据新闻作品需要提前做准备，使采访气氛活跃、过程完整、局面良好，确保“问之有意、提之有效，问得巧妙，提得有需”。

（一）用重要问题控制局面。在采访过程中首先确立主题，并精心设计几个问题。一些问题可以现场发挥，但关键的问题一定要提前准备，确定采访提纲和思路。采访前，主题明确既可保证采访有的放矢，也能减少时间浪费。因此必须事先准备，不打无准备之战，这样心中有底，临阵不慌，有助于控制局面，把采访者引到主题上来，既节省了时间，也保证了质量。

（二）用行业话题控制局面。行家伸伸手，便知有没有。记者张嘴一问，老同志就能听出来你对他了解的深浅，你对老干部工

作、老龄工作认识的程度。记者如果问外行话，就很难获得被采访的老同志的认同，也就无从深谈，更难以探寻到老年人的内心世界。记者应该触及采访对象最敏感的神经，探索其心灵。采访中，最容易找的共同语言就是对方的行业话题。这对于采访老领导、老干部非常有效。有的老同志是从领导岗位上退下来的，不喜欢你问他答。这时就需要采取聊天的形式，聊他曾经从事的工作、行业等熟悉的话题，缩短彼此的心理距离，这有助于有效掌控局面，促使采访更深入、细致、全面。

（三）用兴趣亮点控制局面。写一篇有血有肉、鲜活的老年人物专访是采写者的目标，要实现这个目标，重在以提问的方式，让老同志去讲、去说。问题问好了，第一步就走好了，那么离目标也就近了。在采访之前，记者应该认真思考。首先站在读者的角度思考，考虑读者想知道这个人物的哪个方面，读者的兴趣点会在哪里。记者要在心中想着读者，读者才会喜欢看你写的文章。其次要站在采访对象的角度考虑。受访者想要告诉读者什么，他有什么好的经验和闪光之处对读者有所启迪？只有这两方面都想到了，记者提的问题才会让双方都感兴趣。同时还要注意保护采访对象的隐私，不要问与主题无关的问题。

三、准确把握老年人物专访过程的方法

老年人物专访是记者在通过谈话取得老同志第一手资料的基础上，再穿插背景材料而创作的特殊通讯。相对于其他新闻方式，这种通讯具体而生动，但由于老年人年迈体弱、记忆力欠佳，跟其他采访对象有许多不同的地方，记者只有用心、用情了解老年人的心理状况，才能真正走进老同志的心中，采写出有温度的新闻作品。

（一）正确面对老年人的片面情绪，拉近采访者与受访者的距

离。老年人受体力、精力等身体机能限制，在接受采访时有不同的反映。有的愿意接受采访，有的对采访有抵触情绪和排斥心理，特别是老同志在生活中遇到不顺心的事，或碰巧身体不适时，思想上会缺乏被采访的激情和热情。还有的受访者甚至担心媒体宣传了自己，会给生活带来不必要的麻烦。而且老年人大多晚年独居，也许平静的生活因此会被打乱。只有了解并考虑到这些特殊情况，记者在采访中才可迈出与老同志交谈的第一步。这就要求记者提前了解和掌握所要采访的老同志的爱好、特长等各种情况，以及对接受采访的态度是否中肯，这样采访时才能有的放矢。如果采访对象是老年书法家，除了事先了解他是否愿意接受采访，还应该在采访之前围绕书法知识做些功课，记者采访时可先谈谈自己对书法的粗浅认识，从一定程度上拉近与受访者的距离。如果采访老年画家，可围绕书画艺术做功课，采访进入正题之前，记者可以谈一谈对书画艺术的认识，引起思想上的共鸣，然后再说明采访意图。消除对立和疏远情绪后，采访中要得到的“情报”定会无一“漏网”。

（二）准确激发老年人的谈话热情，营造轻松的采访氛围。采访老年人时，有的老同志面对年轻记者“居高临下”的发问、提问，从心理上不愿意接受这种呆板的“审问”，采访者便常常表现出拘谨和顾虑，有的甚至礼节性地点到为止，有的没说两句直接打“退堂鼓”，欲言又止。面对这种情况，记者应“察言观色”，同时“见风使舵”，将谈话氛围变得轻松，激发老同志接受采访的热情，尽可能使采访达到预期效果。在采访中，记者可从老同志回答问题的语气、口气和语速、音量中了解他思想上是否有迟疑，态度上是否有顾虑。如果存在这方面情况，记者需要从采访前了解到的老同志的工作经历和他所关注的问题中，寻找到采访热点，让谈话气氛变得轻松，引导对方畅所欲言，讲出采访所要的有用的信息。

（三）适时引导老年人，避免采访“跑路走调”。上了年纪的老年人爱唠叨，当遇上他们感兴趣并且熟知的话题时，就有可能讲起来滔滔不绝、没完没了。当然，这其中会有不少内容与主题关联不大。因此，记者采访中应根据老同志的谈话兴致，抓住时机进行引导，一旦发现“跑题”的苗头，就要适时地“拽”回来。有时候老同志非常配合采访，努力按照记者的采访思路来讲述，但还是或多或少地“跑题”，当谈到他们亲身经历的往事时常会“刹不住闸”。这时候，记者可循着老同志的谈话内容和说话思路，寻找新话题，及时为其“扳道岔”，让老同志去谈他现在所做的事、他的思想感受以及社会评价等，帮他们从“岔题”中“扳回”。

（四）及时引导老年人，提高采访的工作实效。老年人大都见多识广，对工作、生活、社会等感触颇多，特别是曾担任过领导职务的老同志，对采访“轻车熟路”，面对记者的提“问”，“答”起来“流利顺畅”，而且“举一反三”，不管记者能不能用，只管表演“独角戏”。如果是个人专访，记者还能够轻松“驾驭”，但在采访老年协会、老科协、老体协等社团组织时。面对这种表现欲强的老同志，在采访中打断他们的谈话，不仅不礼貌，而且影响受访者的情绪和采访氛围。但由于采访时间有限，如果任由个别老同志表现，就会影响对其他老同志的采访。这就需要记者巧妙地加以引导，恰如其分地把采访时间留足，让所有参加采访的老同志都能说出自己的所想所做。十分善谈的老同志，大都思路清、反应快，记者根据自己的创作思路提问时，通常能够先答先说，而且还能够绕开想问的问题，一个话题接着一个话题地往下谈，比其他老同志谈得多、说得多。面对这种情况，记者应以保证采访实效为前提，可以把所有问题一一摆出来，让在场的老同志每人选一个话题。采访中问到哪个问题，首先由选到话题的老同志回答，如果感觉他谈得有些单薄，就请其他老同志补充。这样既能节省采访时间，也能有效地保证采访实效。

（五）善于消除老年人的心理顾虑，增强受访者的思想认同。老年人有着几十年的生活沉淀，考虑问题全面，思想站位高，特别是受党教育多年的老干部老党员，坚持“老而不敢忘忧国，退而不求命和利”的思想原则，积极发挥自身的独特优势，为党和人民的事业增添正能量。同时，老同志身上都有个优点，那就是对成绩避而不谈，对贡献轻描淡写，一带而过。这在某种程度上影响了采访质量。因此，记者应注重从心理上消除其顾虑，并在采访中巧妙地设置问题。当前，在新农村建设的大好形势下，许多农业局的老专家发挥技术优势，回乡建设美丽的乡村，为增加果农、菜农和粮农经济收入做出了重要贡献。记者在采访他们时就会碰到此类问题。我在项城市采访果树专家李文琦时，他对回到家乡务农有点不好意思开口。因为在城里当了一辈子“官”，老了再回村里侍奉一亩三分地，他感觉很丢面子。另外子女们都在城里工作，一旦他上了报纸杂志，以前的老同事看见，也许会说是子女把老人撵到了乡下。考虑到受访者的心理，巧妙地设置问题便成了至关重要的环节。采访中我这样问问题：您回到村里，村民有了困难会主动找您吗？找您的这些人，跟您是什么关系？您是怎样帮助他们的？这些问题他容易接受，会感到大家认可他做的事，认可他在村里的威信。这在无形中缩短了心理距离，减小了他的心理压力，得到了他的认同。这次采访因情况掌握得细致又全面而非常顺利，相关文章后来还在《河南日报》刊登，也被当地报纸转发。

（六）注重稳定老年人的思想，及时打开采访的思路。有的老同志长期在基层工作，在正规场合上台讲话、做报告的机会少，跟“身份高、有地位”的人交流的机会也不多，跟记者这类“文化人”面对面地交谈更是少之又少。因为记者采访时所说的话会见诸报端或杂志，所以老同志面对记者时心情可能很激动，思想极不稳定，更有甚者说话的声音和语气都走调了。遇到这种不能很快进入采访状态的对象，应首先稳定老同志的思想情绪。可以先谈与主题无关而又轻松的话题，通过问问受访者最近的生活情况，或者问问他对近期社会焦点的看法，对某段经历或者某个问题的看法，再或者是对方的兴趣爱好等轻松的话题，让对方放松思想、尽快平定心情，及时理清采访思路。也可以用拉家常的方式，聊受访者和老伴的身体状况，聊他以前学的专业和毕业后的工作，从以前的工作岗位聊到退休，然后再聊退休后发挥余热，最后进入采访主题。

根据笔者多年的工作实践经验，在老年人物专访中，要把握好老年人的心理和生理等特点，抓住提问这个关键，把握好专访技巧，并心怀礼貌和坦诚之意，这对获得一篇有血有肉、鲜活生动的人物专访大有益处。

（刊登于《新闻之友》）

用脚底板子丈量新闻作品

“脚底板下出新闻”是老话，道出了新闻工作者要想写出有价值、有影响的新闻作品，必须深入到全面深化改革的第一线和中国特色社会主义建设的最前沿。当今信息时代给记者采编创造了便利的条件，但如果记者一直依靠屏幕和键盘，就感受不到跟群众肩并肩、面对面采访时的热情，表达不出群众发自肺腑的呼声。现代信息技术固然有其优越性，却替代不了社会实践。“脚底板子”是考察“走基层、转作风、改文风”的重要条件，是丈量新闻作品质量的重要标尺。

一、用脚底板子丈量新闻作品的深度

采访是新闻采编的第一关。当年毛泽东主席曾教导新闻工作者，好新闻就在“脚底下”。在当前的互联网信息时代，真正的好新闻仍然在“脚底下”，而不是在网络和其他媒体上。记者迈开双腿，撸起袖子往基层跑，走进田间地头，深入工厂车间，把功夫下在扎扎实实的调研采访上，才能写出接地气、聚人气、有情感的新闻作品，脚底板子能够丈量出其深度。一是深入一线采访出的作品饱含深切情怀。会到基层一线调研、采访，是记者的基本素质，是成长的必由之路。如果离开了调研和采访，新闻就失去了其存在的价值，就没有了生命力。能够及时深入基层，步入寻常百姓当中调查研究、座谈寻访，过去是、现在是、将来也仍然是做好宣传工作的根本途径。随着互联网技术的发展，当下许多记者下基层的少了，跑会议、听汇报、看材料的多了，还有的从网上寻找新闻点，下载新闻材料。尽管这些做法省时省力、效率高，但没有到现场实打实地采访，对事件的发生和发展了解得不够详细真切，写出来的作品缺乏真实性，也就不会吸引人、感动人。眼下许多稿件刊发后受众反响不大，有的甚至报道失真，其原因就是记者没有深入采访。做好新时代新闻舆论工作，必须坚持以人民为中心的宣传导向，坚持百姓情怀、人民本色，真正走进基层、贴近群众，同群众心相连、情相依，才能准确把握好记者的工作本位，找准职责方位，自觉察民情、听民声、知民意，推出富有真挚情怀的优秀作品。

二是深入一线采访出的作品能够获得受众的信任。新闻的本源在基层火热的生活中，记者只有伸开腿、迈开脚，深入基层，写出的文字才富有生气，出手的作品才接地气。如果在办公室的材料堆中东拼西凑，在互联网上复制粘贴，那么，闭门造出的思想缺乏生活气息，搜肠刮肚写出的文字是呆板单调的，刊登的作品让受众会有“似曾相识”的感觉。新闻工作者只有俯下身子，深入一线与广大群众亲切交谈，才能从中获得鲜活、生动的新闻素材，群众生动活泼的语言跃然纸上，作品就会带有浓厚的生活气息、浓郁的泥土芳香，报道真实感强、可信度高，值得学习和推广。

三是深入采访出的作品能够深化主题。成功的新闻作品最突出的特点是主题突出、主次清晰、主线明了，但目前好多记者脚底子沉，不深入基层摸实情，善于从网上摘取观点、套取例子，作品是网络观点和现实信息的简单叠加，缺乏一些见所未见、人所未发的新闻实事。要走出空洞无物、无病呻吟的低层次报道，记者必须深入现场采访，在获得大量第一手材料的基础上独辟蹊径，把真实、可靠、精彩的新闻素材转化为新闻题材，尤其要注重选择新闻价值高、观点新颖、事迹生动、有特色的新闻点，以烘托和突出新闻主题，提高新闻报道的深度。

二、用脚底板子丈量新闻作品的精度

练就一副“铁脚板”是践行习近平总书记增强“四力”要求的基本功。作为党的新闻工作者，要坚持马克思主义新闻观，坚持新闻工作群众路线，自觉向人民看齐、取经，真正放下架子、俯下身子，走进新闻现场，做到上接“天气”，下接“地气”，才能提高采访精度，推出沾泥土、带露珠，让受众喜爱的精品。

一是在精心采访中提取精华。常言道：巧妇难为无米之炊。没有内容丰富、形式多样和特点突出的新闻素材，就写不出精品。而有特点的素材，并不是俯拾皆是，而是像珍珠一样在深水处，并藏在贝壳里，需经过深层次挖掘和敲打才能获得。从某种意义上讲，采访的深度决定着能否挖掘出有特点、有特色的新闻素材，提取出新闻精华。记者在采访中应不惜体力、放开脚步，既要有韩信点兵“多多益善”的寻访作风，又要有“沙漠找水”的不抛弃不放弃精神，善于勤跑多跑，努力往深处挖，善于看到别人没有看到的东西，听到别人没有听到的声音，才能提取出“以一当十”的新闻精华，写出独具特色的新闻精品。

二是在精心采访中提炼出精神。采访到实实在在的第一手材料是新闻写作的基本条件，也是写好报道的基础和关键。记者须有“踏破铁鞋”的工作劲头，积极到现场去与相关的新闻负责人、当事人、见证人深谈、细谈，不仅能搜集到真实材料，而且能观察到群众的态度和新闻的发展走向，更好地站在“全局”角度思考新闻导向，站在“服务群众”的角度对所有新闻素材进行集中、选择、锤炼，在“下笔如流水”的丰富材料中提炼出精神，使报道真实、饱满、有力。

三是在精心采访中挖掘出思想。新闻作品报道成功的关键是有深度的思想开掘。对新闻事件的报道选题即使切中了现实和导向，采访也很深入，但如果没有思想，立意不鲜明，也很难写出有影响力的作品。在当今多媒体时代，要做好共享新闻资源下的独家报道，在选材用材上应慧眼识材，在报道理念和采访技巧上下功夫、做文章，尤其要真正深入一线，注重用独特的新闻视角，深层次地剖析社会热点、难点、焦点，深层次地解剖新闻人物，以独特的思考采访挖掘出独特的新闻素材，用独家思想写出有影响力的独家新闻作品，使前瞻性的思想起到风向标的作用，使报道“深”起来、“活”起来、“立”起来。

三、用脚底板子丈量新闻作品的温度

七分采访三分写，练就采访的硬功是做好新闻工作的首要条件。记者真正走出去、走下去、走进去，把新闻的触角伸向基层的土壤，作品才会有精神养分，文字才有温度，才能为报刊提供“沾泥土”“带露珠”“冒热气”的新闻精品。

一是实地采访出的新闻可领略到温心。新闻业界向来有“好的采访是好文章的一大半”的共识，崇尚“脚板底下出新闻”的工作法则。记者应牢牢把握新闻的实践性，着力培养“多跑路”的坚强品质，自觉扎进基层、深入一线，贴近新闻源头，走进新闻当事人，用心感受人物的内心活动，掌控新闻采访的主动权，历练过硬的新闻观察力，就能够走进人物的内心世界，把人物想说的想讲的表达出来，让读者感受到人物的内心呼唤，推出有品质有心灵的新闻力作。

二是实地采访出的新闻可感受到温暖。多走一里路、多问一句话，对新闻事件就多一分认识、深一层理解。而当前的采访大多蜻蜓点水，把采写当“裁缝”，在材料堆里做文章，按领导“强调”“指出”“要求”等固化模式，忽视深入新闻现场“抓活鱼”，致使报道缺少鲜度和热度。采写新闻应遵循新闻规律，主动跳出对材料的依赖，挣脱对材料的束缚，依靠材料提供的新闻线索，通过挖掘、跟踪最新发展动态，把握发展趋势，寻找出最新进程和亮点，采写出亮度高、有温度的高质量新闻作品。

三是实地采访出的新闻可体验到温馨。坚持“用脚采访”是挖掘独家信息的重要法则，是获得新闻事件第一手材料的根本途径。记者应坚持多跑路，主动深入现场向新闻当事人、重要知情人多问情况，多听情况介绍，把所感受到的东西随手记下来，在作品中多用捕捉到的生动的细节烘托新闻主题，推出温馨鲜活的作品，满足受众对新闻人物的情感需求。

（刊登于《新闻之友》）

老干部工作新闻宣传的实践与探索

无论是中组部老干部局还是各个省局，全国的老干部工作部门都非常重视调研工作，每个月都要进行老干部工作调研报告的评审，并且全国每年召开一次老干部工作调研（信息、宣传）工作会议，对上一年的信息、调研、宣传工作进行总结、讲评、表彰，对下一步的工作进行安排部署。但老干部工作新闻宣传不好做，不知道向新闻单位写什么，反映什么，有时候稿子费心费力地写了改了，也往新闻单位和上级宣传部门投了，却始终没有被采用，这就要认真研究老干部工作新闻宣传文章的写法。

老干部工作新闻宣传文章的写作，首先要想好老干部工作新闻宣传文章应当“写什么”。写什么就是选材、取材，主要是解决“言之有物”的问题。想好从哪里找材料，找来材料怎么舍去没用的材料、保留有用的材料。俗话说“巧妇难为无米之炊”，如果从老干部工作中找不到可以写的材料，那就做不好宣传。其次老干部工作新闻宣传文章应当“怎么写”。怎样写就是组织材料，即如何布局谋篇，是解决“言之有序”的问题。记者应思考怎样从收集的材料中进行取舍、排列组合，将一篇篇材料如颗颗珍珠般串起来，组成信息、通讯、工作经验、理论研究文章、工作调研报告等不同体裁的文章。组织材料的要求是条理分明、过渡自然、前后呼应、详略得当、开头要好、结尾有力，这也是古人说的“章有章法”的“法”之所在。再者就是写了之后应当“怎么报”，也就是要能通过《老年日报》《中国老年报》《老人春秋》等媒体宣传出去。

一、老干部工作新闻宣传取材方法

要想在老干部工作中找到好的、新鲜的人和事，或者典型经验、有指导性和可操作性的做法，首先应当了解老干部工作新闻宣传所担负的任务。老干部是党和国家的宝贵财富，老干部工作是党的组织工作和干部工作的重要组成部分。老干部工作的主要任务是服务好老同志，照顾好老同志，让老同志安度晚年、颐养天年、益寿延年。老干部工作具体内容有哪些呢？首先就是归纳每年的工作，就是平时所说的五大体系。

老的五大体系有以下几个：

1. 老干部思想政治工作建设体系。推动“两项建设”持续发展，就是注意宣传老干部党支部建设的经验、做法。

2. 老干部生活服务体系。包括服务管理、医疗、生活待遇，就是要宣传完善“两费”保障“三个机制”的做法，提高老干部的医疗待遇，开展亲情化、个性化、多样化服务的举措。

3. 老干部学习活动阵地建设体系。以硬件建设促进软件建设，推进文化养老、教育养老、活动养老等。围绕加强老干部学习活动阵地建设，比如老干部活动中心建设、老年大学建设和开展各种文体活动等进行组稿。

4. 构建老干部发挥作用体系。发挥老干部的政治优势、经验优势、社会优势、智力优势，例如，老同志参加精神文明建设、创办领办经济实体，我们可以写人物通讯进行重点报道，也可写综合消息进行专题报道。

5. 老干部工作队伍体系。老干部工作队伍作风建设、思想建设和业务工作建设，都可以进行组稿。

新五大体系有以下五个：

1.《关于进一步加强和改进离退休干部工作的意见》（以下简称《意见》）建设体系。中央办公厅、国务院办公厅联合下发的《意见》，是自1982年老干部退休制度建立以来第一个以中办、国办名义下发的关于老干部工作的综合性文件，是为今后一个时期老干部工作定调子、定方向的指导性文件，堪称新时期老干部工作制度的“顶层设计”。宣传学习《意见》的形式既要体现共性，又要表现个性，抓特点、抓特色进行宣传。宣传落实《意见》的方法要注重抓好落实，坚持分类指导管理，区分情况对待。宣传执行《意见》的经验是注意研究贯彻执行中的新情况、新问题，针对问题，认真探索解决，及时总结推动老干部工作转型发展的经验。

2. 老干部工作为党的事业增添正能量建设体系。这是2014年11月26日，中组部召开全国离退休干部“双先”表彰大会提出之后，当前和今后一个时期，尤其是现阶段老干部工作的重心。

3. 离退休干部思想政治建设和党组织建设体系。“两项建设”是老干部工作的基本内容，是每年工作的常规内容。包括宣传扎实开展“不忘初心”“两学一做”学习教育思想建设；宣传扎实推进建立离退休干部党组织建设；宣传扎实推进离退休干部思想政治工作性实效性建设。

4. 离退休干部服务管理建设体系。适应形势任务的发展变化，结合实际不断改革创新老干部的服务管理，这是老干部工作的价值所在、责任所在、重点所在。这方面的宣传工作，应着力从让老同志共享改革发展成果的服务管理方面取材，从社会和改革中涉及老干部工作方面取材，从老同志来信来访工作中取材，从加强离退休干部活动和学习阵地建设方面取材。

5. 老干部工作部门自身建设体系。随着老干部队伍结构的变化，党对老干部工作人员提出了三个认清：充分认清老干部工作为党的事业增添正能量的重大意义，充分认清决胜全面建成小康社会赋予老干部工作的重要使命，充分认清全面从严治党对老干部工作提出的重要要求。在这种新形势新要求下，应当围绕加强老干部工作人员的思想政治建设取材，围绕创造老干部工作良好条件环境建设取材，围绕全国全省老干部工作“双先”表彰取材。

老干部工作本质上讲是党建工作，党建工作说到底是政治工作，政治工作的核心是坚决拥护习近平总书记在党中央、在全党的核心地位，坚决拥护党中央权威和集中统一领导。所以，如何宣传扎实推进建立离退休干部党组织建设和思想政治工作性实效性建设很关键。

河南省委老干部局安置处、省直处和《老人春秋》杂志社，三部门曾在2018年联合开展了“寻访优秀离退休干部党组织书记”系列采访活动，深入了解老同志在党组织工作开展中的思路措施、典型事迹、经验做法，助推河南省离退休干部党建工作。

河南省汝阳县人民法院第五党支部作为优秀代表入选，在深入挖掘老同志背后的感人故事后，我写出了《发挥堡垒作用 引领时代新风——记汝阳县人民法院第五党支部》一文。该文章在2018年7月的《老人春秋》刊发，并于2018年7月20日被央广网河南分网转载，起到了很好的宣传效果。

二、老干部工作新闻宣传取材的基本要求

1. 要紧跟新形势，体现新成果。就是要跟进当前和今后一段时间全党的政治工作形势、经济建设形势和社会建设形势，有的新闻媒体专门开这样的栏目，当前全党都在开展“不忘初心”主题教育、“两学一做”学习教育，还有以往的“三严三实”教育和党的

路线教育实践活动以及中国梦等，应把这些新形势和中心工作结合起来。还应注意，写稿子不要就事写事，要注意深化主题。应侧重体现工作的新成果，用教育的成效体现教育的价值、教育的效果。

2. 要提到新高度，展现新特点。老干部工作都是日常性的工作，比如体检，组织老同志参观工农业生产，开展书法、体育等文体活动，从常规来讲不容易宣传。但是提高高度，提到老干部工作的基本方针、基本政策、基本原则上来，那就有政治意义了。

3. 要展现新思路，明确新任务。围绕最主要的工作来展开，来展现新年度工作的新思路，让大家看到不同之处，就会产生“年年岁岁人不同”的新味道，写出来的报道既有一定的深度，又有一定的分量。比如在全国老干部“双先”表彰大会召开前后，针对离退休干部队伍结构、年龄层次的变化，提出要做好老干部工作的转型发展和新常态下的老干部工作发展，就要抓住转型发展这一点写。

这里举一个例子。2008 年 9 月以来，河南省信阳市 7 位老新闻工作者先后在新华网开设博客，传播正能量，激浊扬清，宣传信阳。他们本来活跃在基层，身上沾满了泥土香，彼此既是生活中的朋友，又是网上的诤友。他们坚持发表博文、点评世事，平均每人发博文 500 多篇，点击量达 200 多万人次，引起了轰动效应，被网友称为“信阳方阵”。他们用文字把信阳推向更广阔的网络世界，让网友从这里更多了解信阳这片红色的土地、英雄的土地。

笔者在采访这个老干部先进团体时，发现他们的事迹很多，一时难以取材。考虑到以上提到的“要紧跟新形势，体现新成果”，笔者便从红色传承、绿色发展、养老事业三点入手，写出《新华网的“信阳方阵”》一文。该文刊登在 2018 年 7 月的《老人春秋》杂志，后来被《老记者视野》杂志转载，使这个优秀团体被更多人了解。

三、老干部工作新闻宣传破题方法

破题就是找思路、定调子、确定观点，就是立题。定位高低，从一定程度上决定着文章的价值和走向。所写的稿子有没有采用的价值，看的就是文章的立点、立意。

1. 切口小一点。打井找水，井口位置放低一些，就容易出水。写文章也是同样的道理，把点打得低，材料就容易准备。但是要注意，立点虽然低了，但文章立意不能降，要与时代精神、与工作形势、与工作实际结合起来。

2. 取材窄一点。学会“挑肥拣瘦”，把有影响力、可操作性强的材料收进来，取典型性的人和事，组稿时就容易出精神、出思想、出亮点，切忌把文章写成一个大杂烩。

3. 篇幅短一点。文章字数少、篇幅短，通常情况下，消息在200字左右，长一点的别超过1500字。

这三者之间相辅相成、互为一体。俗话说：“山无常势，水无常形，兵无常态，文无常法。”做宣传工作不要形而上学，不要墨守成规，不要一成不变，而要不拘一格、灵活多变。特别是公文，虽然有一定格式，但要注重变化形式，在写作思路上另辟“蹊径”。如此一来，老干部工作新闻宣传才会达到思路新、方法新的效果。

河南省周口市西华县退休干部李文琦，退休后不顾孩子们的阻拦，放弃城市的安逸生活，卖掉养老房，满怀激情回到家乡，踏上了振兴家乡经济、带领群众脱贫致富之路。乘借国家“一带一路”倡议的东风，李文琦带领村民成立了“西华县营发养殖种植专业合作社”，将各种农副产品的销售渠道从国内开辟到东南亚和中欧、东欧等地区，不少村民因此摆脱贫困。

我曾在《老人春秋》杂志以人物通讯形式对李文琦的事迹做过

宣传，但感动于这位年逾古稀的老干部党员心系贫困村、胸怀爱民心的行为，便按照切口小一点、取材窄一点、篇幅短一点的宣传方式，重新采写消息，后来这篇千字消息在《河南日报》刊登，增加了老干部工作新闻宣传的分量。

四、老干部工作新闻宣传组材方法

老干部工作新闻宣传的组材方法，就是如何布置文章的整体结构。组材的时候要结合文章的主题、结合面临的形势、结合文章的习惯性思维，还要条理分明、过渡自然，前后呼应、详略得当，开头要好，结尾要有力。老干部工作新闻宣传组材的时候，既要关注某一点、某一段、某一事，又要统筹全篇，把握文章的整体结构。就像习近平总书记在治国理政中提出来的："不谋万世者，不足谋一时；不谋全局者，不足谋一域。"也就是说，不从全局的角度考虑问题，即使治理好一个地区，也是微不足道的。

要想写好老干部工作新闻宣传文章，就应该做到结构完整、条理清晰。结构是否完整，主要体现在思维的条理性和过渡的自然性。要想做到结构完整、紧凑，就必须做到段的划分合理有序，段与段之间、段内各层次之间的衔接紧密又自然，段内的过渡简洁鲜明而又流畅，上下语脉相连，首尾巧妙呼应。组材的架构就是文章结构的安排，就像盖房子一样打地基、搭架子。通常情况下，一篇文章的架子搭好了，就便于往里填内容，写起来就得心应手，只要把材料往里放，然后再进行调整、修改就可以了。

提高结构水平必须合理划分自然段，围绕中心合理排列，掌握段落安排的基本技巧。而提高结构水平就要学会编写提纲、注意分解层次、注意过渡呼应。古人云"定体则无，大体须有"。意思是文章的定体、文式、笔触等要不拘泥死板，要灵活能动，但大体上也不能没个起止要次，没个边幅。任何结构安排都与表述需要相关，鉴于此，安排结构时一定要“合乎事理，合乎情理，合乎习惯，恰当得体”。其实只要记住找材、取材、组材，就可以掌握老干部工作新闻宣传的取材方法。

想要做好老干部工作新闻宣传，既要走走看看，又要开动脑筋想想，还要动起手写写画画、改改，平时要多出去调研、多理思路。俗话说“脚底板子下出新闻”，不出去跑，不下去看，就没有火花，就没有灵感。进一步加大老干部工作新闻的宣传力度，借助新闻媒体，打好舆论宣传主动战，积极营造各级各部门及全社会理解、关心、支持老干部工作的良好舆论氛围和工作环境，为党和人民的事业增添正能量。

（刊登于《新闻之友》）